- 南京大学文学院新生研讨课系列教材 -

英国文学经典重读

肖锦龙 著

南京大学出版社

图书在版编目(CIP)数据

英国文学经典重读 / 肖锦龙著. —南京：南京大学出版社，2013.10
南京大学文学院新生研讨课系列教材
ISBN 978-7-305-11255-3

Ⅰ. ①英… Ⅱ. ①肖… Ⅲ. ①英国文学－高等学校－教材 Ⅳ. ①I561

中国版本图书馆 CIP 数据核字(2013)第 054723 号

出版发行	南京大学出版社
社　　址	南京市汉口路 22 号　　邮　编　210093
网　　址	http://www.NjupCo.com
出版人	左　健
丛书名	南京大学文学院新生研讨课系列教材
书　　名	英国文学经典重读
著　者	肖锦龙
责任编辑	施　敏
照　排	江苏南大印刷厂
印　刷	南京凯德印刷有限公司
开　本	787×960　1/16　印张 10.75　字数 168 千
版　次	2013 年 10 月第 1 版　2013 年 10 月第 1 次印刷
ISBN	978-7-305-11255-3
定　价	24.00 元

发行热线　025-83594756　83686452
电子邮箱　Press@NjupCo.com
　　　　　Sales@NjupCo.com（市场部）

＊版权所有，侵权必究
＊凡购买南大版图书，如有印装质量问题，请与所购
　图书销售部门联系调换

总　序

南京大学文学院始终把培养具有独立批判精神和开拓创新能力的研究型中文人才作为我们本科生培养工作的根本目标。为此，南京大学文学院自始至终都坚持对本科生创新思维能力的培养。作为人文学科的本科毕业生，如果仅仅只是熟练掌握了一套书本上的知识点而没有根本培养起独立的批判眼光和深厚的人文精神，那将是我们大学教师的严重失职，是我们大学人文学科本科教育的根本失败。南京大学文学院作为具有深厚学术传统的院系，理应担当起培养具有独立品格和思想的中文人才之重任。欲至此目标，对学生思考力的培养则成为教学之关键。由此，南京大学文学院曾于2007年推出了一套"大学研究型课程专业系列教材·中国语言文学类"的8部"研究导引"，作为我们本科教学中重要的教材，旨在培养文学院本科生对学术研究的兴趣，培养其学术研究的眼光。与之相配套，文学院针对高年级本科生陆续开设了"高年级研讨课"，以提高学生的创造性思维能力。

然而，在教学实践中，我们发现，由于受到中学语文教育之弊端的影响，一年级新生往往对大学中文专业存在着严重的误解和偏见，无法很好地适应研究型大学中文专业的培养模式，对中文专业的学术研究活动相当的陌生。这就会影响到高年级研讨课的质量和效果，进而影响到学年论文和毕业论文的质量。因此，要真正在本科阶段培养起学生独立思考的能力，必须让一年级新生刚一入学就能够有机会领略学术研究的方法，感受到学术研究的乐趣，尽快地摆脱中学语文应试教育模式的束缚，培养起独立思考的能力。为此，文学院开设了一系列的"新生研讨课"，内容涵盖中国古代文学、中国现当代文学、外国文学、汉语言文字学、文艺学和戏剧影视等文学院主干专业方向，让一年级新生在踏入大学校门之际就能够有机会体验到大学阶段学术探讨的快乐和艰辛，近距离地感受知名学者的学术风范，彻底地摆脱中学语文应试教育重知识点的传授和技能的训练而忽视思想的启发之弊端,为他们将来顺利地进入研究生阶段的学习做充分的准备。这一套"新生研讨课系列教材"即是我们近年来本科教学改革的一个成果。

  文学院近年来开设的系列新生研讨课都是由文学院学养深厚的教授主讲,其中绝大多数都是博士生导师,是文学院各个专业的学术骨干。由这批学识精深的学术骨干来给一年级新生主讲研讨课,其实也是对他们的一个考验,考验他们能否在课堂上将自己学术研究的心得、见解深入浅出地讲解给一年级的同学;能否把自己学术研究的观点化为浅显易懂的语言;能否在讲授专业基础知识的过程中通俗明晰地把该学科最本质的内涵,把学术界最前沿的观点和争论化做一个个能为一年级同学所理解的具体的问题,供他们讨论。这实在不是一件轻松简单的事情。这项工作从某种意义上讲甚至比写专业学术文章更困难。然而可喜的是,文学院一批有着相当学术成就的学者献出了许多宝贵的时间和精力,把新生研讨课变成了他们展示自己学术观点,讨论学术前沿问题的特殊平台。这套"新生研讨课系列教材"便是他们这些努力的结晶。

  教学相长,文学院始终把课堂教学视为推动教师学术研究不断深入的重要动力。我坚信,这套教材的出版,不仅将提升南京大学文学院本科教学,特别是本科低年级教学的水平,而且终将使文学院的学术研究从中受益。感谢南京大学出版社为文学院这套教材的顺利出版所做的一切。我相信,这套教材作为南京大学文学院本科教学改革的呈现,对中国研究型大学中文专业的本科生培养是有积极的借鉴意义的。

2013 年 3 月

◎ 目 录

导 言 ……………………………………………………………… 1
第一章　16—19世纪的英国文学经典 …………………………… 17
　　一、创作背景 ………………………………………………… 17
　　二、莎士比亚的《哈姆莱特》 ……………………………… 19
　　三、狄更斯的《匹克威克外传》 …………………………… 33
　　四、哈代的《德伯家的苔丝》 ……………………………… 42

第二章　20世纪前期的英国文学经典 …………………………… 55
　　一、创作背景 ………………………………………………… 55
　　二、康拉德的《吉姆爷》 …………………………………… 59
　　三、亨利·詹姆斯的《梅西娅知道些什么》 ……………… 65
　　四、伍尔夫的《达洛卫夫人》 ……………………………… 71

第三章　20世纪后期的英国文学经典 …………………………… 91
　　一、创作背景 ………………………………………………… 91
　　二、莱辛的《金色笔记》 …………………………………… 94
　　三、福尔斯的《法国中尉的女人》 ………………………… 112
　　四、里斯的《茫茫藻海》 …………………………………… 124
　　五、拜雅特的《占有》 ……………………………………… 134
　　六、斯托帕德的《罗森格兰兹和吉尔登斯邓之死》 ……… 150

结 语 ……………………………………………………………… 158
主要参考文献 …………………………………………………… 160

◎ 导　言

英国文学是世界文学园地里历史最悠久、成就最高的一种。英国文学经典是英国文学领域里最杰出、最有代表性的成果。从这个意义上说，英国文学经典是世界文学的杰出代表，是人类文学的菁华所在。一部经典作品就像一座丰富的宝藏，有无尽的层面。本著拟就其最核心的部分主题进行专题性的开发研究。

所谓主题是一部文学作品所描述的情境或者说述说的内容所表现出来的主要观点，或者说是一部作品的中心思想。从文学的内在机制看，它是统辖作品的各种构成因素如情节、人物、场景、语言、形式结构、风格等的主导成分，是作品的灵魂所在。从文学的外在功能看，它是作品发挥其感动人、启发人、教育人的审美作用的重要途径。唯其如此，对作品主题的开掘便成为人类文学研究中最基本、最受关注的领域。作品主题的探究与作品相伴而生。历史上人们对经典文学作品主题的分析阐释从来就没有间断过。那么过去人们是怎么阐释作品主题的？取得了什么样的成果？又存在什么问题？我们应该怎么分析开掘作品主题？下面我们就以西方学界对《哈姆莱特》主题的分析阐释为例对上述问题作些具体的说明。

《哈姆莱特》自 1602 年上演以来，引起了西方各时期各派思想家、理论家、作家最广泛的注意。西方大型批评文集《莎士比亚评论集》的编辑者哈斯和斯哥特指出："在西方，言及文学评论之数量，没有哪一部作品可与《哈姆莱特》相提并论。"[①]《哈姆莱特》写的什么？有什么意义？这是西方《哈姆莱特》批评界几百年来关注的首要问题。

关于《哈姆莱特》的批评最早出现于 17 世纪中叶。17 世纪中叶至 18 世纪前期

[①] Laurie Lanzen Harris, etc. ed., *Shakespearean Criticism*, Vol. 1, Gale Research Company, 1984, p. 17.

正是新古典主义思潮风靡欧洲大陆之时。亚里士多德的文学观念、特别是他在《诗学》中提出的关于诗是对"行动中的人"的摹仿、情节是作品之核心因素的观念成为自古希腊到18世纪西方人理解文学作品的准绳，也被新古典主义者奉为万古不变的文学法则。此时期的西方"哈"评家如英国的汉莫和法国的伏尔泰都以亚里士多德的悲剧理论为基点，以作品的故事情节为进路阐释作品主题，将之视作是一部复仇剧，认为它写的是哈姆莱特为父复仇的事件，倡扬了人间崇高的情感和社会正义。如汉莫在1736年发表的《〈哈姆莱特〉悲剧评论》中指出，《哈姆莱特》是在改编萨克索·格拉默提克斯(Saxo Grammaticus)的《丹麦史》中有关阿姆莱特斯的故事的基础上写成的，描写了哈姆莱特为父复仇的故事，表达了"爱自己的国家、爱父亲或爱亲子"等人类崇高的情感。① 作品虽然有很多缺点如在其悲壮情境中穿插进一些喜剧因素、无来由地让哈姆莱特装疯、哈姆莱特迟迟不复仇等，但在总体上不失为一部美丽的作品，它是莎士比亚"最成功的杰作之一"②。伏尔泰指出，《哈姆莱特》作为一部写儿子为父复仇的悲剧，虽然在情节上有很多荒诞之处，如哈姆莱特的装疯、奥菲利娅的发狂、悲剧场景中无端插入插科打诨式的喜剧因素、在主干情节之外添加一些不相干的故事等，但总体上不失为一部伟大的作品，因为传达了一种恶人必然会受到神的惩罚的正义观念，因而在那里"我们可以发现一些无愧于最伟大天才的崇高特点"③。

18世纪后期至20世纪初，西方"哈"评空前繁荣，涌现出了一大批杰出的"哈"评家，如歌德、柯勒律治、魏尔德、布拉德雷以及琼斯等。此时期随着印刷业的兴起和以书刊为载体的书面语文学广泛流行、特别是随着以细致描绘人们的生活经验为出发点的现实主义小说的产生，人们对文学性能和结构的看法发生了重大变化。德国伟大哲学家、美学家黑格尔在其美学理论经典之作《美学》中明确提出："艺术的要务不在事迹的外在的经过和变化，这些东西作为事迹和故事并不足以尽艺术作品的内容；艺术的要务在于它的伦理的心灵性的表现以及通过这种表现过程而揭露出来的

---

① Claire Sacks, ed., *Hamlet*: *Enter Critic*, New York: Appleton Century Crofts, INC, 1960, p. 96.

② Claire Sacks, ed., *Hamlet*: *Enter Critic*, New York: Appleton Century Crofts, INC, 1960, p. 96.

③ 杨周翰：《莎士比亚评论汇编》上册，中国社会科学出版社1981年版，第352—353页。

心情和性格的巨大波动。"①这即是说文学艺术作品的核心要素不是故事情节而是人物心情和性格。18世纪末之后,人们普遍将注意力转向了人物性格,通过分析人物性格发掘作品的思想内涵。由于《哈姆莱特》的主人公哈姆莱特行动犹豫不决,其性格的核心特点是延宕,所以此时期的"哈"评家们便将研究焦点完全集中在了哈姆莱特的延宕上,借分析哈姆莱特的延宕阐发作品的思想意义。哈姆莱特拜见父亲的魂灵时曾答应后者要立即复仇,可后来却犹豫徘徊,一拖再拖,为什么?

18世纪后期的德国伟大作家歌德认为,哈姆莱特延宕的根本原因在于"时代整个脱节了"。哈姆莱特想实现重整乾坤的梦想,但他自身是一个灵魂高尚、感情细腻、生性敏感的美丽王子,"没有坚强的精力"实现自己的愿望,"一件伟大的事业担负在了一个不能胜任的人身上",而"这重担他不能掮(应为'肩'——编者)起,也不能放下"②,因此只能观望、徘徊、等待。作品借哈姆莱特性格深刻反映了人类的一种普遍生存窘境:即"愿望与完成之间的不调和"③,或者说理想和现实之间永远无法完全统一的状态。

19世纪初的英国作家、理论家柯勒律治认为,哈姆莱特延宕的根由是其内在心灵的思想和行为或者说想象力和感觉之间失去了平衡:"由于敏感而犹豫不定,由于思索而拖延,精力全花在做决定上,反而失却了行动的能力。"④莎士比亚借之揭示了人类"心灵的构造",对人的内在心理进行了深刻思考,提出了独到看法:"在哈姆莱特身上,他似乎希望来例证一种应有的平衡在道德上的必要性,即:在对我们感官的事物的注意力与对我们心灵的作用的冥想之间有一种应有的平衡——一种在真实世界与想像的世界之间的平衡。"⑤

19世纪中叶的德国批评家卡尔·魏尔德认为,哈姆莱特是可以立刻杀死凶手克劳狄斯为父报仇的,可是他如何向大众证明这一切是出于惩处凶手、伸张正义,而不是出于个人野心呢?为此他在复仇前必须想方设法"暴露克劳狄斯,揭发他,使他的

---

① [德]黑格尔:《美学》第一卷,朱光潜译,北京:商务印书馆1979年版,第275页。
② 杨周翰:《莎士比亚评论汇编》上册,中国社会科学出版社1981年版,第297页。
③ 杨周翰:《莎士比亚评论汇编》上册,中国社会科学出版社1981年版,第302页.
④ 杨周翰:《莎士比亚评论汇编》上册,中国社会科学出版社1981年版,第147页。
⑤ 杨周翰:《莎士比亚评论汇编》上册,中国社会科学出版社1981年版,第146页。

罪恶公之于众",因为"如果他杀了国王而无任何方式证明他本人的行为是正当的"①,那么他自己在人们的眼里就成了野心家、篡位者和凶手,成了众矢之的。而要将克劳狄斯的罪恶公之于众,这在短期内是不可能的,他延宕是由于摆在他面前的任务太艰巨了。作品逼真地刻画了一个在极其被动和不利的环境中孤军奋战、勇敢智慧地暴露敌人的阴谋和罪恶、使其邪恶行径大白于天下的悲剧英雄。

  20世纪初的哲学家、理论家布拉德雷认为:"哈姆莱特的延宕直接基于他在一种特殊的境遇中所形成的变态心理——即他深刻的忧郁性。"②哈姆莱特曾对人生抱有极美好的看法。后来父亲的死特别是母亲的改嫁给他的心灵造成了极深的创伤。本来在他眼里,他父母是人间恩爱夫妻的典范,他的父亲爱他的母亲,"甚至不愿让天风吹痛了她的脸",母亲倚在父亲身旁,"好像吃了美味的食物,格外促进了食欲一般"。可父亲死后刚刚一个月母亲就改嫁了,并嫁了一个远远不如前夫的人。在他眼里,她的行为不仅出自浅薄,更是因为她屈从了那卑劣的肉欲所致。他震惊了,"他的整个心灵被毒蚀了"。因为母亲的行为,他甚至对人本身失望了。他讨厌人生,对生活失去了兴趣和热情,失去了行动的动因,从而变得犹豫、延宕。③布拉德雷认为莎士比亚借塑造哈姆莱特性格深刻发掘和展示了人类的一种精神心理状态,即忧郁心态。

  20世纪中叶的心理分析学批评家琼斯认为,哈姆莱特的延宕"是由于他对他所承担的复仇任务的特殊的厌恶心理造成的"④。哈姆莱特从儿时起就在潜意识中对他所接触的第一个异性——母亲——有一种性爱要求,而对母亲的配偶父亲怀有敌意。他有一种内在的杀父娶母情结。后来克劳狄斯杀其父娶其母的举动,其实正是他自己在潜意识中想做的,就深层心理而言,叔父即是他自己的化身,他杀克劳狄斯就等于杀自己。因而他在无意识中对叔父压根就恨不起来,下不了手。琼斯认为莎

---

  ① Claire Sacks, ed., *Hamlet*: *Enter Critic*, New York: Appleton_Century_Crofts, INC, 1960, p. 251.

  ② A. C. Bradley, *Shakespearean Tragedy*: *Lectures on Hamlet*, *Othello*, *King Lear*, *Macbeth*, London: Macmillan, 1960, p. 108.

  ③ A. C. Bradley, *Shakespearean Tragedy*: *Lectures on Hamlet*, *Othello*, *King Lear*, *Macbeth*, London: Macmillan, 1960, p. 119.

  ④ Claire Sacks, ed., *Hamlet*: *Enter Critic*, New York: Appleton_Century_Crofts, INC, 1960, p. 123.

士比亚借塑造哈姆莱特性格深刻揭示了人类精神心理深处所潜藏的杀父娶母之无意识本能欲望。他之所以延宕,根源在于他的潜意识。①

20世纪前期,西方的"哈"评走向了多元化。历史学派"哈"评家斯托尔认为作品是作家的创造物,最终受制于作家的意图。他以莎翁的创作意图为切入点阐发作品的思想内涵,在《哈姆莱特:一个历史的比较的研究》中指出,《哈姆莱特》作为一部艺术作品决不可与历史传记同日而语,绝不是生活的复制品,而是作家的艺术创造,是一个独立的世界,它的根基并不在它之外的社会历史中,因而不能将它与生活简单比附。那么它写的是什么?意味何在?斯托尔认为,要回答它写什么就得从作者为什么要写它入手。他说:"我的宗旨不是进行一种落入俗套的研究,而是尽可能地探讨戏剧家的创作意图。"②那么,莎士比亚的创作意图是什么呢?斯托尔认为,16世纪中后期的英国剧坛,基德的复仇剧备受观众青睐,这曾使基德所在的汉斯洛剧团受益匪浅,为了跟汉斯洛剧团竞争,钱伯兰剧团也要求其编剧莎士比亚写出同样受欢迎的作品。而当时"无论是剧团还是观众,他们所欢迎的正是基德所写的《哈姆莱特》和《西班牙悲剧》那样的剧本"③,亦即复仇剧。为此,莎士比亚不能不秉承基德复仇剧的传统,以赢得观众。就剧作本身看,它主要写"阴谋、命运和仇杀","其情节、冲突、人物性格之轮廓"明显留有基德旧《哈姆莱特》的特征,是一部地地道道的复仇剧。当然它在情节冲突、形象塑造、语言表现等方面对旧剧有诸多的发展和升华,这也是不可否认的。它借描写哈姆莱特为父复仇的故事,传扬了中世纪主导人们思想的深厚的封建家族观念和社会荣誉感。

新批评派"哈"评家斯珀津、奈特等从兰色姆关于文学作品由不同于散文语言的诗歌语言构成,其核心因素是具体独特的文学形式的观念出发,认为作者的意图是靠不住的,要想了解一部作品是写什么的,只有一个途径,那就是穿透作品的文学语言形式。斯珀津抓住作品的语言意象,对之进行了详细的统计、分类。在此基础上

---

① Claire Sacks, ed., *Hamlet: Enter Critic*, New York: Appleton_Century_Crofts, INC, 1960, p. 137.

② Elmear Edgar Stoll, *Hamlet: An Historical And Comparative Study*, in *Research Publications of the University of Minnesota*, Vol. VIII, No. 5, September 1919, p. 1.

③ Elmear Edgar Stoll, *Hamlet: An Historical And Comparative Study*, in *Research Publications of the University of Minnesota*, Vol. VIII, No. 5, September 1919, p. 13.

他提出，《哈姆莱特》的世界是一个疾病的世界，其中反复出现的意象是病毒意象，剧中的几个主要人物的台词中充满了恶疾、毒疮肿胀等字眼，他们的"感情如此强烈，浮现于他们眼前的图像如此生动以至那些比喻就自然而然地在其语言中流溢了出来"①。换句话说，他们病态的语言正是他们病态的情感意识的外现。而他们的这种病态意识无疑是其病态环境的产物。所以，"他（莎士比亚——笔者）深切地体会到，它的问题绝不是一个个性的问题，而是一种状态，超凡的神秘的状态。在那种状态下，个人是无能为力的。当然在这种状态中，个人有时也会起到沾染和传播细菌的作用，他自然应该受到谴责，但应看到，整个世界都腐烂了，从这种腐烂中滋生出来的毒菌弥漫了世界……将世界置于一种悲惨的境界。这就是《哈姆莱特》的悲剧，它呈示给我们的主要是悲剧性生活的奥秘"②。

奈特不是把《哈姆莱特》当作一首长诗，而是当作一部叙事作品看待。他的分析是从作品的整体框架入手的。在《烈火的车轮》(1930)中，他指出："哈"剧的基本框架是哈姆莱特与他的宿敌克劳狄斯之间的斗争。哈姆莱特嫉恨、残酷、愤世嫉俗、厌倦人生，与从地狱中逃出来的鬼魂同道，满脑子是死亡意识，代表了死。克劳狄斯与他相反，仁爱、乐观、自信、愉快、追求人生，代表了生和生活。他周围的人虽然"有恶迹、愚蠢、浅薄，有许多缺点，但他们认定了生活的重要性，信仰人生，信仰他们自己"③，代表了生和生活。克劳狄斯和他周围的人与哈姆莱特之间的斗争便是生与死的较量。哈姆莱特嫉恨自己也嫉恨别人，"以残酷折磨别人为乐"，他是"潜于丹麦王国中的一种毒素。……在他的毒蚀下，人们一点希望也没有，只能一个个地死去，就像遇到了瘟疫一样"④。哈姆莱特是行走在生命中的死神。他是这部作品的中心人物，因此"哈"剧的问题是关于死的问题："《哈姆莱特》的主题是死亡。"⑤

---

① Claire Sacks, ed., *Hamlet: Enter Critic*, New York: Appleton_Century_Crofts, INC, 1960, p. 209.

② Claire Sacks, ed., *Hamlet: Enter Critic*, New York: Appleton_Century_Crofts, INC, 1960, p. 212.

③ Claire Sacks, ed., *Hamlet: Enter Critic*, New York: Appleton_Century_Crofts, INC, 1960, p. 160.

④ Claire Sacks, ed., *Hamlet: Enter Critic*, New York: Appleton_Century_Crofts, INC, 1960, p. 157.

⑤ Claire Sacks, ed., *Hamlet: Enter Critic*, New York: Appleton_Century_Crofts, INC, 1960, p. 157.

20世纪后期,受理论界语言转向和文化话语转向的影响,西方的"哈"评家们将批评焦点转向了作品的语言符号和文化话语,通过分析它们进一步开掘《哈姆莱特》丰富的思想蕴涵。解构主义"哈"评家麦克道纳德(D. J. McDonald)、考尔德伍德(J. L. Calderwood)等以德里达关于文学文本是由语言符号编织成、语言符号是延异的观念为基点,以延异性的语言符号为进路解读"哈"剧,揭示了其思想意义的不可穷尽性和艺术构造的"二重性"或者说自我解构性特点。

麦克道纳德的《〈哈姆莱特〉和不在场的模仿:一种后结构主义的分析》借德里达的"补充"、"散播"理论集中阐述了《哈姆莱特》的能指符号的互文性和所指意义的不确定性、无限性。在德里达看来,事物无法自我呈现,它只能借它的表现形态显现出来。这样事物的身份、价值或意义便不是自明的,而是借它的符号或者说补充物呈现出来。事物自身没有意味,是空无,它的意义呈现在它的表现形态中,呈现在人们对它的解释或叙述中,呈现在能指符号中。如人的大脑意念本身是无形的、空灵的、不可知的,是空无,它的内涵完全呈现在语言符号中。德里达将事物由事物的表现形态规定、所指由能指规定、被补充由补充规定的状态称作是"补充"(supplement)状态。同时,由于事物的表现形态不是固定的而是游移不定的,所以事物的意义是不确定的。德里达将事物的所指内容随着其能指形式的变化而不断游移的状态称作"散播"状态(dissemination)。麦克道纳德认为,《哈姆莱特》中所描述的东西随着能指符号的游移而不断游移,其所指内容是不确定的。剧本一开始,鬼魂讲述了一桩触目惊心的暴力事件:克劳狄斯谋害了哥哥老哈姆莱特,篡夺了王位。接下来作品用一系列能指符号阐述、补充、强化它:如哈姆莱特的不十分确定的猜想(怀疑新王杀害了老王),戏剧表演者"伶甲"讲述的皮洛斯杀害普里阿摩斯老王的故事,戏中戏里贡古札的侄儿觊觎王位谋害贡古札的故事,决斗场景中雷欧提斯与杀害他父亲的凶手哈姆莱特决斗的故事,剧末哈姆莱特要霍拉旭活下去告诉世人他为父复仇的故事的情景等。表面看来,这些能指符号似乎在不断重申和强调一个母题、一种终极所指——即新王克劳狄斯为了篡权谋害老王哈姆莱特的谋杀和暴力事件,力图证明鬼魂讲述的暴力事件的真实性和真理性。可事实上,这些能指符号与它们所重申和强调的东西根本不是一回事。它们虽然陈述的都是谋杀和暴力事件,可内涵却大相径庭:它们不是指向同一种东西,而是指向各种不同的东西——如哈姆莱特的猜想、上古特洛亚战争中的一个杀戮事件、贡古札的谋杀、两个宫廷贵族青年的决斗、哈姆莱特的遗言等,生成了各种完全不同的意义。这些用来强调鬼魂的叙事的一系列新叙事不仅未能确证鬼魂所说的话,使人们相信克劳狄斯谋害老哈姆莱特的事件是真实的,相反却将人们的注意力从鬼魂的讲述那里引开,引向了哈姆莱特的话语、戏剧表演者"伶甲"的讲述、戏中戏、决斗的场面、哈姆莱特的临终嘱托等,引向了另外的谋杀和暴力事件,从而逃避和架空了鬼魂的讲述,驱逐了作品的中心或言终极所指。这些相互补充的能指符号最终编织成了一个多元立体的叙述网络,打造出了一个寓意无限丰富的能指世界。在这里,对被叙述的东西的再叙述引发出了一连串的新叙述,对事件的解释引发出了一连串的新事件,对意义的追踪引发出了一连串的新意义。《哈姆莱特》内部压根没有中心,是无底的。它是由一条相互指涉的、不断扩张的符号链编织成的。它的意义随着能指符号的无尽延衍在不断增值,是不确定的、无限的。①

考尔德伍德的《在还是不在:〈哈姆莱特〉的否定和元戏剧》主要借解构理论的"二重"(double)观念集中分析了《哈姆莱特》的矛盾自反性或者说自我解构性。从解构的角度看,一种事物是在重复和变异其他事物的过程中形成的,如语言能指是在重复和变异所指的过程中形成的,子女之禀性是在重复和变异父母之禀性的过程中形成的等等。在此过程中,特定的事物既保留了其他事物的印迹,同时又将后者融合在自己的形态中,使之变成了自己的一部分。因而它身上既有他者的因素又有自我的成分,是二重的、分裂的。大千世界中的事物是这样,作为大千世界中的事物之一分子的《哈姆莱特》也不例外。从剧本的艺术方式看,它既是对基德的《原—哈姆莱特》的模仿和重复,保留了《原—哈姆莱特》的成分,又是对该剧的变异和重构,用全新的方式处理了旧剧情,既有旧文本的因素,又融合了莎翁独特的艺术视野和方式,因而是间文本性的(inter-textual),是二重的。从人物形象看,一方面哈姆莱特接受了他父亲的律令,认同后者赋予他的角色,决定以父亲的代理者的身份出现,消灭父亲的仇人克劳狄斯,另一方面却本能地排斥父亲强加给他的复仇者的社会角色,力图摆脱父亲的阴影,将自己与父亲区分开来,以求得自己的独立身份,为自己的行

---

① 参见 David J. McDonald, "'Hamlet' and the Mimesis of Absence: A Post—Structuralist Analysis", in *Educational Theatre Journal*, Vol. 30, No. 1. (Mar., 1978), pp. 36-53。

为寻找内在的根据。他身上既有父亲强加于他的社会角色,又有出自他本身的个人要求的个性化身份特征,既模仿、顺从父亲又超越、反叛父亲,是自我矛盾的。从艺术境界看,一方面作品生动具体地叙述了一个发生在艾尔西诺的复仇故事,给人们准确地传达了一个令人震惊的信息,将艺术能指完全融化到了现实所指中;另一方面作品有意地突出场景、对话、独白、表演艺术等,强调艺术能指的独立性,使人们时时感受到剧作中所展示的生活情景是艺术创造的结果,是虚构的,是艺术幻象。它始终介于所指和能指、现实事件和艺术创造、艾尔西诺和环球剧院之间,是二元混合的。《哈姆莱特》从里到外都是二重的,是矛盾自反的,所以它不是一个统一的封闭的系统,而是一个差异的开放的系统。《哈姆莱特》中有一句著名的台词,即:"在和不在"(to be and not to be)。它最充分地表达了剧作的这种矛盾自反或者说自我解构的状态。①

　　文化话语"哈"评家斯密斯(R. Smith)、埃瑞克孙(P. Erickson)、金奈(A. Kinney)等以福柯关于文学文本是语言陈述的产物、文化话语是其核心因素的观念为基点,以文化话语为进路解读"哈"剧,深刻挖掘了蕴含于作品中的性别的、种族的或政治历史的思想意味。以女性主义"哈"评家斯密斯的批评为例。她在《一颗被劈成两半的心:莎士比亚的乔特鲁德的窘境》中从性别话语的角度重新解释和评价乔特鲁德,借之对作品的思想意味做出了新的阐发说明。她指出:"莎士比亚的《哈姆莱特》中乔特鲁德一向被视为是一个情欲性的、不忠诚的女人。"②其实这是由作品中的男性角色如老哈姆莱特的鬼魂、哈姆莱特、克劳狄斯等人的词语塑造的,是男性话语的产物。如果我们换一个角度,站在作为妻子和母亲的乔特鲁德本人的立场上,我们就会发现她十分热爱她的第一个丈夫,再嫁后对第二个丈夫也很体贴,对儿子哈姆莱特关爱有加。"莎士比亚的《哈姆莱特》中乔特鲁德的言词和行为所创造的不是人们在舞台和电影产品中通常看到的那精力充沛的、贪欲的、淫荡的乔特鲁德,而是那

---

　　① 参见 James L. Calderwood, *To Be and Not To Be: Negation and Metadrama in Hamlet*, New York: Columbia University Press, 1983。
　　② Carolyn Ruth Swift Lenz, etc. ed., *The Women's Part: Feminism Criticism of Shakespeare*, University of Illinois Press, 1980, p. 194.

依附性的、充满深情的、平凡的乔特鲁德。"①她处在应维护丈夫还是应呵护儿子的两难境遇中,内心充满了矛盾和痛苦,所以她不但不应该受到强烈谴责,相反却应得到深切同情。《哈姆莱特》是一部深刻揭露男权话语的霸权性的作品,具有显著的原-女性主义思想倾向。

  从以上的分析考察可以看到,历史上西方"哈"评家们对《哈姆莱特》主题从情节、人物、作家创作意图、文学语言形式、文学符号结构法则、权力话语等多个角度进行了全方位分析探索,打开了无数层面,揭示了其极丰富的思想内涵。不过,从根本上说,以往的批评家们在很大程度上都不是从《哈姆莱特》本身的具体独特的基本构成方式出发来探究和挖掘作品主题的,而是从各类理论批评家所推举的这样或那样的抽象普遍的文学构成元素出发去阐发作品思想内涵的:如18世纪的批评家们是从亚里士多德所推举的情节元素出发去阐释作品主题的,19世纪的批评家们是从黑格尔等人所推举的人物性格元素出发去阐释作品主题的,20世纪的历史学派批评家们是从斯托尔等人所推举的作家意图元素出发去阐释作品主题的,20世纪前期的新批评派批评家们是从兰色姆等人所推举的文学语言元素出发去阐发作品主题的,20世纪后期的后结构主义批评家们是从德里达等人所推举的语言符号运作法则元素出发去阐发作品主题的,20世纪80年代以后的文化研究批评家们是从福柯所推举的权力话语元素出发去阐发作品主题的。而所有的这些元素,从情节、人物、作家创作意图、文学语言、语言符号运作法则,到权力话语,在它们的阐发者和运用者那里,都被视为是普适于所有文学作品的唯一的根本的因素,因而被当作解析作品主题的基本依据。以往这些以作品中的某一种单一抽象的文学元素为批评平台解构《哈姆莱特》主题的成果明显存在着以下两大严重缺陷:(1)仅以某一种文学因素为依据去分析概括作品的主题,是以偏概全的,片面的。它们或以情节、或以人物、或以作家创作意图、或以文学语言、或以语言符号运作法则、或以权力话语为出发点去解析作品主题,结果只看到了作品某一个方面所表现出来的某一种意味,而看不到作品的整体图景和由之所表现的根本思想,因而是挂一漏万的。(2)将某一种文学因素视为普适于所有文学作品的普遍永恒的根本因素,对之进行静态解剖研究,是脱离

---

  ① Carolyn Ruth Swift Lenz, etc. ed., *The Women's Part: Feminism Criticism of Shakespeare*, University of Illinois Press, 1980, p. 206.

文本实际的、不得要领的。如它们有的将情节视为作品的根本因素,有的将人物、作家创作意图、文学语言、语言符号运作法则或权力话语视为作品的根本因素,抛开作品本身的叙写理路和过程,从相关理论批评家对上述各因素的阐发、界定出发对之进行的理论阐述论证,结果在很大程度上抛开了作者所说的东西,而落入这样或那样的理论批评家的理论窠臼,印证了理论家们所说的东西。从严格意义上说,它们不是探索开发式的,而是印证例释性的。

《哈姆莱特》主题研究是英国文学经典作品主题研究领域里历史最悠久、论著最多、成果最丰硕的园地。《哈姆莱特》主题研究的状况即是英国文学经典作品主题研究状况的缩影。以往的《哈姆莱特》主题研究存在着严重的单面切片化和静态抽象化的缺陷,英国文学经典作品主题研究自然也不例外。为了从根本上矫正上述偏误,本研究拟反其道而行之,在研究理路上做如下调整:

第一,不是从作品中的某一种单一元素入手去分析作品主题,而是从作品的整体图式出发去探究作品主题。具体而言,从作品的叙写线路出发探究作品主题。线路,汉语本义为"道路"、"途径"。宋代苏轼的《汤村开运盐河雨中督役》中曰:"线路不容足,又与牛羊争。"明代孟子若《英雄成败》第二折:"俺却觅个线路,拜他做了乾爷,不次召入,升做礼部侍郎、平章政事。"它通常指一个地方连接各区域的交通干线,是引导人们有条不紊地进入一地区、游历它的各地段、把握其整体风貌和状况的基本通道。所谓叙写线路,我用它来指一部作品中连接各部分或各板块的逻辑线条,它是引导人们有序进入一部作品、观看它的方方面面、把握它的整体倾向和内涵的基本路径。

第二,不是将作品的整体图式即叙写线路看成是一种静态的、一成不变的抽象普遍因素,而看作是一种动态的、随着语境的变化而不断变化的具体独特的成分。叙写线路,作为一部作品中连接各因素各环节的叙述路径、线条或者说逻辑理路,表面看来,似乎与结构主义叙事学中指代作品建构理路和法则的重要概念"深层结构"没有多大区别。但实际上却大相径庭。结构主义叙事学中的深层结构虽然也指的是叙事作品中的逻辑线条,但它所指代的作品结构线路是抽象的、普遍的,是所有的叙事文学作品所共有的。就像西方当代叙事学权威学者普林斯在其权威著作《叙事学词典》中所说的:"深层结构,叙述的抽象潜在的结构,叙述的宏观结构。深层结构包括总体性的语法-语义表述形态,后者决定着叙述的意义。"① 而叙写线路所指代的作品结构线条是具体的、历史性的。以俄国著名批评家普罗普在《童话故事的形态》中总结出的如下作品结构线条为例:"童话故事可以被称作是这样一个发展过程——即从坏人或缺乏开始,然后经过各种中介功能,最后达到婚姻。"② 将它当作结构主义叙事学意义上的深层结构看待,则是古今中外所有叙事作品共同的叙事线条或逻辑理路:从无序开始,经过一段曲折历程,到有序结束。而将它当作叙写线路看待,则只是古代叙事作品中的叙事线条或逻辑理路:以编造故事情节为重心,其情节节奏都会经历从无序到有序这样一个过程。文艺复兴以后,小说戏剧的叙事线路发生了根本转变,即不再以编造故事情节为重心,而是以刻画人物性格为重心,连接作品材料的核心线条不再是完整统一的故事情节,而是鲜明生动的人物个性(他的人生经历和性格特征),故事情节仅仅是表现人物性格的一种方式,变成了功能性的。

另外,我所说的叙写线路也不同于传统意义上的结构线索。传统意义上的结构线索是指特定作品的核心线条、建构框架,一般是个别的、独特的,只有该作品所具备。叙写线路虽也指的是特定作品中的核心线条、建构框架,但此核心线条、建构框架并不是个别的、独特的,只有该作品才有,而是一般的、广泛的,是某一个历史时期的作品所共享的。如《堂·吉诃德》中以描述人物的生活经历、刻画人物的性格特征为核心的叙写线路并非为《堂·吉诃德》所独有,并非是个别的、独特的,而是为从文艺复兴至 19 世纪末这一时期的小说戏剧等叙事作品所共有,是一般的、广泛的。

文学叙写线路的形成绝非偶然,它最终与人们对世界的总体看法深切联系在一起。西方文学叙写线路的产生和发展也与西方人的思想视野和世界观的变化直接联系在一起。西方人对世界的总体看法,正像当代著名批评家哈乍德·艾德姆斯(Hazard Adams)的说法,主要经历了本体论、认识论和语言符号论三个阶段。③ 在古代,由于人类的生产力水平低下,改造世界的能力十分有限,人类的存在状态在很大程度上是由外在事物和环境决定的,所以人们将注意力主要集中在外在事物本

---

① Gerald Prince, *A Diction of Narratology*, Gower: Scolar Press, 1988, p. 18.
② V. Propp, *Morphology of the Folktale*, University of Texas Press, 1988, p. 92.
③ Hazard Adams & Leroy Searle, ed., *Critical Theory Since 1965*, University Presses of Florida, 1989, pp. 1 - 22.

身,着力探究它的规律和法则;近代以来,随着生产力水平的大幅度提高和人类改造自然、征服自然能力的不断增强,人们普遍意识到,人类的存在状态在很大程度上取决于其主观精神状态,因而人们便将注意力放到探究人的主观精神上,探究人的精神本体到底是经验的、理性的、意志的,还是直觉的、情感的、无意识的等问题;20世纪中后期人类科学技术的空前发展和巨大效能,使人们进一步认识到,人类的生存状态在很大程度上取决于人们用于陈述和处理世界的方式如语言符号和科技符号,于是便将注意力放在了改造、推进和发展语言描述方式和科学技术水平上。与其思想视野和世界观的变化深刻关联在一起,西方人的文学叙写线路也经历了从关注外在事件到关注人的精神状态、到关注语言符号形式等几大阶段:(1)上古和中古时期,作家们主要关注的是外在社会事件和人的行为,其叙事文学,如史诗、悲剧、喜剧、传奇、故事等,将叙写焦点完全集中在描述人的行为事件上。正像亚里士多德在《诗学》中所说,行为事件和故事情节是悲剧、史诗等叙事文学的首要要素。(2)文艺复兴时期,正像西方著名的文艺复兴专家布克哈特所言,"人成了精神的个体,并且也这样来认识自己"①,这时期包括小说、戏剧在内的叙事文学也自然而然将叙写焦点集中在描绘人的理性、情感意志等精神个性上,刻画人物性格是此时期叙事作品的叙写重心所在;从20世纪初开始,人们普遍认识到,离开人的主观意识,事物无法呈现出来,人的主观意识是世界得以显现和存在的基础,而人的主观意识是生动的、流变不居的、丰富多样的、不可理喻的,为此小说家和戏剧家们普遍将叙写焦点集中在对人的主观意识或者说精神心理状态的深刻发掘和充分揭示上。(3)20世纪中后期,伴随着科技符号巨大威力的空前彰显和人文社会科学领域里语言转向潮流的高涨,人们普遍意识到了语言符号的巨大能量,在叙事文学领域里小说家和戏剧家们也不约而同地将叙写焦点转向了文学语言符号,转向了对传统文学话语形式的改造和重构上。

跟整个西方叙事文学的叙写线路完全同步,英国叙事文学的叙写线路也经历了从最早的情节编造中心,到后来的人物性格刻画中心、主体心理意识揭示中心、文学话语形式改造重构中心四个阶段。中世纪,从公元5、6世纪到公元15世纪,英国叙

---

① [瑞士]布克哈特:《意大利文艺复兴时期的文化》,商务印书馆1979年版,第124—125页。

事文学领域主要有英雄史诗、传奇、故事等文类,人们把叙写焦点主要放在着力编造生动感人的故事情节上。编造完整统一的故事情节是当时叙写者们建构文学世界的主要路径和方式,代表性的作品有《贝奥武甫》《高文爵士与绿衣骑士》和《坎特伯雷故事集》等。16世纪至19世纪之间,现实主义小说和戏剧创作取得了辉煌成就。此时期作家们将注意力完全放在描绘人物形象、表现人物的人生追求上。刻画鲜明生动的人物性格成为此阶段小说家和戏剧家打造文学世界的主要路径和方式。最杰出的作家有莎士比亚、狄更斯、哈代等。20世纪初至20世纪中期,现代主义小说盛极一时,小说家们普遍将叙写重心放在表现人内在理性与非理性矛盾冲突的心理状态和展示主体精神无意识活动上,深刻揭示人类主体的心理意识状态成为当时的作家组构文学作品的主要路径和方式,代表性的作家有康拉德、亨利·詹姆斯、伍尔夫等。20世纪60年代至20世纪末,后现代主义小说戏剧创作兴起,很多作家自觉不自觉地将叙写重心放在对已有文学话语形式的改造重构上。彻底拆解旧文学话语形式、精心组构新文学话语形式、建构新世界图景是此时期的小说家和戏剧家组织文学文本的主导倾向和基本方式,最具代表性的作家有莱辛、福尔斯、里斯、拜雅特、斯托帕德等。

　　除了时代性外,作家的独特性也是叙写线路的根本属性之一。虽然由于某一时期人们对人和人的本质有相近的认识,因而其文学焦点和叙写线路有一致之处,如16—19世纪人们都以刻画人物性格为重心,20世纪前期都以展示人的心理意识为重心,20世纪中后期主要都以改造重构文学话语形式为重心,但由于处于同一时期的作家们的创作个性各不相同,所以他们在具体作品中对同一种叙写线路的处理方式不尽一致。如16—19世纪期间,莎士比亚、狄更斯、哈代等虽都把重心放在刻画人物性格上,但每个人在具体作品中刻画人物性格的方式大相径庭。如莎士比亚在《哈姆莱特》中是借描述人的情感变化状态刻画人物性格的,狄更斯在《匹克威克外传》中是借喜剧形式刻画人物性格的,哈代在《德伯家的苔丝》中是用悲剧方式刻画人物性格的。20世纪前期康拉德、亨利·詹姆斯、伍尔夫等虽都把叙写重心放在展示人的心理意识上,但他们的展示方式完全不同。康拉德在《吉姆爷》中是用表现人物矛盾心理的方式揭示人物心理意识活动的,詹姆斯在《梅西娅知道些什么》中是用展现多元意识的方式揭示人物心理活动的,伍尔夫在《达洛卫夫人》中是用呈示人内在包括意识与无意识活动在内的意识之河的方式揭示人物心理活动的。20世纪后期莱辛、福尔斯、里斯、沃纳、拜雅特、邦德、斯托帕德等虽都将注意力放在对已有的文学话语形式的改造重构上，但每一个人改造重构的层面或方式大不相同。莱辛在《金色笔记》中改造重构的是传统小说的结构模式，福尔斯在《法国中尉的女人》中改造重构的是传统小说的创作理念和构造程式，里斯在《茫茫藻海》中改造重构的是传统小说的经典文本，拜雅特在《占有》中改造重构的是传统小说的空间形态，沃纳在《靛蓝色》中改造重构的是传统小说的经典文本及空间形态，斯托帕德在《罗森格兰兹和吉尔登斯吞之死》和邦德在《李尔》中改造重构的是传统戏剧的经典文本。

由于一切文学作品的叙写线路都既是统摄全局的、整体性的，又是具体的、独特的，所以本书在探究开发英国文学经典作品时紧紧跟踪并追随特定作品的叙写线路，沿着它们独具一格的运行轨迹和方式，纵览作品的整体图景，细察作品的具体情境，深切体味和深入发掘贯穿于其中的核心旨意。

本书共分三部分。第一部分主要探究16—19世纪英国文学经典作品的主题，集中探究莎士比亚的《哈姆莱特》、狄更斯的《匹克威克外传》和哈代的《德伯家的苔丝》的主题。第二部分主要探究20世纪前期英国文学经典作品的主题，集中探究康拉德的《吉姆爷》、亨利·詹姆斯的《梅西娅知道些什么》、伍尔夫的《达洛卫夫人》的主题。第三部分主要探究20世纪后期英国文学经典作品的主题，集中探究莱辛的《金色笔记》、福尔斯的《法国中尉的女人》、里斯的《茫茫藻海》、拜雅特的《占有》、斯托帕德的《罗森格兰兹和吉尔登斯吞之死》的主题。由于国内学界对20世纪后期英国文学经典作品、特别是后现代文学经典作品的讨论并不十分深入，人们对它们的了解也不很充分，所以本书特意加大此部分的篇幅，选取英国后现代小说与戏剧作品中最有代表性的五部作品进行分析阐述。

◎第一章　16—19世纪的英国文学经典

一、创作背景

　　英语和英国文学虽然产生得比较早，如古英语在公元五、六世纪就已形成，古代英国文学在九、十世纪就产生了，不过正像《牛津简明英国文学史》所言，真正意义上的"现代英语"和"民族国家的明确意识""是在都铎王朝时期（1485—1603）形成的"①，现代英国文学也是在文艺复兴时期形成的。现代英国文学与中古英国文学有着显著的不同，一个突出的标志就是叙写线路发生了重大转变，其文学叙写从过去的故事情节编造中心转向了人物性格刻画中心。戏剧家莎士比亚是最早步入这一新方向的伟大先驱。

　　文艺复兴是西方思想文化史上的一个承前启后的时期。受古代神话和中世纪神学思想话语的影响，文艺复兴以前人们普遍将人、主体或自我看成是人之外的某种力量如神祇、上帝等的附属品，在人们心目中人或个体没有独立的品格，与之相应人或个体的问题一直未被提上议事日程。从文艺复兴时期开始人们才逐步意识到了人或者说个体的独立价值。正像西方著名的文艺复兴文化研究专家布克哈特所言："在13世纪末，意大利开始充满具有个性的人物"，"人成了精神的个体，并且也这样来认识自己"②。此时期人或者说个体逐步取代了过去神或上帝在宇宙中的中心地位，变成了"宇宙的精华，万物的灵长"③，成为世界的

---

①　[英]安德鲁·桑德斯：《牛津简明英国文学史》，谷启楠等译，人民文学出版社2000年版，第125页。
②　[瑞士]布克哈特：《意大利文艺复兴时期的文化》，商务印书馆1979年版，第124—125页。
③　《莎士比亚全集》（九），朱生豪译，人民文学出版社1992年版，第49页。

主宰者。与之相应，人和人性问题便变成了西方思想文化领域里人们探究的核心。如文艺复兴时期的马基雅维利认为人的根本属性是"忘恩负义、容易变心"、"逃避危难、追逐利益"等，它出自人的邪恶天性；17世纪霍布斯认为人的根本属性是自私自利，追求个人幸福，它出自人的"自然状态"；18世纪康德认为人的根本属性是理性，它出自人的自然天性；卢梭认为人的根本属性是慈爱、怜悯、同情心，追求自由、平等生活，它出自人的善良本性；19世纪前期叔本华认为人或自我的根本属性是生命意志，它出自人求生的冲动；19世纪中期马克思提出，人的本质是社会关系的总和，人的本质属性根之于特定的社会关系、特别是特定的政治经济关系等等。

与思想领域里的这种人本主义思潮深刻联系在一起，文艺复兴以降，在叙事文学领域里人们也把关注焦点集中在描绘人和人的精神个性上。早在16世纪后期被誉为是"莎士比亚的先驱"的马洛①，在《帖木儿大帝》、《马耳他岛的犹太人》、《浮士德博士的悲剧》中描绘人们无法扼制的权力欲、金钱欲和对知识无止境的追求，开了着力刻画人物精神个性的先河。之后莎士比亚进一步发展这种叙写倾向，创立了性格戏剧形式。此形式为后来的戏剧家们代代承传，直至19世纪后期20世纪前期的萧伯纳，它一直是英国剧坛上主导性的戏剧话语形式。18世纪前期，"被一代代文学史家和批评家尊为第一位英国小说家"的笛福②，在《鲁滨逊漂流记》中讲述主人公鲁滨逊冒险创业的经历、厚描他进取奋斗的个性特点，开了以刻画人物性格为重心的英国现代小说的先河。之后，19世纪的伟大喜剧小说作家狄更斯、萨克雷和悲剧小说家哈代等从不同的方面发展这种以刻画人物精神个性为出发点、以表现人的本质属性为目标的性格中心小说，将此话语形式推向了巅峰。

---

① 朱维之等主编：《外国文学史》，南开大学出版社2005年版，第75页。
② ［英］安德鲁·桑德斯：《牛津简明英国文学史》，谷启楠等译，人民文学出版社2000年版，第444页。

二、莎士比亚的《哈姆莱特》

(一) 莎士比亚

莎士比亚所处的时代是英国文化史上从古代向现代过渡的一个至关重要的时代,是一个各种各类的新旧观念和新旧话语激烈冲突的时代。政治上,过去的封建封臣制、当下的君主专制制和未来的有限民主制等三元并存,矛盾冲突。文化上,古希腊文化和古希伯来文化两种文化话语二元并存,矛盾冲突。思想上,一部分人坚持旧的基督教的理性控制观念,作家中如托马斯·莫尔、斯宾塞就是典型的例子;另一部分人则坚持新的人文主义的个性解放观念,作家中如乔叟、马洛就是典型的例子。宗教上,英国国教虽然占主导地位,但天主教和新教的势力也很强大,保守的天主教话语、激进的新教话语和中庸的英国国教话语三元并存,矛盾冲突。文学上,戏剧非常兴盛,以基德为代表的表现家族复仇主题的复仇剧和以马洛为代表的表现个人欲望的性格剧并行不悖。

莎士比亚早年是在英国中部偏僻的乡镇斯特拉特福镇度过的。此类乡镇,正像英国莎评家M·M·班德威所说,在中世纪以至伊丽莎白时代宗教气氛很浓,去教堂听道是当时乡镇的人们必尽的义务,而讲述基督教关于世界图景的观点是布道的重要内容。牧师们反复陈述着一个古老的观念:完美无缺的上帝创造了一个完美无缺的宇宙,那里的一切都等级分明,秩序井然。它由太阳、行星、月亮、地球等不同层次的天体构成;其中密布了天仙、人类、动物、植物、无机物等各级不同的创造物,每一创造物又分成不同的等级。宇宙是一个井然有序的有机整体,其中的每一个存在物都是宇宙大机器的一个零件,它们各就其位,各司其职,其中任何一个部分出问题都会严重影响到整体,甚至产生毁灭性的后果。[①] 作为宇宙之一部分的人类社会也等级分明,有君主、教士、贵族、平民等不同的级别,每个人都是等级有序社会中的一分子,应各自按自己的本分行事。20岁以前莎士比亚接受的就是这种等级、有序、理性、顺从的基督教文化话语教育。他在《特洛依斯和克丽西达》中借主人公俄底修

---

① M. M. Badawi, *Background to Shakespeare*, London: Macmillan, 1981, pp. 46–50.

斯明确指出:"诸天的星辰,在运行的时候,谁都恪守着自身的地位,遵守着各自不变的轨道,依照着一定的范围、季候和方式,履行它们经常的职责;所以灿烂的太阳才能高拱出天,炯察寰宇,纠正星辰的过失,揭恶扬善,发挥它的天上威权。众星如果出了常规,陷入混乱的状态,那么多少灾祸、变异、叛乱、海啸、地震、风暴、惊骇、恐怖将要震撼、摧裂、破坏、毁灭这宇宙间的和谐。"① 在《亨利五世》中借坎特伯雷大主教的口说:"蜜蜂就是这样发挥它们的效能:这种昆虫,凭着自己天性中的规律把秩序的法则教给了万民之邦。它们有一个王,有各司其职的官员;有些像地方官员,在国内惩戒过失;也有些像闯码头、走外洋去办货的商人;还有些像兵丁,用尾刺做武器,在那夏季的丝绒似的花蕊中间大肆劫掠,然后欢欣鼓舞,把战利品往回搬运——运到大王升座的宝帐中,那日理万机的蜂王,正在视察那哼着歌儿的泥水匠把金黄的屋顶给盖上。一般安分的老百姓又正在把蜂蜜酿造;可怜那脚夫们,肩上扛着重担,硬是要把小门挨进;只听见'哼!'冷冷的一声——原来那瞪着眼儿的法官把那无所事事、呵欠连连的雄蜂发付给了脸色铁青的刽子手。"② 这即是说从宇宙到人类社会都是等级、有序、和谐的,其中的每一个创造物都应各就各位,各司其职,否则宇宙和社会就会陷入无尽的灾难中。

莎士比亚20岁左右来到了伦敦。他在那里深深体察到了英国大社会的新风尚。当时的英国,随着文艺复兴运动的蓬勃展开和沉积于古典文化典籍中的人性、个性解放、尽情享受现实等人本主义精神观念的复苏,特别是由于资本主义的兴起和新兴资本主义生产方式的强烈刺激,一股新的社会风潮即一切向钱看,人们疯狂地攫取和占有名位、资产、利益,人们的各种自然欲求如强烈的性欲、情欲、金钱欲、权力名位欲等空前膨胀,人们的生活观念和行为方式发生了根本性变化,新兴的自我中心、叛逆、纵欲观念逐步取代了传统基督教的虔诚、顺从、禁欲观念,成为伦敦社会普遍奉行的原则,当时伦敦社会堪称是物欲横流,私念蒸腾。正是在这个意义上,托马斯·莫尔说它是"羊吃人的时代",约翰·邓恩称之为"生了锈的铁的时代"。

莎士比亚早年在乡村受到基督教话语的深刻浸染,接受了中世纪基督教的等级、有序、和谐的牧园式的生活理想,后期的伦敦经历又使他亲眼目睹了新兴商业资

---

① 《莎士比亚全集》,朱生豪译,第七卷,人民文学出版社1992年版,第138—139页。
② 《莎士比亚全集》,朱生豪译,第五卷,人民文学出版社1992年版,第252页。

本大都市里人们个性奔放和欲望蒸腾的状况。他用自己最早在乡镇接受的基督教牧园式的社会理想审视当时作为世界工商业中心的伦敦人们物欲横流的情景，深深意识到了个人和个人的欲望与他的牧园式的世界图景间的巨大距离和尖锐冲突。他将这两种矛盾的思想话语融合到他的戏剧艺术中，便给自己的戏剧话语注入了新鲜的血液，赋予了它新的形态。其新异之处主要在于：他的戏剧表现的不再是外在的行为或社会事件冲突，而是深层的精神观念的冲突，具体而言是传统的基督教的生活信念和新兴的人文主义生活信念之间，或者说这样或那样的社会秩序的维护者与社会秩序的扰乱者之间、集体主义者与个人主义者之间、社会理性与个人欲望之间的冲突。这样，他的戏剧便在不知不觉中将叙写重心转向了个人及其内在矛盾激烈的精神观念冲突，在无意识中彻底改变了传统戏剧以编造完整统一的故事情节为重心的叙写导向，而开辟了新的以描绘个体的人的物质欲求和精神信念、刻画人物的性格为出发点的叙写线路。

莎士比亚在历史剧、喜剧、悲剧等各类剧种的创作中都取得了辉煌成就。跟传统的历史剧一样，莎士比亚的历史剧主要取材于历史事件，关注的是王朝更替、历史变迁等重大的社会历史问题。其独特性在于，作品的关注点不再是各种社会力量的斗争状态以及由之引起的王朝更替，而是维护社会秩序、关心社会民生的英明君主与破坏社会秩序、谋求个人权力的乱臣贼子之间的冲突，其结局或前者战胜后者，社会秩序得到恢复，或正义的力量与非正义的力量同归于尽，一种新的社会秩序从中萌发。他的历史剧塑造了一连串个性鲜明的人物形象，如亨利五世、理查三世、福斯塔夫等等，给人留下了深刻印象。

莎士比亚喜剧的特点也异常明显。它不像古希腊的喜剧以讨论现实中的一些社会重大问题为主，而是以表现现实中的青年男女对自由爱情的执着追求为重心，塑造了一系列追求纯洁真挚爱情的青年男女形象，特别是那些美丽、智慧、大胆、泼辣、敢作敢为的年轻少女形象令人难忘。

在莎士比亚的戏剧创作中，成就最高的是悲剧。他的悲剧彻底突破了传统的戏剧模式，开创了崭新的戏剧理路。具体表现在以下几个方面：（1）不再以讲述一个完整的故事为主，而是以刻画生动的人物性格为主。仅就作品标题看，其悲剧都以某一个人物的名字为标题，如《麦克白》、《李尔王》、《奥瑟罗》、《哈姆莱特》等，很明显其重点在介绍人物。而从作品本身看,他的悲剧不像古希腊的悲剧那样把重心放在讲述事件的发展过程上,如开始出了什么乱子,然后发展到什么地步,最后怎么解决等,而是放在表现人物性格上,如他开始是怎么样的,后来有什么变化,最后发展到什么地步等。如《麦克白》写麦克白开始忠诚英武,堪称是苏格兰王朝的一大支柱,后来在女巫和麦克白夫人的影响下,变得野心勃勃,疯狂残暴,杀了国王,篡夺王位,最后众叛亲离,死于非命,受到应有的惩罚。《李尔王》写李尔开始既慈爱又刚愎自用、专横跋扈,后来因两个女儿的无耻背叛而变得极度愤怒以致疯狂,最后因三女儿的死而悲伤身亡。《奥瑟罗》写同名主人公开始极度热爱自己的妻子苔丝狄蒙娜,后来因伊阿古的挑唆怀疑自己妻子的贞洁,妒性大发,几近发狂,以致最后掐死爱妻,最后真相大白,后悔莫及,自刎而死。(2)一部作品中不是只有一个冲突,而是有多个冲突。如《麦克白》中既有开始的麦克白内在的良知和野心之间的冲突,又有后来的阴谋家麦克白与国王邓肯和大臣班柯之间的冲突,还有最后的篡权者麦克白与反抗者马尔康、麦克道夫等之间的冲突。《李尔王》中既有开始的李尔与三女儿之间的冲突,又有后来的他与大女儿和二女儿之间的冲突,还有最后他与直接和间接害死他三个女儿的爱德蒙之间的冲突。《奥瑟罗》中既有开始的奥瑟罗与苔丝狄蒙娜的父亲勃拉修斯间的冲突,也有后来的奥瑟罗与苔丝狄蒙娜之间的冲突,还有最后的奥瑟罗与伊阿古之间的冲突。在莎士比亚悲剧中的作品冲突不是为了集中有力地表现行为事件,而是为了生动充分地展示人物性格。他的人物性格不是为推动故事情节服务的,就像亚里士多德所主张的那样,故事情节和矛盾冲突是为刻画人物性格服务的。

(二)《哈姆莱特》

莎士比亚的剧作有一个突出特点,即都是在改编已有故事的基础上形成的。《哈姆莱特》也不例外,是莎翁在重写旧话语文本的基础上形成的。哈姆莱特的故事源自中世纪北欧的一个冒险故事——阿姆莱斯的故事(the saga of Amleth),此故事最早出现于丹麦编年史学家萨克索·格拉默提克斯(Saxo Grammaticus)于12世纪末写成的《丹麦史》(*Gesta Danorum*)的第3、4卷中。故事主要讲述的是丹麦王子阿姆莱斯为父复仇的经历,写他通过装疯逃脱了敌人的迫害,杀死了敌人,为父亲复了仇。在封建中世纪,基于封建封臣制基础上的封建家族观念是人们生活中的基本观念,与之联系在一起,家族仇杀和为父复仇的主题是中世纪文学的基本主题。阿姆莱斯为父复仇的故事即属于此类文学。据考证,此故事在16世纪后期法国人贝尔弗莱(Belleforest)的《悲剧故事》(*Histoires Tragiques*)中得到转述,在16世纪末期英国著名的悲剧作家基德的《哈姆莱特》(此剧后来失传了)中得到重写。基德延续了丹麦史上阿姆莱斯为父复仇故事的传统,将之改编成一部生动的复仇剧。

莎士比亚写作《哈姆莱特》事出有因。正像20世纪前期历史学派的著名莎评家斯托尔(Stoll)在《哈姆莱特:一个历史的比较的研究》中所指出的:16世纪中后期的英国剧坛,基德的复仇剧备受观众青睐,这曾使基德所在的汉斯洛剧团受益匪浅,为了跟汉斯洛剧团竞争,钱伯兰剧团也要求编剧莎士比亚写出同样受欢迎的作品。为此莎士比亚便沿用基德复仇剧《哈姆莱特》的材料创作了一部新《哈姆莱特》。①

莎士比亚的《哈姆莱特》虽然"在情节上、在事件上、在人物轮廓上"基本照搬了基德的旧《哈姆莱特》——所以斯托尔认为"莎士比亚的《哈姆莱特》与基德的《哈姆莱特》并没有多大区别"②,但由于莎翁的思想视野和表现方式与基德完全不同,因而他笔下的《哈姆莱特》并不像斯托尔所言完全保留了基德的《哈姆莱特》的基本特征,与后者很相似,而正相反,与后者有本质区别。

与丹麦史中的复仇故事和基德的复仇剧比,莎士比亚的《哈姆莱特》有以下几个显著特点:(1)莎士比亚的《哈姆莱特》虽然沿用了以前的故事架构,但对它的处理方式完全不同,它不再以表现主人公阿姆莱斯或者说哈姆莱特的复仇过程为重心,而是以表现他父死母嫁后的精神情感状态为重心,正像西方当代著名莎评家恰尔顿·M·莱维斯(Charlton M. Lewis)所言:莎士比亚"对人物的冒险行为不感兴趣。他不是将人们的行为视作是人们对外在客体的简单应对,而视作是人物内在矛盾冲突的结果;他感兴趣的是性格和意志的结果,而不是身体和敏捷动作的结果"③。在作品中哈姆莱特复仇的事完全被淡化了,复仇在很大程度上被遗忘或者说被搁置在

---

① Elmear Edgar Stoll, "Hamlet: An Historical and Comparative Study", in *Research Publications of the University of Minnesota*, Vol. VIII No. 5, September 1919, pp. 3 - 4.

② Elmear Edgar Stoll, "Hamlet: An Historical and Comparative Study", in *Research Publications of the University of Minnesota*, Vol. VIII No. 5, September 1919, p. 4.

③ Laurie Lanzen Harris, ed., *Shakespearean Criticism*, vol. I, Gale Research Company, 1984, pp. 125 - 126.

一边，处于核心位置的是主人公的痛苦心情或者说悲剧性格。因此，此剧的核心问题不再是哈姆莱特为什么迟迟不去复仇，而是他为什么如此忧郁悲伤；(2) 作品不是只表现了一种冲突，而是表现了多种冲突，如不仅表现了哈姆莱特与克劳狄斯的冲突，而且还表现了哈姆莱特与王后、与奥菲利娅、与波洛涅斯、与罗森格兰兹和吉尔登斯吞等多个人的多种冲突；(3) 主人公的精神情感不是静态的而是动态的，经历了一个复杂的过程，人物性格不是单一的、扁形的，而是立体的、圆形的；(4) 作者不是用戏剧冲突这一种方式来展示人物的精神世界、塑造人物性格，而是用戏剧冲突和诗性台词两种方式来展示人物的精神世界。

哈姆莱特最早是以忧郁的面貌呈现在我们眼前的。新王克劳狄斯开篇对哈姆莱特说的第一句话是："为什么愁云依然笼罩在你的身上？"①王后乔特鲁德也看出了哈姆莱特的忧郁："为什么你瞧上去好像老是这样郁郁于心呢？""好哈姆莱特，抛开你阴郁的神气吧。"②哈姆莱特自己表白道："我的郁结的心事却是无法表现出来的。"③啊，但愿这一个太坚实的肉体会融解、消散，化成一堆露水！或者那永生的真神未曾制定禁止自杀的律法！上帝啊！上帝啊！人世间的一切在我看来是多么可厌、陈腐而无聊！"④作者展现给我们的哈姆莱特是一个愁云密布、郁郁寡欢、厌世以至想到了轻生的人。

那么他为什么如此忧郁呢？主要根之于他对自己母亲再婚行为的不满。在他的心目中他父母的关系是世界上最和谐美满的。他的父亲是那么"高雅优美：太阳神的鬈发，天神的前额，像战神一样威风凛凛的眼睛，像降落在高吻穹苍的山巅的神使一样矫健的姿态"⑤。他对她的爱是如此之深以至"不愿让天风吹痛她的脸"⑥。而她对他也满怀深情："她会依偎在他的身旁，好像吃了美味的食物，格外促进了食欲一般。"⑦令他百思不得其解的是父亲刚刚去世，母亲就嫁给了无论在外貌还是品质上都无法与父亲相比的叔叔：

---

① 《莎士比亚全集》，朱生豪译，第九卷，人民文学出版社1992年版，第13页。
② 《莎士比亚全集》，朱生豪译，第九卷，人民文学出版社1992年版，第13页。
③ 《莎士比亚全集》，朱生豪译，第九卷，人民文学出版社1992年版，第13页。
④ 《莎士比亚全集》，朱生豪译，第九卷，人民文学出版社1992年版，第15页。
⑤ 《莎士比亚全集》，朱生豪译，第九卷，人民文学出版社1992年版，第88页。
⑥ 《莎士比亚全集》，朱生豪译，第九卷，人民文学出版社1992年版，第16页。
⑦ 《莎士比亚全集》，朱生豪译，第九卷，人民文学出版社1992年版，第16页。

……想不到居然会有这种事情！刚死了两个月！不，两个月还不满！……短短的一个月以前，她哭得像个泪人儿似的，送我那可怜的父亲下葬；她在送葬的时候所穿的那双鞋子还没有破旧，她就，她就——上帝啊！一头没有理性的畜生也要悲伤得长久一些——她就嫁给我的叔叔，我父亲的弟弟。可是他一点不像我的父亲，就像我不像赫拉克勒斯一样。只有一个月的时间，她那流着虚伪之泪的眼睛还没有消去红肿，她就嫁了人。啊，罪恶的匆促，这样迫不及待地钻进了乱伦的衾被！①

很明显，哈姆莱特的忧郁心境完全源自于他传统的贞节观念。在他的理解中夫妻关系是世界上最美好最圣洁的关系，丈夫是妻子的主人和保护者，妻子是丈夫的仆人和私有财产，妻子应对丈夫忠贞不贰，即使丈夫死去，也应坚贞不渝。可眼下他最亲爱的人却为其内在不可扼制的邪恶情欲驱使，违背社会伦理规范，不顾廉耻爬上了别人的眠床，所以感到极度愤怒郁闷。他谴责他的母亲：你"让淫邪熏没了心窍，在污秽的猪圈里调情弄爱"②。"你的行为可以使贞节蒙污，使婚姻的盟约变成博徒的誓言一样虚伪。"③"要是地狱中的孽火可以在一个中年妇人的骨髓里煽起了蠢动，那么在青春的烈焰中，让贞操像蜡一样融化了吧。当无法阻遏的情欲大举进攻的时候，用不着喊什么羞耻了，因为霜雪都会自动燃烧，理智都会做情欲的奴隶。"④他感到自己的母亲丑陋不堪，感到周围的世界邪恶无比："那是一个荒芜不治的花园，长满了恶毒的莠草。"⑤

莎士比亚从其等级、有序、和谐的社会理念出发，十分重视妇女的贞洁和贞操。他作品中所赞美的正面的妇女形象都是守身如玉的贞女，而他所贬斥的反面妇女形象都是放纵情欲的淫荡之女。哈姆莱特对母亲的谴责实际上就是莎士比亚对现实中那些从个人情欲出发、无视贞节观念、再婚又嫁、破坏家庭和谐秩序的妇女的谴

---

① 《莎士比亚全集》，朱生豪译，第九卷，人民文学出版社1992年版，第16页。
② 《莎士比亚全集》，朱生豪译，第九卷，人民文学出版社1992年版，第89页。
③ 《莎士比亚全集》，朱生豪译，第九卷，人民文学出版社1992年版，第88页。
④ 《莎士比亚全集》，朱生豪译，第九卷，人民文学出版社1992年版，第89页。
⑤ 《莎士比亚全集》，朱生豪译，第九卷，人民文学出版社1992年版，第15页。

责,哈姆莱特的苦恼和郁闷实际上是莎士比亚因其理想与社会现实发生激烈碰撞而造成的深度苦恼和郁闷心境的文学隐喻。

在接下来的几幕中,哈姆莱特是以疯狂的面貌出现在人们眼前的。见过鬼魂后哈姆莱特的言行突然发生了变化,显得有些怪异。所以他的好友霍拉旭听到他遭遇鬼魂后所说的话便是:"殿下,您这些话好像疯疯癫癫似的。"[1]他的女友奥菲利娅也这样描述:"哈姆莱特殿下跑了进来,走到我的面前;他的上身的衣服完全没有扣上纽子,头上也不戴帽子,他的袜子上沾着污泥,没有袜带,一直垂到脚踝上;他的脸色像他的衬衫一样白,他的膝盖互相碰撞,他的神气是那样凄惨,好像他刚从地狱里逃出来,要向人讲述地狱的恐怖一样。"[2]他称波洛涅斯是"一个卖鱼的贩子"[3],称国王是"一只蛤蟆,一只蝙蝠,一只老雄猫"[4],称吉尔登斯吞和罗森格兰兹"是两条咬人的毒蛇"[5],称王后是她的"丈夫的兄弟的妻子"[6],他跟所有的人谈话都阴阳怪气,半理性半疯癫,他的行为也不合常理,匪夷所思,如杀死大臣波洛涅斯就像杀死了一只老鼠一样随便。因此,周围的人都认定他疯了。

那么应该怎么理解哈姆莱特的疯狂呢?很多学者认同哈姆莱特与母亲密谈时的自白,认为他是在装疯,目的是想借之掩饰自己的真实心思,伪装自己,麻痹敌人,以找有利的机会反戈一击。也有学者提出反对意见,因哈姆莱特同时也承认,他自己时而清醒时而疯狂:"天上刮着西北风,我才发疯;风从南方来的时候,我不会把一只鹰当作了一只鹭鸶。"[7]而从功用看,在丹麦史中的复仇故事和基德的复仇剧中,新王杀兄娶嫂并准备根除王子的事件是公开的,尽人皆知的,王子只有借装疯,让敌人确认他已失去了生活能力,无力反抗才能躲过杀身之祸,所以装疯完全有必要。而在新剧中,新王杀兄娶嫂的阴谋无人知晓,王子装疯不仅没有必要,相反会起负面作用,会引起新王的警觉。所以此类学者认为,哈姆莱特并不是在装疯,而是的确处于半疯狂状态。

---

[1] 《莎士比亚全集》,朱生豪译,第九卷,人民文学出版社1992年版,第31页。
[2] 《莎士比亚全集》,朱生豪译,第九卷,人民文学出版社1992年版,第37页。
[3] 《莎士比亚全集》,朱生豪译,第九卷,人民文学出版社1992年版,第44页。
[4] 《莎士比亚全集》,朱生豪译,第九卷,人民文学出版社1992年版,第92页。
[5] 《莎士比亚全集》,朱生豪译,第九卷,人民文学出版社1992年版,第93页。
[6] 《莎士比亚全集》,朱生豪译,第九卷,人民文学出版社1992年版,第87页。
[7] 《莎士比亚全集》,朱生豪译,第九卷,人民文学出版社1992年版,第52页。

从剧作的实际情况看,哈姆莱特从遇见鬼魂到派往英国这段时间,言行大部分都半正常半怪异,跟普通人的言行有很大区别,明显带有癫狂特征。所以说,他处于半疯狂状态是符合实际的。那么哈姆莱特为什么会走向半疯狂状态呢?

第一件令哈姆莱特感到触目惊心、给他的精神以巨大震撼、使其几近崩溃的事件是鬼魂所揭示的阴谋:新王克劳狄斯趁他的哥哥老王哈姆莱特在花园里睡着的时候,毒死了后者,篡夺了他的王位,霸占了他的妻子。在年轻的王子心目中人一直是理性的、高尚的、优雅的、美好的:"人类是一件多么了不得的杰作!多么高贵的理性!多么伟大的力量!多么优美的仪表!多么文雅的举动!在行动上多么像一个天使!在智慧上多么像一个天神!宇宙的精华!万物的灵长!"①而鬼魂的话彻底撞碎了他关于人的美好的幻象,展示了一幅完全相反的情景:弟弟为了满足权欲和情欲阴谋毒害哥哥,妻子为了满足性欲情欲无耻背叛丈夫,人跟动物一样是非理性的、凶残的、奸诈的、邪恶的、可怕的。所以他宣称自己过去关于人的美好看法完全被擦抹:"是的,我要从我的记忆的碑版上,拭去一切琐碎愚蠢的记录、一切书本上的格言、一切陈言套语、一切过去的印象、我的少年的阅历所留下的痕迹"②,脑海里留下来的只有可怕的梦魇般的景象:"上天为我作证!啊,最恶毒的妇人!啊,奸贼,脸上堆着笑的万恶的奸贼!"③他眼前的现实情景跟他所向往的东西正相反,他的精神信仰彻底崩溃了:"霍拉旭,天地之间有许多事情,是你们的哲学里所没有梦想到的呢"④,"我必须把它记下来:一个人可以尽管满面都是笑,骨子里却是杀人的奸贼"⑤,"这是一个颠倒混乱的时代"⑥。自此,当他重新面对世界、面对周围的人时再也无法用以前的心平气和的理性的方式去对待了,而只能以激愤的反常的方式去对待,所以便带有明显的癫狂性:一会儿是激越的怪异的,一会儿是平静的正常的。他对厌恶的人如克劳狄斯、波洛涅斯、王后、吉尔登斯吞、罗森格兰兹是如此,对他喜爱的人奥菲丽娅也如此。如对奥菲丽娅,在试探场景中是疯狂的,在戏中戏的评戏

---

① 《莎士比亚全集》,朱生豪译,第九卷,人民文学出版社1992年版,第40页。
② 《莎士比亚全集》,朱生豪译,第九卷,人民文学出版社1992年版,第29—30页。
③ 《莎士比亚全集》,朱生豪译,第九卷,人民文学出版社1992年版,第30页。
④ 《莎士比亚全集》,朱生豪译,第九卷,人民文学出版社1992年版,第33页。
⑤ 《莎士比亚全集》,朱生豪译,第九卷,人民文学出版社1992年版,第30页。
⑥ 《莎士比亚全集》,朱生豪译,第九卷,人民文学出版社1992年版,第33页。

场面中则是理智的。

正因为鬼魂所讲的新王杀兄娶嫂的事件与他关于人的看法完全相异,使他惊愕不已,所以此后他怎么也摆脱不了那种梦魇般的可怕景象,用各种方式一再回味那种情景:如在第二幕第二场中用悲剧演员朗诵皮洛斯凶残地杀死普里阿摩斯老王的方式,在第三幕第二场哑剧和戏中戏里用一个戏班子表演贡扎古的侄儿谋害贡扎古的方式,等等。莎士比亚借此重复手法异常醒目地凸显了哈姆莱特的灵魂深处因其牧园式的社会理想与残酷混乱的社会现实发生激烈碰撞而产生的严重的精神危机。哈姆莱特的这种精神危机事实上是莎士比亚自己的内在精神危机的艺术展现。从其深切期望等级、有序、和谐和平的大治之世的社会理想出发,莎士比亚对眼前的社会政治局势可谓是忧心忡忡。莎士比亚的时代正处在大革命前夕,人们在文艺复兴人文主义新思潮的影响下政治观念已发生了重大变化,不再认同君权神授之旧观念,不再承认王权的绝对权威性,承认贵族的特权。追求个人的独立和自由,要求个人的权利,推翻旧的专制王权统治、建立新的平等自由民主机制可以说已经成为一种社会趋势。莎士比亚站在君主专制制的立场上对此种新兴的暗流既深恶痛绝又感到害怕,所以他在历史剧中一再痛切地批判这类以追逐个人的权利和欲望为人生目标的新人物、新观念,表达了他对英国未来的政治局势的担忧。《哈姆莱特》中的克劳狄斯根本而言是莎士比亚历史剧中的那些以自我为中心、野心勃勃、逐权夺位、狠毒奸诈的邪恶反叛大臣(如理查三世等)的再版,哈姆莱特对他的惊诧和深恶痛绝实际上是莎士比亚对他那个时代新兴的社会政治观念的惊愕和厌恶的形象表达。

给哈姆莱特的精神带来另一重创的是奥菲利娅的举棋不定。哈姆莱特与奥菲利娅相互敬慕爱恋。在奥菲利娅眼里哈姆莱特完美无缺:"朝臣的眼睛、学者的辩舌、军人的利剑、国家所瞩望的一朵娇花;时代的明镜、人伦的雅范、举世瞩目的中心。"①她对他爱慕有加:"我曾经从他音乐一般的盟誓中吮吸芬芳的甘蜜。"②而在哈姆莱特的眼里奥菲利娅也是美的化身。他在给奥菲利娅的信中写道:"给那天仙似的人的,我的灵魂的偶像,最艳丽的奥菲利娅。"③他向她保证:"最亲爱的小姐,只要

---

① 《莎士比亚全集》,朱生豪译,第九卷,人民文学出版社1992年版,第66页。
② 《莎士比亚全集》,朱生豪译,第九卷,人民文学出版社1992年版,第66页。
③ 《莎士比亚全集》,朱生豪译,第九卷,人民文学出版社1992年版,第41—42页。

我一息尚存,我就永远是你的,哈姆莱特。"①过去如此深爱他和为他所深爱的初恋情侣,现在却因为自己境遇的变化,因为其见风使舵的父亲的干预不仅拒绝了他的爱,而且还变成了敌人的工具,反过来刺探他,所以他绝望至极,整个灵魂都被撕裂了。他愤怒地谴责她:"我也知道你们会怎样涂脂抹粉;上帝给了你们一张脸,你们又替自己另外造了一张。你们烟视媚行,淫声浪气,替上帝造下的生物乱取名字,卖弄你们不懂事的风骚。算了吧,我再也不敢领教了;它已经使人发了狂。我说,我们以后再不要结什么婚了。"②"进尼姑庵去吧;为什么要生出一群罪人来呢?"③此处哈姆莱特的愤怒和精神危机明显源自他所坚持的情人间应相互忠诚、至死不渝的原则与奥菲利娅在强大社会势力面前左右摇摆、举棋不定的行为方式之间的冲突。莎士比亚的喜剧作品有一个核心的主题,就是热情赞美那些相互爱慕的男女青年不顾封建势利的家长的阻挠,大胆追求自己的恋爱对象的行为。莎士比亚理想的男女关系是相爱的双方应不为周围的各种社会势力动摇,真诚相爱,坚定不移。在这里莎士比亚借哈姆莱特的精神危机表现了他对自己的这种爱情至上的社会理想的怀疑。

使哈姆莱特的精神受到重大刺激的另一种因素就是他周围的朋友。首先是波洛涅斯。他曾是他父亲的老臣,过去对老王恪尽职守,对哈姆莱特也侍奉得无微不至。可老王刚一去世,他就摇身一变,不仅极力阻挠女儿与哈姆莱特的爱情,而且转过来帮助新王对付哈姆莱特。因此哈姆莱特对之极为厌恶。在哈姆莱特看来,做人应该讲信义,诚恳厚道,不应该唯利是图、见风使舵,而波洛涅斯奉行的却是功利主义原则,即谁对自己有利就帮助谁,不管正义与否。所以称他是鱼贩子,痛快淋漓地嘲笑他、愚弄他。罗森格兰兹和吉尔登斯吞是哈姆莱特最好的朋友,他们和他从小一起长大,情同手足。没想到父王刚死,他们便摇身一变,投靠到克劳狄斯门下,变成了后者的帮凶。哈姆莱特对之极为鄙夷,一直冷言冷语嘲弄讽刺他们,最后毫不犹豫地设计杀死了他们。哈姆莱特与此三人之冲突的焦点在于一方坚持的是人与人之间应该坦诚相待、朋友之间应该心心相印的利他主义原则,一方坚持的是人不为己、天诛地灭的利己主义原则。莎士比亚在《威尼斯商人》等喜剧作品中反复申述

---

① 《莎士比亚全集》,朱生豪译,第九卷,人民文学出版社1992年版,第66页。
② 《莎士比亚全集》,朱生豪译,第九卷,人民文学出版社1992年版,第66页。
③ 《莎士比亚全集》,朱生豪译,第九卷,人民文学出版社1992年版,第65页。

了他关于人际关系的看法,即朋友之间应该心心相印,互相帮助,两肋插刀,人与人之间应坦诚相待,和谐相处。这里哈姆莱特的愤懑和精神危机实际上是莎士比亚的愤懑和精神危机:很明显他对现实中人们为了个人私利而丧尽天良、背信弃义、违背正义法则的行为不仅极为愤慨,而且因束手无策而感到忧心忡忡。

在最后两幕中,哈姆莱特是以厌世和绝望的面貌出现在人们面前的。在第四幕中,当国王问他将波洛涅斯的尸体放在哪里了,他说它吃饭去了,"不是在他吃饭的地方,是在人家吃他的地方;有一群精明的蛆虫正在他身上大吃特吃哩。蛆虫是全世界最大的饕餮家;我们喂肥了各种牲畜给自己受用,再喂肥了自己给蛆虫受用。胖胖的国王跟瘦瘦的乞丐是一个桌子上两道不同的菜;不过是这么回事"①。言下之意,人生不过就是那么回事,一死百了,死了之后,无论是威震天下的君王还是可怜巴巴的乞丐都逃脱不了成为蛆虫餐桌上的一道菜肴的命运,因而拼死拼活奋斗有什么意思呢?第五幕中,他面对被掘墓人挖出来的一个个骷髅大发议论:"它也许是一个政客的头颅,现在却让这蠢货把它丢来踢去","也许是一个朝臣,现在却让蛆虫伴寝,他的下巴也脱掉了,一柄工役的锄头可以在他头上敲来敲去,从这种变化上,我们大可看透了生命的无常","又是一个;谁知道那不会是一个律师的骷髅?他的玩弄刀笔的手段,颠倒黑白的雄辩,现在都到哪里去了呢?为什么他让这个放肆的家伙用龌龊铁铲敲他的脑壳,不去控告他一个殴打罪?"②"要是我们用想像推测下去,谁知道亚历山大的高贵尸体,不就是塞在酒桶上的泥土呢?""比方说吧,亚历山大死了;亚历山大埋葬了;亚历山大化为尘土;人们把尘土做成烂泥;那么为什么亚历山大变成的烂泥,不会被人家拿来塞在啤酒桶上呢?"③从这些言语中可以看到,此阶段的哈姆莱特绝望至极,在他眼里人生不过是一场幻梦,功名如同粪土,一切都随着死亡而化为乌有,人生毫无意义。正因为他最后对世界是如此厌倦,对人生是如此绝望,因而便顺从命运的安排,平静地面对各种阴谋,坦然走向不归之途。

那么哈姆莱特为什么会如此厌世和绝望呢?这无疑与他的生命境遇深切联系在一起。哈姆莱特堪称是一个在所有的层面上都完全落败的人:他既是一个被剥

---

① 《莎士比亚全集》,朱生豪译,第九卷,人民文学出版社 1992 年版,第 98 页。
② 《莎士比亚全集》,朱生豪译,第九卷,人民文学出版社 1992 年版,第 122—123 页。
③ 《莎士比亚全集》,朱生豪译,第九卷,人民文学出版社 1992 年版,第 126 页。

夺王位继承权的王子,又是一个失去父亲和母爱的弃儿,还是一个被朋友出卖、被恋人抛弃的人。在这个世界上他是一个完全孤独的人。在这种状态下,他的厌世和绝望自然不可避免。不过说到底,他的孤独并不是源自外部的社会环境,而是源自他自己内在的思想观念:因为他的社会理想完全是中世纪牧园式的,完全脱离了时代,在周围的人都与时俱进,从自己的本能欲望出发全力追求个人权利和幸福,追求个人的利益,追求现世享受之际,他却始终不渝地坚持传统的维护国家稳定的君臣有别观念、维护家庭贞洁观念、维护友情和道义观念,坚持先社会后个人的利他主义原则,因而与周围的世界格格不入。他无法容忍周围的世界,而周围的世界也无法容忍他,因此便对世界、对人生失去了兴趣,产生了厌世、绝望以至自我毁灭的情绪。他在与雷欧提斯决斗前对霍拉旭说:"我们不要害怕什么预兆;一只雀子的生死,都是命运预先注定的。注定在今天,就不是明天;不是明天,就是今天;逃过了今天,明天还是逃不了,随时准备着就是了。一个人既然在离开世界的时候,只能一无所有,那么早早脱身而去,不是更好吗?随它去。"① 从其追求一种等级、有序、和谐的牧园式人生境界出发,莎士比亚对 16 世纪末 17 世纪初英国伦敦社会人欲蒸腾的现实世界极其厌恶和极度悲观,在这里莎士比亚借哈姆莱特的厌世绝望性格生动表达了他自己对现实世界的深切的不满情绪和忧患意识。

总之,基于其独特的思想视野,在《哈姆莱特》中莎士比亚不再以描述哈姆莱特如何想方设法伪装自己,保护自己,伺机报杀父之仇为主,而以展示哈姆莱特精神情感变化过程为主,他借营造多种戏剧冲突充分表现了哈姆莱特的忧郁、疯狂、厌世绝望等性格特点,抒泄了他的精神苦闷,描绘了他的悲剧命运。很明显,《哈姆莱特》不是一部以描写同名王子为父复仇事件为主的传统的复仇剧,而是以抒泄哈姆莱特的精神苦闷、表现他的个性特点为主的新型的性格剧。莎士比亚借用传统的复仇剧的材料和框架集中地戏剧化地展现了哈姆莱特孤寂无助的精神状态。

莎士比亚最早从父母、乡镇牧师、周围基督教信徒那里接受了一个美妙的社会与人生梦想:世界是完美的、有序的、和谐的。他将他的梦投向生活的主角——人时,人身上便留下了这种美梦的影子:人是善良的,向往爱,向往和谐,向往秩序。

---

① 《莎士比亚全集》,朱生豪译,第九卷,人民文学出版社 1992 年版,第 137 页。

而这种幻梦的影子留给他的关于人的美好的看法反过来又加强了他的梦：正因为人本质上向往爱，向往善，向往和谐秩序（就像葵花永远向往太阳一样），所以生活中虽免不了矛盾，但最后必然会走向美妙和谐。这就是他最早关于生活的信念：人生虽难免矛盾和冲突、灰暗和阴影，可只要执着追求，结局将是和谐和欢快，绿色和阳光。而当他带着早期的这种乡土式的牧歌式的梦幻进入到人欲横流的伦敦大都市时，却发现现实人生远非他设想的那样美妙。人也不像他所设想的那样仁慈、善良、崇高，相反却极残酷、自私、卑劣，人的本性并不是理智和仁爱，而是疯狂、私欲和唯利是图，人们在各自不可遏制的自然欲求的驱使下，你争我夺，将人间一切美好的生活法则如君臣之道、夫妻恩爱、骨肉之情、男女爱情、朋友道义、仁爱怜悯等一扫而光，将社会政治和生活秩序完全打乱，使人类陷入了灾难的深渊。莎士比亚借展现哈姆莱特的忧郁、苦闷和厌世绝望心境深切表达了他自己面对文艺复兴时期伦敦大世界中随着资本主义的新兴而产生的新思想观念，即个人至上和极力追求个人私欲的生活观念而产生的极度不满和苦闷忧虑心情。

《哈姆莱特》的思想贡献在于：在此作品中莎士比亚站在与文艺复兴时期英国新兴资产阶级的新思想观念对立的立场上敏锐体察到了这种新的思想潮流，并借哈姆莱特的视野和话语、以振聋发聩的方式揭示了此种个人至上和放纵私欲的新思想观念已经为人们广泛接受，变成了绝大多数人的行为准则。局限性在于：在此作品中莎士比亚不是站在时代的前方，从正面去理解这种个人至上和追求金钱地位名利的思想观念，将之看成是社会发展的动力，全力张扬它，而是站在时代的后方，从反面理解它，将之视为洪水猛兽式的东西，极力否定它。事实上，此种观念后来发展成了西方现代人的最基本的人生观念，变成了西方现代社会的思想基础和基本法则。

三、狄更斯的《匹克威克外传》

（一）狄更斯

19世纪前期英国跟欧洲其他国家一样,正处于思想文化的大转型时期。在整个欧洲范围内,哲学思想上,卢梭等人所倡导的关于人是自然的产物、人类最美好的境界是其原初无拘无束的自由平等境界的自然论观念,逐步让位于马克思、恩格斯等人关于人是社会的产物、人类的理想境界是通过阶级斗争回到无阶级差别状态的社会历史论观念;人生理念上,斯潘斯、欧文等人所倡导的铲除私有制和抑制社会不平等的空想社会主义,逐步让位于边沁等人所倡导的保护私有制、追求个人意志和幸福的功利主义;文学上,司各特、华兹华斯、拜伦、雪莱、雨果、夏多布里昂等人所坚持的浪漫主义,逐步让位于盖斯凯尔、乔治·艾略特、勃朗特姐妹、萨克雷、巴尔扎克、福楼拜等人所遵循的现实主义。面对这种新旧思想激烈交锋、新旧话语尖锐冲突的时代风潮,狄更斯的态度很超脱,既不满意旧的自然论、理想主义、浪漫主义等旧思想文化话语,也无法完全认同社会历史论、功利主义和现实主义等新思想文化话语。他从自己对社会人生的独特理解出发、从他一贯所坚持的既充满温情幻想又不脱离社会实际的人道主义思想出发,对上述思想话语做出了独特反应:既嘲笑旧的理想主义思想,又讽刺新的功利主义观念。正是这种广泛而不十分尖锐的思想批判性赋予了他的作品以浓烈的喜剧色彩。在《匹克威克外传》中,他善意地嘲笑了理想主义者匹克威克和他的朋友们的怪诞举止,令人忍俊不禁;在《董贝父子》和《艰难时世》中,他留有余地地讽刺了功利主义者董贝、葛雷梗等的思想言行,令人既厌恶又怜惜。

19世纪前期英国的小说创作十分繁荣。马里恩·韦恩-戴维斯在其主编的《布鲁姆斯伯里英国文学导读》中指出:"现代批评普遍认为19世纪——更具体些,维多利亚时代——为小说所主导。在文学术语中,词语'小说'自然而然地与'维多利亚'相伴而行,就像诗歌与'浪漫时代'并置或戏剧与'王政复辟'联系在一起一样。"①

---

① Marion Wynne-Davies, ed., *Bloomsbury Guide to English Literature*, London: Bloomsbury Publishing Ltd, 1989, p. 94.

英国 19 世纪小说直接源自其 18 世纪的小说。18 世纪,英国的文学语境发生了重大变化。此时期印刷术得到广泛推广,期刊和出版业空前兴盛,书面语取代了过去的口头语,成为主导性的传媒方式。文学叙事不再以口头讲述和身体表演的形态出现,而是以书本和期刊的形态出现。同时,随着资本主义的发展,社会上出现了一个新的阶层,即有知识有文化的有产者阶层。文学受众主要是那些能读书识字的社会中上层人士。他们感兴趣的不是那种浪漫奇特、扣人心弦的传奇故事,而是那些能给自己的人生带来深刻启迪的生活经验。与之相适应,文学领域里便产生了一种着力描绘具体社会个体的特殊生活经历与经验的新型文类,即小说。此种文类最早由笛福、斯威夫特等人创立,后来在菲尔丁、理查生、斯摩莱特、哥尔斯密、斯泰恩等人的推动下得到了长足发展,至 19 世纪已成为英国文学园地里最重要的文学形式。

英国 18 世纪的小说从其形成之时起就丰富多样。从艺术风格看,既有描绘某个人的传奇人生的作品,如《鲁滨逊漂流记》、《格利佛游记》等,亦有摹写某个人的日常生活经历和思想情感的作品,如《帕美拉》、《克拉丽莎》、《汤姆·琼斯》、《阿米莉亚》等,还有表现某个人细腻的感受情绪的作品,如《威克菲牧师传》、《感伤旅行》等。从审美形态看,既有描绘和赞扬正面人物、塑造某种值得赞许的生活范型的严肃型作家如笛福、理查生等,亦有嘲笑负面形象、否定现实中某些不合理的思想言行的戏谑型作家如斯威夫特、菲尔丁等。

狄更斯(1812—1870)是 19 世纪前期英国最伟大的小说家。奥地利著名作家茨威格称他"是 19 世纪唯一伟大的作家,是英国传统在文学创作上的最高体现"[1]。《新大英百科全书》称"狄更斯是第一个在有生之年最受人们欢迎的作家"[2]。他的小说艺术是在全面继承和发展欧洲、特别是英国 18 世纪现实主义喜剧小说形式的基础上形成的。

狄更斯出生于一个贫困的小资产阶级家庭。他父亲是英国海军军需处的一个职员,由于嗜酒成性,浪荡挥霍,使家庭经常处于入不敷出的状态,甚至一度使家人住进了负债人监狱。狄更斯小时候只上过几年学。他的文学知识和修养全是通过自学获得的。

---

[1] [奥]斯蒂芬·茨威格:《六大师》,黄明嘉译,漓江出版社 1998 年版,第 46 页。
[2] *The New Encyclopedia Britannica*, Vol. 5, By Encyclopedia Britannica, Inc., 1984, p. 706.

在文学形式中,狄更斯最早接触的是小说。在小说形式中,他最早接触的是现实主义喜剧小说。据狄更斯研究专家埃德加·约翰逊考证,童年时代,狄更斯在他家的阁楼里发现了父亲扔在那里的一大堆喜剧性小说,如"《蓝登传》、《皮克尔传》、《亨佛利·克林克》、《托姆·琼斯》、《威克菲尔德的牧师》、《堂·吉诃德》、《吉尔·布拉斯》、《鲁滨逊漂流记》"等①,他翻来覆去阅读它们,在不知不觉中走进了由塞万提斯和菲尔丁等人代表的欧洲和英国现实主义喜剧小说传统中,并全面接受了它的话语形式。他借用此种形式观察世界、陈述世界,结果打造了一系列独特的艺术境界即喜剧性艺术境界。狄更斯同时代的批评家约翰·福斯特称:"狄更斯是英国有史以来最伟大的幽默家。"②狄更斯小说艺术的独特性就在于他成功地吸收和发挥了塞万提斯、斯威夫特、菲尔丁、斯摩莱特等人所创立和传承的现实主义喜剧小说传统,创作了一系列脍炙人口的喜剧人物形象。

(二)《匹克威克外传》

正像很多西方批评家所分析指出的,《匹克威克外传》是狄更斯在有意无意地模仿塞万提斯的《堂·吉诃德》的基础上写成的。③《匹克威克外传》模仿《堂·吉诃德》的痕迹很明显:(1)《堂·吉诃德》一著是用主人公的名字命名的,其用意很明确,就是要介绍堂·吉诃德这个人物,《匹克威克外传》亦然,它也是用主人公的名字命名的,很明显旨在介绍匹克威克这个人物;(2)《堂·吉诃德》继承了西班牙流浪汉小说的传统,不是以讲述一个完整的故事情节为重心,而是以刻画主人公的个性特征为重心,它通过发生在堂·吉诃德身上的一连串互不相关的小故事生动表现和凸显了堂·吉诃德理想空幻的性格特征,同样《匹克威克外传》也把叙写重心放在描绘主人公匹克威克形象上,通过讲述匹克威克的荒唐行为事件刻画了他不切实际的个性特征;(3)为了突显主人公堂·吉诃德的个性特点,塞万提斯在《堂·吉诃德》中引

---

① [美]埃德加·约翰逊:《狄更斯——他的悲剧与胜利》,林筠因、石幼珊译,天津人民出版社1992年版,第22—23页。

② [英]约翰·福斯特:《查尔斯·狄更斯传》,见《狄更斯评论集》,罗经国编选,上海译文出版社1981年版,第294页。

③ 详见 George H. Ford, *Dickens and His Readers*, Princeton University Press, 1955, pp. 13, 140; Forster, *The Life of Charles Dickens*, Vol. I, London: Everyman's library, 1948, pp. 11, 74; Alexander Welsh, "Waverley, Pickwick, and Don Quixote", *Nineteenth-Century Fiction*, Vol. 22, No. 1. Jun., 1967, pp. 19–31.

入了桑丘这样一个与堂·吉诃德从外貌到精神个性完全相反的人物,同样为了彰显匹克威克的性格,《匹克威克外传》也引入了山姆这样一个与匹克威克从气质到思想行为截然相反的人物;(4)《堂·吉诃德》的艺术世界主要是由堂·吉诃德和桑丘一主一仆的冒险经历编织成的,桑丘是在堂·吉诃德第二次冒险时出场的,《匹克威克外传》亦然,主要是由匹克威克和山姆一主一仆的出游经历编织成的,山姆也是在匹克威克再次漂游时亮相的;(5)《堂·吉诃德》是用即兴方法写成的,作者兴笔写来,自由洒脱,自然流畅、丰富多样,同时也散漫拖沓;《匹克威克外传》也一样,作者信马由缰,无拘无束,写得自然美丽、有声有色,当然也疏松、芜杂。

《匹克威克外传》不仅全面模仿了《堂·吉诃德》的叙写线路、结构框架、写作风格等,而且还深刻借鉴了后者的叙述基调。原型批评家弗莱曾从文学的主要描写对象主人公的状态出发将文学叙述分为以下五类形式:(1) 神话,"主人公是神",他"在性质上既比其他人优越,也比其他人的环境优越";(2) 浪漫故事,主人公的"行动是出类拔萃的,但是仍被视为是人类一员",他"在一定程度上比其他人和他所处的环境优越";(3)"高模仿","主人公是一位领袖",他"虽在一定程度上比其他人优越,但无法超越他所处的自然环境";(4)"低模仿","主人公就是我们中的一员","他不比其他人优越,也不比他人所处的环境优越";(5)"反讽",主人公"比我们自己在能力和智力上低劣,从而使我们对其受奴役、遭挫折或荒唐可笑的境况有一种轻蔑的感觉"[①]。弗莱在这里是从文学描写对象的状态的角度阐述文学叙述类型的,如果我们换一个角度,从文学叙述者的态度基调的角度看待文学叙述,那么我们完全可以将弗莱的此五种叙述类型改写为如下的形态:(1) 神话,叙述者用膜拜的态度基调叙写描写对象;(2) 浪漫故事,叙述者用景仰的态度基调叙写描写对象;(3)"高模仿",叙述者用尊崇的态度基调叙写描写对象;(4)"低模仿",叙述者用平等礼遇的态度叙写描写对象;(5)"反讽",叙述者用轻蔑和嘲笑的态度基调叙写描写对象。《堂·吉诃德》的叙述者在描述堂·吉诃德的生活经历、刻画堂·吉诃德性格时完全运用的是反讽式的叙述基调。《匹克威克外传》在描绘匹克威克形象时完全沿用了《堂·吉诃德》的反讽式叙述基调。

---

① [加]诺思洛普·弗莱:《批评的解剖》,陈慧等译,百花文艺出版社1998年版,第3—5页。

《堂·吉诃德》，顾名思义，就是给人们述说堂·吉诃德。它的核心线条自然非堂·吉诃德形象莫属。堂·吉诃德原名叫吉哈诺，是西班牙一个叫拉·曼却的乡村的乡绅。五十多岁，喜欢打猎。他闲来无事，借读骑士小说消磨时间，结果上了瘾，竟卖了好几亩地，买了整整两屋子骑士小说，从黎明读到黄昏，又从黄昏读到黎明，整天泡在骑士小说中，结果达到了出神入化的境界，思想全被骑士小说所占据，满脑子是骑士小说中的景象，如冒险、比武、征战、巨人、魔法等等。最后他决定模仿骑士传奇中的游侠骑士，周游四方，行侠仗义，扶植正义，建立功勋，成就一番伟大事业，流芳百世。他外出冒险，遭遇了无数风波，经历了无数事件。这些事件虽然外在形态千差万异、各不相同，但内在结构却完全一致：表明他是一个思想空幻、行为荒唐的疯子。举几个例子。他第一次出游，来到野外，看见一个地主正在打一个不听话的牧童，他将那地主幻化成一位骑士，他上前制止了那个地主，并用武力强迫那地主以骑士的名义起誓，从此以后决不再鞭打那牧童。可那地主压根就不是什么骑士，所谓的骑士誓约对他根本没有约束力，等堂·吉诃德一离开，便变本加厉地狠命抽打牧童，以发泄他被堂·吉诃德羞辱之怒气。所以当牧童再一次看到堂·吉诃德时，像躲避瘟神一样躲开他，并对堂·吉诃德说，但愿他从来没有遇到过他。堂·吉诃德第二次出游，来到蒙铁艾尔郊外的平原上。那里耸立着三四十架巨大的风车，长长的翅膀在风力驱动下不停地转动。堂·吉诃德一开始就将它们幻化成了作恶多端的巨人，他先向意中人杜尔西内娅小姐祷告了一番，接下来便骑着瘦马，舞着长枪，上前拼杀，结果被风车扫出去，摔到地上跌了一个半死。另有一次，他看到几个士兵押解着十二个脚颈上拴着铁链、手腕上戴着手铐的人在路上走，他们原是一伙苦役犯，他却将他们幻化成了受难的骑士，因而不分青红皂白，猛冲过去赶跑卫兵，打开苦役犯手脚上的锁链和镣铐，解放了他们。与此同时，他还让他们拿着这些锁链和镣铐，作为战利品去向他的意中人杜尔西内娅请功。这些苦役犯本来就是一群暴徒，听到他疯疯癫癫的话，摸不着头脑，便用大大小小的石头回敬他，结果将他打得遍体鳞伤。最后这些苦役犯全逃跑了，而他自己却因为放走了罪犯，犯了国法，不得不跑到深山里藏匿，以逃避官兵的追捕。在所有这些事件中，堂·吉诃德先是用幻觉式的目光看待事物，因而完全幻化了事物，歪曲了事物，然后依据他的虚幻认识行事，从而做出了一系列脱离实际的荒唐事，最后因为行为方式的不切实际他的行侠壮举不仅没有取得预期的效果、获得成功,相反却使事情变得更糟,殃及自己和他人,以惨败告终。以上述第一件事件为例,他本来是想救助牧童,结果却适得其反,使后者遭到更为残暴的鞭打。

在《堂·吉诃德》中塞万提斯用令人忍俊不禁的反讽基调和喜剧形式生动描述了堂·吉诃德一系列的荒唐行为事件,反复刻画了他思想意识的空幻性和行为方式的不切实际性等性格特征,创作了一个活灵活现、令人难忘的艺术形象。联系当时的思想文化背景,堂·吉诃德的这种满脑子的空想、思想行为严重脱离实际的思想和行为可谓意味深长。从根本上说,这正是中世纪宗教神学和骑士道等形而上意识形态的文学隐喻。中世纪的神学和骑士文学将实实在在的人类世界看做是表象,是虚幻的,将虚无缥缈的神的世界和超人的国度看做是实体,是真实的;相信和重视神奇、超验的东西,怀疑和轻视平凡经验的东西;重视灵魂和精神,崇尚超凡脱俗的圣洁、典雅情操,而轻蔑肉体和物质,贬斥实实在在的混浊俗世、低俗欲念;抛开现世人生,追求超现实的天国和奇异境界,抛开真真切切的现实事务和现世幸福,将身心全扑在超验的上帝与神的事务上和空洞的荣誉上。其思想意识完全是空幻的,其人生追求和社会行为完全是脱离现实的。对这种形而上意识形态,在塞万提斯之前人们普遍用神圣的、崇仰的态度去看待和叙写,换作弗莱的话,即用"浪漫故事"的模式去叙写它,所以被建构成了极为崇高的形态。正像弗莱所暗示的,它在骑士传奇、宗教宣道故事、圣人圣徒的传说等形式中被叙写成高尚和神圣的东西,受到了人们的景仰。[①] 中世纪西方人对这种形而上学意识形态的普遍信仰、推崇、身体力行,很大程度上就是由这些叙写形式促成的。面对中世纪的这种形而上学意识形态,塞万提斯的态度与众不同:他不是用神圣的、崇仰的目光去看待它,而是用亵渎的、嘲笑的目光看待它,不是用"浪漫故事"的模式去叙写它,而是用"反讽"或者说喜剧的模式去叙写它。这样,在他的笔下一贯受人景仰的崇高的东西被建构成了另外一种形态:即变成了虚假、病态、自欺欺人、可笑的东西,变成了笑料。自《堂·吉诃德》以后,宣扬这种形而上意识形态的骑士传奇、宗教故事等"浪漫故事"式的叙写形式受到了致命的打击,差不多销声匿迹了。与之相关,中世纪的那种以空幻为本质特征的形而

---

① [加]诺思洛普·弗莱:《批评的解剖》,陈慧等译,百花文艺出版社1998年版,第5—6页。

上意识形态也寿终正寝了,代之而起的是那种重视现世、重视现实、重视人自身的价值和利益的人文主义、经验主义和理性主义等。《堂·吉诃德》一贯被认为开了西方现代小说形式的先河,事实上它也开了西方现代思想方式之先河。

狄更斯的《匹克威克外传》完全沿用了《堂·吉诃德》"反讽"式的叙写模式。跟《堂·吉诃德》一样,《匹克威克外传》主要描写了匹克威克的多次传奇式的游历和多个生活事件。正像美国著名解构主义批评家和狄更斯研究专家希利斯·米勒所指出的,《匹克威克外传》中所写的每一次游历、每一个事件都是一个独立的整体,整个作品是由这无数的游历和事件构成的:"匹克威克的每一次游历都有一个真正的周期,即伴随着开端、发展和结局,与一种有节奏的连续性关联在一起。虽然这每一次游历本身是完整的,但它们全部集合到一起构不成一个内在相互关联的整体、构不成一个其长度等于整部小说之长度的统一的周期。而相反,每一个事件都是从一个新的起点上重新开始,每一个事件都在它的忘却中达到高潮。"[①]所有这些各自独立的游历和事件都是同构的:都写匹克威克天真的思想理念、幼稚的行为方式和在现实中四处碰壁的状态。匹克威克虽然年逾花甲,可思想却像儿童一样单纯。在他眼里人是善良的、真诚的、仁爱的,人生是和谐的、美好的。他内在有一种无法扼制的冲动,即全力为社会的发展和大众的幸福做贡献,使美好的人生更加美好。为此他退休后依然闲不下来,自发组织了一个社会团体"匹克威克"社,决定为推动社会发展和民众的幸福出力。他过去研究水源很有成就,为人们有效利用水资源做出了重大贡献,现在决定研究社会风习和人性,为人们建立合理的社会机制和法则、引导人们走向幸福生活提供依据。为此他不辞辛劳,跑遍英国大地,进行无偿的社会调研工作。不言而喻,匹克威克完全是一个理想主义者。西方学者亚历山德尔·维尔什曾指出,匹克威克是对司各特等浪漫主义作家笔下浪漫传奇文学中的理想主义人物的模仿。[②] 匹克威克实质上正是狄更斯之前遍布于英国和欧洲的以浪漫主义者和空想社会主义者等为代表的理想主义者的生动写照。这些理想主义者如卢梭、拜伦、雪莱、托马斯·斯潘斯、罗伯特·欧文、雨果等,才华横溢、精神高尚、抱负远大。他

[①] J. Hillis Miller, *Charles Dickens: The World of His Novels*, Harvard University Press, 1958, pp. 21-22.

[②] Alexander Welsh, "Waverley, Pickwick, and Don Quixote", *Nineteenth-Century Fiction*, Vol. 22, No. 1, Jun., 1967, pp. 19-30.

们受启蒙主义思想的深刻影响,对人类抱有美好的看法,认为人天生是自由的、善良的、仁慈的、有同情心的,他们把心思全放在改变社会现实、追求美好未来等社会事业上,他们的思想观念和行为方式是超凡脱俗的,是理想化的。对18世纪末和19世纪前期欧洲社会的这些理想主义者,狄更斯之前人们多是抱着景仰和尊崇的态度、用"浪漫故事"和"高模仿"的基调叙写的。在他们的笔下,那些追求自由美好人生境界的理想主义者或光辉灿烂,是人们膜拜的偶像,或崇高伟大,是人们学习的榜样。而狄更斯却对之作了相反的处理:即不用"浪漫故事"或"高模仿"的基调陈述他们,而是用"反讽"的或者说喜剧的基调陈述他们。这在他对匹克威克的叙写中表现得非常明显:他不是把他当做一个出类拔萃的英雄对待,而是当做一个脑筋转不过弯的、不合时宜的书呆子处理。因而在狄更斯那里,他不再是一个超凡脱俗的英雄,而是一个想入非非、到处碰壁的傻瓜。

匹克威克跟"匹"社的朋友们做出了周游英国各地、考察英国社会的决定后便立即付诸行动。出行的第一天,他一爬上出租车就迫不及待地做起了调研工作。他拿出笔和笔记本,向马车夫问东问西,并认认真真地将马车夫的话全记在了笔记本上。他的这种与众不同的怪异行为,立即引起了马车夫的警戒,后者将他当成了密探,不仅一路对他撒谎,而且到目的地后,还辱骂他,并纠集了一群马车夫,对他大打出手,这使匹克威克猝不及防,他不仅在身体上受到了伤害,在精神上也受到重大打击。

正当匹克威克和他的朋友们被一群马车夫围起来打得无法招架的时候,一个传奇式的人物金格尔出现了,他风风火火,咋咋呼呼,镇住了那群马车夫,救出了匹克威克和他的朋友们。"匹"社的朋友们对他佩服得五体投地,加上他自称是上等人、海军司令,匹克威克一伙人更是崇仰他,将他奉为上宾。岂知金格尔是一个地地道道的无业游民、流氓和骗子。他一路上骗吃骗住不说,而且到华德尔山庄以后,还骗取了匹克威克好友华德尔妹妹的芳心,引诱后者跟他私奔、结婚,直到华德尔先生肯给他一笔钱他才将华德尔小姐还给了华德尔先生。匹克威克看到自己的天真和轻信给朋友在财产和声誉上带来严重损伤,十分懊丧。

匹克威克第一次出外考察回到伦敦,由于有一句话说得比较含糊,使本来对他有好感的巴德尔太太产生了误解,认为他在向她求爱,所以便顺势倒在他的怀里,此情景正好被他的三位朋友看到。匹克威克一再声明这是一场误会,可巴德尔太太却认定他是在向她求爱。后来一家伦敦律师事务所的两个奸诈律师道孙和福格知道此事后,见有利可图,便怂恿巴德尔太太控告匹克威克,要求他赔偿她名誉和精神损失费。匹克威克明白这是道孙和福格搞的阴谋,他们想借机敲诈,所以坚决不掏钱。最后因拒绝付费他被监押了一段时日。

匹克威克心高志大,本身是抱着探究真理、改造社会、拯救人类的雄心投入世界的,可结果不但没有能如他所愿,改造社会、拯救人类,相反自己却一再身陷困境,灾祸连连,无法自保,为此他最后不得不悄然隐退,躲到乡下去过自扫门前雪的生活。

受塞万提斯的深刻影响,狄更斯从一开始就不是用景仰或尊崇的目光看待他周围的理想主义者的,而是用嘲讽的目光看待他们。他仿照塞万提斯用"反讽"的基调叙写此类理想主义者,从根本上改变了后者的形象风貌:他们不再以超众的不可企及的英杰的面貌出现在人们眼前,而是以怪异的、想入非非的、到处碰壁的、不合时宜者的面貌出现在人们眼前。狄更斯借匹克威克形象深刻揭示了18世纪末19世纪初的理想主义者的空想性、不切实际性以及必然无功而返的历史命运。19世纪三四十年代以后,在西方强调精神和情感生活的理想主义意识形态日益衰微,强调物质和现实利益的实证主义、功利主义、自然主义等意识形态越来越兴盛,这不能说与狄更斯等人最早对理想主义意识形态的深刻怀疑和犀利嘲讽没有深刻关联。

总之,在《匹克威克外传》中狄更斯不仅照搬《堂·吉诃德》的流浪汉小说叙写线路,将注意力完全集中在描述匹克威克的漂泊经历和刻画他的理想主义的性格特征上,而且模仿后者的反讽基调,善意地嘲讽了匹克威克思想的空想性和行为的不切实际性,借之隐讳地批判了18世纪末19世纪初欧洲和英国的浪漫主义者和空想社会主义者大而无当的思想观念和行为方式。

四、哈代的《德伯家的苔丝》

（一）哈代

哈代 1840 年出生于英国西南部的一个小村庄，父亲是一个石匠，母亲是一个文学爱好者，读书很多。哈代很小时就在母亲引导下阅读了大量文学作品，如德莱顿翻译的维吉尔的诗集、约翰逊的《拉塞拉斯王子传》、班扬的《天路历程》等等，引发了哈代对文学的浓厚兴趣。他 9 岁被送到道塞特郡的一所学校学拉丁文、拉丁文学、数学、法语等。16 岁离开学校，在道塞特给建筑师希克斯当学徒。希克斯是一个温和友善的人，他鼓励哈代继续学习古典文化。哈代利用业余时间自学希腊文和拉丁文，阅读了不少古典文学作品。22 岁哈代到了伦敦，在布鲁姆菲尔德建筑师手下当绘图员，工作了五年。他边工作边如饥似渴地阅读和写作。在这段时间里他钻研了大量作品，如莎士比亚的作品，浪漫主义诗人特别是华兹华斯、雪莱、济慈的作品。他同时创作了大量诗作。他多次投稿，都被退回。27 岁因健康原因，他重新回到了乡下。因写诗无法赚钱维生，他转而创作小说，从 1867 年至 1896 年共写了 14 部长篇小说，4 部短篇小说集。1896 年《无名的裘德》面世后受到猛烈攻击。他愤而放弃小说创作，重新致力于诗歌创作。

哈代的文学阅读面很广，既有古典史诗、戏剧，亦有现代小说、抒情诗。不过他最重视的是现代抒情诗。他的创作生涯是从写抒情诗开始的，亦是由之收尾的。他平生创作了 8 本抒情诗集。他曾说过，他"一直想成为一个诗人，写小说只是为了赚钱"①。正像英国哈代专家默里恩·威廉姆斯所说，在哈代的创作生涯中最早激发他的创作热情、打造他的思想视野的是英国诗歌，特别是英国浪漫主义诗人的诗歌："确切无疑他受到诗人的影响远比小说家的影响大。他对弥尔顿和莎士比亚有透彻的了解，然而他真正的根基是英国的浪漫派传统，那传统以这样或那样的方式帮助塑造了差不多所有的英国诗人，直到此传统为第一次世界大战毁灭为止。"②小时候哈代模仿华兹华斯创作了《家宅》等诗，28 岁从伦敦回到家乡，曾细品过华兹华斯的

---

① 转引自[英]Merryn Williams,《哈代导读》,北京大学出版社 2005 年版,第 56 页。
② [英]Merryn Williams,《哈代导读》,北京大学出版社 2005 年版,第 56 页。

《不屈不挠和独立》等作品以期使自己摆脱失望心境。济慈的《夜莺颂》和雪莱的《致云雀》激发他写出了名诗《在阴郁中》。他称雪莱是"了不起的抒情诗人"①。

众所周知,浪漫派产生于18世纪后期。伟大思想家和作家卢梭是其先驱。卢梭在《论科学和艺术》、《人类不平等的起源和基础》等著作中提出了著名的理论即"返回自然",令全人类震惊。他指出,人类不是在不断走向光明和幸福而是在不断陷入灾难和不幸,其祸根是文化和知识。人类原初处于没有任何社会联系的"自然状态"中,那时人们没有实业,没有语言,没有战争,他们自由自在地漂泊在森林中。那里"每个人都生而自由、平等"②,所有的人都自足快活。但是随着文化和知识的产生,"自然状态"为"文明社会"所取代,人类失去了天赋的自由和平等,陷入一种永劫不复的混乱和争斗境地。他认为人类只有根除丑恶的社会和文明,返回到没有文化劣迹的原初纯真的"自然状态",才能获得真正的幸福。在这里,卢梭将自然和文化对立起来,极力赞美前者,贬斥后者,是一个典型的自然至上论者。他不仅在上述理论作品中全面阐述了这种观念,而且在文学作品中深切表达了这种观念。他在《新爱洛伊斯》中将朱丽和圣普乐二人发自内心的自然感情即炽烈的爱情跟当时人们的门第观念和道德理性思想对立起来热情赞美了前者,强烈谴责了后者。卢梭的"返回自然"理论深刻启发了当时新生代思想家、政治家的思想理念,堪称是启蒙运动和法国大革命的思想基础;也深刻影响了当时新生代作家的创作,堪称是浪漫派的文学范型。当时浪漫派的伟大作家,从法国的雨果,到德国的青年歌德,再到英国的华兹华斯、济慈、雪莱,都无不是将自然境界和自然人性与社会文化和理性压制对立起来,无不赞扬前者而贬抑后者。作为浪漫派诗人的崇拜者和模仿者,哈代在无意识中完全秉承了这些先驱们的思想视野。他将自然和自然人性与文化和社会文明对立起来,热情赞扬前者,强烈贬斥后者。对之西方批评家戈德哈特说得再明白不过:"就关于自然和社会对立程度的看法而论,哈代则是一个彻头彻尾的浪漫派抒情诗

---

① 详论见[英]Merryn Williams,《哈代导读》,北京大学出版社2005年版,第56—61页。
② [法]卢梭:《社会契约论》,何兆武译,商务印书馆1963年版,第7页。

人。"①"在劳伦斯之前,哈代不遗余力地痛斥了文明的暴行。"②

除文学话语外,对哈代的思想视野产生过重大影响的另一种话语是科学思想话语。19世纪后期,英国的自然科学得到了巨大发展,新思想新理念层出不穷。哈代的信件和笔记表明,他曾熟读过达尔文和赫胥律的著作,对他们深为尊崇,将他们视作是他那个时代最好的科学思想的代表。1856年至1861年他在道塞特郡给建筑师希克斯当学徒期间,认识了一位剑桥大学学生贺拉斯·莫勒,后者引导他阅读了一些理论批评和科学著作。1862年到伦敦后,他研读了达尔文的《物种的起源》,接受了它的基本观念。1882年他在参加威斯敏斯特大教堂举行的达尔文的葬礼时称自己曾是《物种的起源》的"最早的欢呼者"中的一员。关于赫胥律,他60年代在伦敦遇见过几次,称"他是一个将无畏的大脑与最温暖的心肠结合在一起的人、一个举止最谦和的人"③。后来他在《德伯家的苔丝》中提到过赫胥律的《论文》。达尔文和赫胥律都坚持认为生物不是上帝依据爱和善的法则创造出来的,而是依据自身"物竞天择"、"适者留存"的法则自然而然地进化而成的。通过阅读他们的论著哈代深刻认识到,世界上的物种和生命是由自然法则支配的,是不断变异的。1865年他抛弃了年轻时所接受的基督教信仰,变成了一个不可知论者。

哈代熟悉很多同代哲学家,如非理性论者尼采和柏格森、不可知论者斯蒂温(Leslie Stephen)、强调理智与情感冲突的傅立叶、倡导无意识自由意志的斯宾塞、主张上帝是人的需要的产物的费尔巴哈、宣扬利他主义的孔德等。对他思想影响最大的是约翰·斯图亚特·穆勒和叔本华的学说。1865年哈代在穆勒的一次公开演讲中亲眼见到了后者,四十年后当他描述那次演讲时,称穆勒为"上世纪最深刻的思想家中的一位"。他对穆勒的论作《论自由》印象尤为深刻,称"那个时期我们这些学生差不多都能背诵它"④。他在《无名的裘德》的第四章第三节中引用过穆勒讨论自由的言论。穆勒是英国实用主义哲学的代表人物之一詹姆斯·穆勒之子,他继承了父

---

① Eugene Goodheart, "Thomas Hardy and The Lyrical Novel", in *Nineteenth-Century Fiction*, Vol. 12, No. 3, Dec., 1957, p. 219.
② Eugene Goodheart, "Thomas Hardy and The Lyrical Novel", in *Nineteenth-Century Fiction*, Vol. 12, No. 3, Dec., 1957, p. 225.
③ 转引自[英]Merryn Williams,《哈代导读》,北京大学出版社2005年版,第67页。
④ Thomas Hardy, *The Life and Work of Thomas Hardy*, edited by Michael Millgate, London: Macmillan, 1985, p. 355.

亲关于"最大限度的快乐是正和误的衡量尺度"的观念，提出了人的快乐有很多种、如果个人不自由不快乐那么整个社会都将会处于痛苦中的观念。通过阅读穆勒，哈代明白了个人自由远比社会控制更可取和个人快乐远比社会机制更重要的道理。

  对哈代的思想影响最大的是叔本华。哈代自己说过，他的哲学"是对从叔本华到后期哲学家的发展"①。他阅读过叔本华的力作《作为意志和表象的世界》与《论充分理论律的四重根由》的英译本，并在其中的核心观点"意志必然归于所有无生命物"上做了标记。② 1888 年他查阅《大英百科全书》，记录了叔本华关于生存意志的悲观论观点。③ 之后又查阅了《钱伯斯百科全书》，记录了叔本华关于"无意识的、自动的或无理性的意志"的观念。1891 年他从叔本华的《悲观论》中摘录了大量条目，其中包括一个重要主张："除非痛苦是生命的直接和当下的目标，否则我们的存在必然无法达到目的。"④哈代从叔本华的论著中接受了如下观念：支配宇宙万物的根本力量是其内在的不可扼制的生命意志，这种无意识非理性的原始冲动才是驱使世界万物运动的真正的力量。

  以上各种话语集结到一起不知不觉地塑造了哈代关于世界和人生的基本观点和视野：世界万物不是由超自然的天主主宰的，而是受自然本身的客观法则支配；每一种存在内在都有一种不可抗拒的天然力量即意志，正是它驱使事物运动发展；人类也是凭着这种源自自然本身的原始的、本能的、天然的、纯真的意志行事的；在现实中人的自然天性或内在意志无不受到各种人为的社会力量如社会环境、文化传统、道德观念等的限制、挤对、压迫甚至扼杀，所以现实中的人无不处于痛苦之中，其人生无不是悲剧式的。哈代是这样理解世界和人生的，也是这样叙写和创造自己的文学世界的。跟他的文学前辈笛福、菲尔丁、奥斯丁、乔治·艾略特、狄更斯、萨克雷一样，哈代的小说也以写某一个或某几个人的生活经历经验为主，不过他不是用

---

① Helen Garwood, *Thomas Hardy: An Illustration of the Philosophy of Schopenhauer*, Philadelphia: John C. Winston Co., 1911, pp. 10—11.

② Carl Weber, "Hardy's Copy of Schopenhauer", *Colby Library Quarterly*, 4/12, November, 1957, p. 223.

③ Richard Little Purdy and Michael Millgate, ed., *The Collected Letters of Thomas Hardy*, Oxford: Clarendon Press, 1978-1988, vol. 21 p. 203.

④ Richard Little Purdy and Michael Millgate, ed., *The Collected Letters of Thomas Hardy*, Oxford: Clarendon Press, 1978-1988, vol. 2, p. 28.

乐观的格调而是用悲观的格调处理笔下的人物。他的主人公大部分都依自然本性和意志行事,从而与环境和社会发生了激烈冲突,最后以悲剧结束。他的名作《还乡》中的游苔莎和姚伯、《卡斯特桥市长》中的亨查德、《无名的裘德》中的裘德和淑是如此,他的代表作《德伯家的苔丝》中的苔丝亦不例外。

(二)《德伯家的苔丝》

《德伯家的苔丝》完成于1891年,是哈代著名的"性格与环境小说"系列中最重要的一部。作品主要写19世纪后期英国南部道塞特郡的一个乡下姑娘苔丝的一段生活经历。哈代本来的职业是建筑师,文学创作是他的业余爱好和副业。与他的建筑师职业关联在一起,他的小说结构十分精美。作品以苔丝最初在乡下参加狂欢的乡间游行舞会开始,以她最后在城里被送上绞刑架结束。《德伯家的苔丝》文学大厦的外部轮廓首先赋予人们以深深的悲剧感,接着哈代在此大悲剧框架中精妙地嵌入了四个小悲剧造型:如苔丝在马勒村和纯瑞脊的悲剧、在塔布篱的悲剧、在棱窟槐的悲剧、在沙埠的悲剧等,进一步强化了作品的悲剧气氛。而每一个小悲剧框架又都按如下的节奏布置:苔丝一开始自然、平静、轻松或快活;接着遇到这样那样的强大社会压力,生命遭到严酷摧残,极度痛苦;最后万念俱灰,死寂、绝望。作品一再重复这种节奏,从而极充分地彰显了苔丝的悲剧命运,取得了震撼性的悲剧效果。

作品的核心线条是苔丝形象。苔丝是一个乡下姑娘,美丽、真诚、质朴、纯洁无瑕,堪称是大自然的杰作。作品一再宣称她漂亮、纯真、洁白,跟大自然一样楚楚动人。作品的标题是:"德伯家的苔丝——一个纯洁的女人"。第二章描述她有"一双天真纯洁的大眼睛","还丝毫没沾染上人生的经验"[1]。第三章说"她还是一个天真纯洁的女孩子"[2]。第五章再一次称她"天真纯朴"[3]、"天真烂漫"[4]。第七章称她是"诚实的'美丽'",她的两个小妹妹是"烂漫的'天真'",她的母亲是"头脑单纯的'虚荣'"[5]。第十一章写道:"这样美丽的一副细肌腻理组织的软縠明罗,顶到那时,还像

---

[1] [英]哈代:《德伯家的苔丝》,张谷若译,人民文学出版社2003年版,第21—22页。
[2] [英]哈代:《德伯家的苔丝》,张谷若译,人民文学出版社2003年版,第26页。
[3] [英]哈代:《德伯家的苔丝》,张谷若译,人民文学出版社2003年版,第48页。
[4] [英]哈代:《德伯家的苔丝》,张谷若译,人民文学出版社2003年版,第53页。
[5] [英]哈代:《德伯家的苔丝》,张谷若译,人民文学出版社2003年版,第62页。

游丝一样,轻拂立即袅袅;还像白雪一般,洁质只呈皑皑"①。第十二章称她的天性"宽宏大量、易受冲动"②。第十五章说她是大自然的"尤物","她的外表,漂亮标致,惹人注目;她的灵魂,是一个纯洁坚贞的妇人的"③。第十八章借克莱的口称她"是多么鲜亮、多么纯洁的一个自然女儿哟!"④第二十章中克莱视她是"一片空幻玲珑的女性精华——从全体妇女里化炼出来的一个典型仪容"⑤。第二十六章中克莱为她"寥廓清朗,不染尘寰的本色"所倾倒。⑥ 第二十七章称"她的本性,往四面流溢,向身外喷放"⑦。第三十章称她"天真未凿"⑧。第三十六章称她"绝对纯洁"⑨、"率直纯朴"、"心底忠厚"⑩。第四十六章中亚雷也承认苔丝"能出污泥而不染"⑪。第四十九章中克莱不得不承认"苔丝的清白""很能胜过别的处女"⑫。

这样一个美丽动人、纯正无邪的自然之子,一个光彩照人的人间"尤物"本来应该养尊处优,自由美满,幸福快乐。可事实正相反:她的自然本性受到了严重扭曲,她的生命意志被严重摧残,她承受了常人所无法承受的苦楚,她的生活充满了痛苦、悲伤、绝望。究其原因,她所处的环境太鄙陋太黑暗了,用她自己的话说,她投错了胎、降生在了这样一个有"毛病的"星球上——即"疤拉流星"上。她的人生悲剧完全是由那背逆她的自然本性和自由意志的社会力量造成的。此社会力量归结起来主要有两大类:一是外在力量,主要包括她所处的鄙陋的生活环境以及暴虐的社会势力和社会文明;二是内在力量,主要包括她自己内在的道德观念。苔丝从十六岁到二十多岁间经历了被亚雷强暴、被克莱抛弃、被亚雷重新占有、被社会送上断头台等四段人间悲剧,这些悲剧无不是由上述两种强大的

---

① [英]哈代:《德伯家的苔丝》,张谷若译,人民文学出版社2003年版,第89—90页。
② [英]哈代:《德伯家的苔丝》,张谷若译,人民文学出版社2003年版,第92页。
③ [英]哈代:《德伯家的苔丝》,张谷若译,人民文学出版社2003年版,第122页。
④ [英]哈代:《德伯家的苔丝》,张谷若译,人民文学出版社2003年版,第148页。
⑤ [英]哈代:《德伯家的苔丝》,张谷若译,人民文学出版社2003年版,第159页。
⑥ [英]哈代:《德伯家的苔丝》,张谷若译,人民文学出版社2003年版,第200页。
⑦ [英]哈代:《德伯家的苔丝》,张谷若译,人民文学出版社2003年版,第205页。
⑧ [英]哈代:《德伯家的苔丝》,张谷若译,人民文学出版社2003年版,第225页。
⑨ [英]哈代:《德伯家的苔丝》,张谷若译,人民文学出版社2003年版,第228页。
⑩ [英]哈代:《德伯家的苔丝》,张谷若译,人民文学出版社2003年版,第288页。
⑪ [英]哈代:《德伯家的苔丝》,张谷若译,人民文学出版社2003年版,第376页。
⑫ [英]哈代:《德伯家的苔丝》,张谷若译,人民文学出版社2003年版,第399页。

社会力量导致的。

作品伊始,苔丝的资质亮丽得令人羡慕:"她是一个姣好齐整的姑娘——也许她跟别的几位比起来,不一定更姣好——不过她那两片娇艳生动的红嘴唇儿,一双天真纯洁的大眼睛,使她在容貌和颜色上,平添了一段动人之处。她头上扎一根红带子,在一片白色的队伍里,能以这样引人注目的装饰自夸的,只有她一个人。"①她的生活自然、欢快,跟村上的青年男女一起唱歌跳舞,轻松愉快。

一个偶然的事件,彻底改变了苔丝的命运:喜欢琢磨历史古迹的崇干牧师有一个新发现,即考证出她的祖上原是显赫的贵族世家德伯氏,并将此消息告诉了她的父亲。父亲是一个虚荣心极强的人,听到此消息后激动不已。母亲极其势利,听到此消息后,突发奇思,要苔丝到本地的一个姓德伯的大户人家去认亲戚,并期望她嫁一个有钱人,改变自己家的穷困状况。这对自由高傲的苔丝来说无异于上门乞讨,简直不堪忍受,所以坚决反对。可支撑他们家经济命脉的"王子"马猝死后,他们家的财路被切断,家人面临着忍饥挨饿的窘况。为了生计她不得不违心地去拜访那户与他们无任何瓜葛的所谓的本家。而她的命运悲惨得令人痛心疾首:她非但没有得到那户所谓的本家的帮助,相反却被那家狂暴放纵的公子亚雷·德伯诱骗、强暴。之后她的精神完全处于痛楚之中。在回家的途中她看着传教士在乡村的垣墙、篱阶上用红笔涂写的《圣经》摘句"你,犯,罪,的,惩,罚,正,眼,睁,睁,地,瞅,着,你",觉着很可怕,"好像是指摘她的罪过似的"②;回到家后感到无地自容,"恨不得眼前有一座坟,她好钻到里面去"③。后来生下一个小孩,受到了人们的极度轻蔑,这使她处于万念俱灰的状态。她上教堂做礼拜通常找人们不注意的地方坐。有一次听到别人议论,她很难过,自此便闭门不出,"所以到后来,差不多人人都以为她已经离家出走了"④。

苔丝的辛酸经历令人悲叹深思:一个如此自然清纯的生命却被门第观念、虚荣、邪恶力量、传统观念所压迫、扭曲、欺凌、强暴、折磨、煎熬,这不能不让人为苔丝和她所代表的自然人性与生命意志叫冤,不能不令人怀疑社会环境和文明理性的合

---

① [英]哈代:《德伯家的苔丝》,张谷若译,人民文学出版社 2003 年版,第 21 页。
② [英]哈代:《德伯家的苔丝》,张谷若译,人民文学出版社 2003 年版,第 97 页。
③ [英]哈代:《德伯家的苔丝》,张谷若译,人民文学出版社 2003 年版,第 102 页。
④ [英]哈代:《德伯家的苔丝》,张谷若译,人民文学出版社 2003 年版,第 103 页。

理性。苔丝的确投错了胎,她不该到这个丑恶的"疤拉流星"上来受折磨。

苔丝被亚雷强暴回到马勒村的两三年后,小孩突然夭折,她于是离开马勒村到远离家乡的塔布篱牛奶厂工作。在那里她工作卖力,为人诚恳热情,人缘关系好,最初过得轻松快活。后来慢慢喜欢上了一位在那里学习农业技术的青年安玑·克莱。克莱出身牧师家庭,他的父亲本来想送他去剑桥读书,希望他像两位哥哥一样或作牧师,或作研究员,可看到他凭心性行事,不上正道,因而放弃了送他到剑桥读书的想法,由着他去闯荡。克莱不仅英俊潇洒,而且生性纯朴、率直,蔑视门第地位,根本不在乎"社会习俗和礼节","越来越把地位、财富这一类物质方面的优越不看在眼里"(第143页),他的思想言行与"自然女儿"苔丝的心性很相近。她深深地爱上了他。可她对克莱爱得越深,顾虑便越大,自卑感越强,恐惧心理越重,痛苦越深。传统的贞洁观念使她感受到自己身体的不纯洁和污秽,使她感觉到自己与克莱之间有一条巨大的鸿沟,所以她一面渴望克莱的爱,一面又惧怕这种爱的来临;一面在克莱一次又一次的追求中兴奋狂喜,一面又带着极度恐惧的心情违心地拒绝克莱的求爱。"苔丝现在的生命之线,分分明明是两股儿扭成的,一股儿是绝对的快乐,一股儿是绝对的苦海。"①她的灵魂处在完全撕裂的状态,她的痛苦可以说无以复加。而这一切正像哈代所说:"大半都是由于她有了世俗的谬见而来,不是由于她天生本有的感觉而起。"②看来传统的道德观念的确害人不浅。

这种以失贞为罪恶的根深蒂固的传统道德观念,不仅深深积淀在苔丝的精神深处,给她带来了无尽的痛苦,同时也深深融化在克莱的心灵中,从而给苔丝也给他自己带来了不堪回首的悲剧命运。虽然母亲一再叮嘱苔丝不要将自己失身的事告诉丈夫,但为自己真诚坦率的天性所驱使,苔丝在新婚之夜还是将自己被强暴过的事告诉了她的所爱。她所惧怕的事情终于发生了:她的所爱无法接受她不贞的事实,最终忍痛抛弃了她。由于她与克莱有同样的道德理念,所以她完全能理解丈夫的举动,她将所有的罪过都扛到了自己的肩上,为给爱人带来的不幸深深歉疚,从而开始了自己无怨无悔的赎罪历程。

被丈夫抛弃后她回到了父母身边,希望在那里找到寄身之处。可图慕虚荣的父

---

① [英]哈代:《德伯家的苔丝》,张谷若译,人民文学出版社2003年版,第213页。
② [英]哈代:《德伯家的苔丝》,张谷若译,人民文学出版社2003年版,第111页。

母老早就将她嫁给一个上等人的消息传扬出去了。现在她独身一人回家,只能有两种可能:或压根没有嫁出去,或嫁给了一个不仁不义的丈夫。为了维护丈夫的名誉,她不得不将克莱临走时留给自己的一大半生活费交给父母,离开家乡。之后她给丈夫写了许多恳求原谅的书信,却都石沉大海,毫无回应。于是她彻底绝望了,只好无目的地到处漂泊。

春夏秋三个季度很快过去,冬季来临,她手头的钱全部用光了。以前丈夫告诉她,如果有困难可以找公婆帮助。但为了顾全丈夫的面子,她打消了找公婆的念头,到棱窟槐找了一份农活,挣钱糊口。棱窟槐虽然环境恶劣,工作艰苦,同时雇主也不怎么友好,但由于苔丝此时没有更多的念头,只想着挣钱养活自己,所以精神比较安然、宁静。后来有一次偶然与亚雷相遇,结果却被后者纠缠上了。他不顾她的仇恨和厌恶情绪,死皮白赖地追求她,使她几乎无地容身。正是在这种情境下,她给丈夫写了一份泪迹斑斑的书信,发出了绝望的呼号。她质问那压得她喘不过气来的道德观念和持该观念的克莱:"我怎么了?我到底怎么了?……发生那件事的时候,我还是个小孩子哪!男人的事儿,我还一点都不懂得哪!"①"一个女人,即便作了她作的这种事,难道就应该受这样的惩罚吗?"②看着她遭受如此折磨,我们不能不对那扼杀她的个人意志和破坏她的人生幸福的传统道德观念的正义性产生深刻的怀疑,不能不同意作者如下的观点:"其实她现在这一切苦恼,都是她那位心上所爱的人褊狭的见解给她弄出来的。"③"她不由自主所破坏的,只是人类所接受的社会法律,而不是她四围的环境所认识的自然法律。"④她是"一个纯洁的女人"。

正在此时她的家里出现了重大变故:先是母亲卧病在床,家里由于缺少食物连土豆秧子也吃了,地里没有下种,家境破败到了无以为继的地步⑤;母亲的病刚见好,父亲心脏病发作,一命呜呼,"他们的那所房子,典约只限三辈,轮到德北上,恰好满期"⑥;德北一死,租约便被终止,房子被收回,苔丝一家人被赶出了马勒村,最后沦落

---

① [英]哈代:《德伯家的苔丝》,张谷若译,人民文学出版社 2003 年版,第 275 页。
② [英]哈代:《德伯家的苔丝》,张谷若译,人民文学出版社 2003 年版,第 298 页。
③ [英]哈代:《德伯家的苔丝》,张谷若译,人民文学出版社 2003 年版,第 352 页。
④ [英]哈代:《德伯家的苔丝》,张谷若译,人民文学出版社 2003 年版,第 104 页。
⑤ [英]哈代:《德伯家的苔丝》,张谷若译,人民文学出版社 2003 年版,第 403 页。
⑥ [英]哈代:《德伯家的苔丝》,张谷若译,人民文学出版社 2003 年版,第 408 页。

到流浪街头、无处安身的地步。而此时纨绔子弟亚雷·德伯邪恶的占有欲达到了疯狂的地步。在棱窟槐时他就一而再再而三地纠缠苔丝,在马勒村他更是穷追不舍,他陪苔丝干活,伴她迁移,主动为她的家人安排住所,似乎得不到苔丝就誓不罢休。而苔丝方面,开始还期望心爱的丈夫能够回心转意,与自己重修旧好,可苦苦等了一年多,不仅没有见到丈夫本人,甚至连一封书信也没接到。于是她不得不相信亚雷的谗言——她的所爱完全抛弃了她。这样,她在一种四面楚歌的情境中彻底绝望了,于是放弃了自己的期盼和追求,心灰意冷地屈从了亚雷的占有欲,投入了她所仇恨和厌恶的人的怀抱。

苔丝与亚雷同居后不久,克莱从巴西赶回英国。一年多的境外艰难历程和丰富阅历使克莱的思想视野开阔了不少。他深深意识到以过去人们确立的道德观念为标准来评判人是荒谬的,评判一个人的好坏的真正依据应该是他本人的"目的和冲动"、本人的"意向"、本人的意志。他反问自己:"一个人受了强暴才屈服,那种屈服能减削那个人的人格吗?"①从意志和人格的角度看,苔丝无疑没有丝毫过失。所以他到后来对自己抛弃苔丝的行为极为悔恨。他一接到苔丝的信便马上赶了回来。可惜由于那封信耽搁了许久才转到他手中,所以等他千辛万苦、终于在沙埠找到妻子时,发现妻子又一次落入了亚雷手中。不过这一次他没有因为自己所爱的人的失足而嫌弃她,而是因为再次失去她而后悔不已。与此同时,见到克莱后苔丝身上被扑灭的生命之光重新燃烧起来,她再也无法忍受与自己的心上人痛苦分离的日子,于是便亲手杀死了那一再强暴她的意志、剥夺她的自由和幸福的暴虐之徒亚雷,与自己的所爱逃出来,躲到一个野外空宅,过上了最甜蜜快乐的恩爱生活。但这种甜蜜快乐如过眼云烟,转眼便消逝了。没几天他们的踪迹就被发现,他们相遇恨晚的热恋和快乐很快被警察围追堵截所带来的出逃和恐惧所取代。由于此时他们对夫妻恩爱的渴望达到了无以复加的地步,所以因无法得到满足而产生的痛苦和失望也达到了极限。他们终于被警察捕获,由于苔丝杀了人,最后被判"典刑"处死。克莱和苔丝又一次被残酷地隔离开了,被永远隔离开了。这一次扼杀他们的爱情和快乐的不再是他们内在的道德观念,而是外在的社会法规。人们常说哈代是一个悲观主

---

① [英]哈代:《德伯家的苔丝》,张谷若译,人民文学出版社 2003 年版,第 397 页。

义者，看来一点不假。很明显对哈代而言，在人类社会中人们要想完全凭自然天性行事，完全实现个人意志意愿，获得真正的自由、幸福、快乐几乎是不可能的，因为社会环境和传统文明等社会力量太丑陋太黑暗了。

哈代在作品之第四十三章描绘苔丝在棱窟槐的生存境况时写道："在这个地方，也和在别的地方一样，有两种势力互相冲突：天生的意志想要享乐，环境的意志却不允许享乐。"① 其实这不止是苔丝在棱窟槐时的生存境况，也是她一生的生存境况。跟所有的人一样，她生命中有一种强烈的本能、冲动，就是随心所欲、无拘无束、快快活活地生活，可是她的环境、她所面对的各种社会力量，包括窘迫的家庭状况、父母愚昧而庸俗的言行、社会强权者的代表亚雷的举动、前人所敲定的非人性的宗教道德偏见等，将她追求自由和幸福的个人意志死死地箍束起来，扭曲它、扼压它、摧残它、折磨它，使之永远处在压迫和煎熬之中。苔丝的悲剧即是个人意志受社会力量的约束挤压的结果，是自然天性受文明理性暴虐凌辱的结果。哈代在这里借刻画苔丝凭自然天性行事的个性特征和描述她为周围的社会环境所残酷扼杀的悲剧命运，强烈谴责了人类几千年以来的违背自然法则、人的自然天性、自由意志的所谓的社会文明和传统的世俗观念。

如前所述，自然法则和社会法则的对立曾是卢梭以降的 18 世纪末 19 世纪初浪漫主义作家笔下的一个普遍的主题，浪漫主义者们借自然法则尺度深刻质疑了人类社会文化文明的合理性和正当性，为人类重新审视自己的社会文化，设计新的文化行程和方案，提供了极重要的参考系统，在人类文化史上有划时代的意义。可我们知道，从 19 世纪三四十年代开始，随着资本主义的自由竞争和金钱至上法则的确立，人们的心态发生了重大转变，即从过去的理想、务虚转向了现实、实证。费尔巴哈的唯物论和孔德等人的实证主义思想广为流行，人们将注意力逐渐从超凡脱俗的奇妙的自然境界转向了实实在在的现实环境和社会文明。从史达尔夫人到泰纳、马克思、恩格斯都认为人与他所生存于其中的环境不可分，人是社会环境的产物，人性即是人这样或那样的社会性。与之相应，19 世纪中后期的作家们不再将人性看作是一种与社会环境相对立的东西，而将之视作是它的产物，视作是社会现实的一部分。

---

① ［英］哈代：《德伯家的苔丝》，张谷若译，人民文学出版社 2003 年版，第 337 页。

固然此时期的作家亦在写人生的悲剧,在批判社会,不过他们不再像卢梭等浪漫主义者那样站在社会文明之外批判社会,而是站在社会文明之内批判社会文明,以一种文明形态为尺度来鞭挞另一种文明形态。正像西方批评家戈德哈特分析指出的:这个时期的"小说家也许会经典性地批评和讽刺社会,甚至表现出排斥社会的姿态,但当他委身于社会现实之际,仅仅排斥社会的某种特殊的形态。他轻蔑的不是作为社会的社会。事实上小说家发现将人的自然本性跟它在社会背景中所构成的形式分开是不可能的"①。哈代的创作、特别是"性格与环境小说"的独特性正在于他一反同时代作家站在社会内部批判社会的姿态,而是以浪漫主义者为样板,站在社会之外批判社会。正如戈德哈特所言:"哈代极不信任社会装置,他试图将自然(即人的自然本性)从社会中剥离出来,试图将它们对立起来。挑衅性地肯定在充满威胁的社会中的主体的个人性。"②他借自然法则无情鞭挞与之背道而驰的社会法则,他从个人意志出发深刻揭露社会现实、传统宗教道德观念以至整个人类文明的非人本性,他对社会文明的批判可谓是釜底抽薪,深彻见底。众所周知,19世纪中后期的维多利亚时代是英国思想文化史上比较保守的时代。此时期的英国社会,正像中国学者吴其尧和西方学者斯特雷奇所言,十分理性、严肃:"谈到英国维多利亚时代的风尚,人们通常认为严肃的道德观念是其核心所在。这种严肃的道德观念不仅决定了人们的品行,也决定了整个社会的风俗。这种严肃的道德观念经常经牧师的宣讲、父母长辈的颂扬、学校教师的灌输、法院法官的鼓吹以及文人骚客的歌颂,传播到社会的各个阶层,上达贵族阶级,中及中产阶级,下及工人阶级。"③此时期"18世纪的最后痕迹都消失不见,玩世与诡谲都被粉碎了,义务、勤勉、德行、伦常取代了它们"④。在这样一个大力倡导理性、节制、德行等社会文明规范的时代,哈代尖锐质疑社会文明的合理性,否定传统道德理念的正当性,无疑具有惊世骇俗之效应。正因此他的"性格与环境小说"系列、特别是《德伯家的苔丝》和《无名的裘德》的面世,引

---

① Eugene Goodheart, "Thomas Hardy and The Lyrical Novel", in *Nineteenth-Century Fiction*, Vol. 12, No. 3, Dec., 1957, pp. 216-217.
② Eugene Goodheart, "Thomas Hardy and The Lyrical Novel", in *Nineteenth-Century Fiction*, Vol. 12, No. 3, Dec., 1957, pp. 216-217.
③ 吴其尧:《唯美主义大师王尔德》,浙江大学出版社2009年版,第62页。
④ [英]G.L.斯特雷奇:《维多利亚女王——"日不落帝国"缔造者的一生》,罗卫平译,贵州人民出版社2004年版,第100页。

起了强烈的反应,并为他招致激烈的攻击。为此他最后不得不中止小说创作,转而去写诗。从艺术效应看,他的小说以自然法则为根据对文明、理性、传统的思想道德观念、特别是性观念的彻底反思批判开了20世纪非理性主义和性解放的先河,具有占现代主义之先的味道。

◎第二章 20世纪前期的英国文学经典

一、创作背景

20世纪前期是西方思想文化史上一个天翻地覆的时代。19世纪后期人们已对传统思想文化的精神支柱如上帝、理性等产生了深刻的怀疑,如尼采、柏格森等旗帜鲜明地提出了"上帝死了"、理性是人鲜活的精神世界的僵死外壳和枷锁的观念。发生在1914—1918年间的第一次世界大战彻底粉碎了人们关于人是理智的、理性的传统观念,使人们深深体察到了人身上的另一面即非理性和疯狂的方面。于是,倡导非理性、无意识的弗洛伊德学说便应运而生,风靡一时。

20世纪前期人们的自然观和人性观发生了巨大变化。自然科学领域,爱因斯坦创立了相对论,从根本上改变了人们对事物和世界的看法,改变了人们视野中世界的图景。传统中人们普遍认同牛顿的经典物理学所描述的世界图景:事物最基本的存在形式是时间和空间;空间性是事物的状态,时间性是事物的运动过程,它们互不相关;时间和空间是绝对的、抽象的,牛顿将之称作是"绝对时间"和"绝对空间";世界上所有的事物都处在同样的时间和空间中,处在同样的参照系中,是由同样的框架支撑的,所以是统一的、一体的。爱因斯坦的相对论告诉人们,世界上的事物以时间和空间形式存在,而事物的时间和空间是相对的具体的,它们随着周围的关联物或者说参照系的变化而不断变异,所以事物永远处于动态变化之中,是丰富多元的、矛盾差异的、不可穷尽的。

哲学人文社会科学领域,非理性主义思想得到广泛传播。20世纪初,柏格森创立了直觉主义理论。柏格森指出,生命是进化的发展的,生命的本质特征是"绵延",

它是一个无尽的流变过程,生生不息,从不停止。它在不断创造,不断发展,不断生产新的生命形式。它像河水溪流一样,是一种融过去、现在和未来为一体的浑然不可分的永远处在变化中的充满活力的自然力量。人类的认知方式主要有两类:一种是分析的、空间化的、概念化的方式,它理性地看待事物,将之看成是固态的非连续的;另一类是整体的直接体悟的方式,它直觉地看待事物,将之看成是动态的浑然一体的。传统中人们都是用前一种方式看待事物、看待生命,因而不仅未把握住事物的内核和生命的实质,相反却固态化了事物和生命,将鲜活的存在变成干枯的僵尸。人们要想突破既有的认知谬误,就必须突破传统的理性方式,用新直觉方式感知事物,只有这样才能触及到生动鲜活的事物和生命本身。"一战"前柏格森的直觉主义在西方思想界产生了巨大反响,很多思想家和艺术家受到了它的深刻影响。

20世纪初,对传统的理性主义带来致命打击的是弗洛伊德创立的心理分析学说。弗洛伊德原是一位精神病医生,他在治疗精神病人的过程中注意到,精神病人发病并不是因为他们的脑组织受了损伤,而是心智出了问题,病根不在生理上而在心理上,主要是因为他们的生命能(力比多)受到压抑而产生的焦虑心情引起的。为此他创立了催眠法和"自由联想"法,试图引导病人释放被压抑的生命能,摆脱焦虑,排除病因,恢复正常状态。由此他打开了人精神心灵中的一个广袤领域即无意识领域,将尼采、柏格森等所倡导的非理性理论推向了一个新的阶段。在他看来,人的精神除了包括人自己能意识到并能控制的意识的层面外,还包括人自己意识不到并无法控制的无意识的层面,而后者才是人精神中能量最大、最活跃的成分,是人精神心理的基础和动力。人的行为在根本上受制于其非理性的无意识冲动。人的无意识是自然的、本能的、盲目冲动的、混乱无序的,它通常是通过梦幻、失语、笑话等非理性的方式呈现出来。文学艺术是人的未得到满足的愿望的履行,相当于白日梦,是无意识的一种重要表现形式。

除了直觉主义和心理分析学说外,当时西方哲学思想界的另一股反理性主义的思潮是英国的实用主义理论。与强调思想理性的理性主义者相反,实用主义者强调的是人的行为和活动。他们认为不是普遍法则、理性、道德律先于人的行为和活动,而是人的行为、活动先于普遍法则、理性、道德律,所以人的行为和活动不应以某种固定的普遍法则、理性、道德律为准则,相反理性法则应配合、顺应和服务于人的现实行为和活动。人的行为、活动或者说存在基于人的实际经验之上,所以人的经验以及与之联系在一起的人的意识、观念才是人的行为、活动以及基于它们之上的社会法则和道德信条的基础,才是世界的根基。由于人的经验、意识、观念是具体复杂的、丰富多样的,因而基于它们之上的人类现实世界是丰富多元的。威廉·詹姆斯是实用主义理论的杰出代表。他坚持认为,世界是借人的经验、意识呈现出来的,人的经验意识就像一条延续不断、浑然一体、流变不居的河流,具体、生动、丰富、多变,所以基于它之上的人类世界是无限丰富的。

20世纪初自然科学领域里的相对论观念和人文社会科学领域里的非理性观念、多元意识观念从根本上改变了人们对事物、世界、人的生命和精神的看法,从而改变了西方文学的写作方式。西方文学自此便从传统的现实主义转向了新型的现代主义。

受相对论、实用主义、直觉主义、特别是心理分析学说的影响,20世纪初英国的小说话语发生了质的变化。此时期的小说家开始怀疑人的思想理性,不再认为呈现在人的感觉、知觉、推理、思想等理性视阈中的世界是真实的世界,而认为呈现在人的经验、直觉、无意识心境等非理性视阈中的世界才是真实的世界,因而普遍将注意力从过去对人物的言语行为和个性特点的描述转向对人的意识活动、梦境、记忆、联想、幻觉的展示。如康拉德的《黑暗的心》"变成了开发人内在的黑暗性、历史的邪恶、无意识的强大力量、恶的神秘性等的标志。它着迷于无意识,但又惧怕它"[1],亨利·詹姆斯"对个人意识的细微之处给予持续不断的关注"[2],在劳伦斯的《虹》和《恋爱中的女人》中,"没有对历史事件的传统意义上的大量陈列——虽然从中我们可以强烈感受到日新月异的工业化对农村生活的影响,相反劳伦斯所写的是人类意识和无意识生活的发展变化的历史,在那里个人与伙伴、家庭、工作、自然和人造环境之间的关系反映了总体性的文化变迁"[3],乔伊斯的《尤利西斯》"将神话和文学暗示、戏

---

[1] Marion Wynne-Davies, edit, *Bloomsbury Guide to English Literature*, London: Bloomsbury Publishing Ltd, 1989, pp.113-114.

[2] Marion Wynne-Davies, edit, *Bloomsbury Guide to English Literature*, London: Bloomsbury Publishing Ltd, 1989, p.113.

[3] Marion Wynne-Davies, edit, *Bloomsbury Guide to English Literature*, London: Bloomsbury Publishing Ltd, 1989, p.116.

拟和拼贴、双关语和幽默,与作者对个人情感和智力生活的无限复杂性和精妙之处的强烈感受巧妙地结合在一起,具有令人惊异的丰富性"[1]。这些小说家将小说创作领向了一条完全不同于18、19世纪的传统小说的道路,即着力展示个人的内在经验和意识的现代主义之途。除了这些锐意革新的小说家外,此时期还有一些极力坚持过去的小说传统的小说家,如高尔斯华绥、贝奈特、威尔斯等,他们依然把重心放在反映外在社会事件、表现大众生活、塑造典型环境中的典型人物性格上。他们受到了新生代小说家的强烈挤压,随着时间的推移慢慢淡出了人们的视野。

---

[1] Marion Wynne-Davies, edit, *Bloomsbury Guide to English Literature*, London: Bloomsbury Publishing Ltd, 1989, p. 119.

二、康拉德的《吉姆爷》

（一）康拉德

康拉德是波兰裔英国作家。他1857年出生于俄国统治下的波兰乌克兰省。父母双方的家族都是波兰贵族。父亲阿波罗·克尔泽尼奥夫斯基激进、浪漫，是一个革命理想主义者，因积极参与波兰人民反抗沙俄统治的爱国主义运动受到俄国政府的残酷迫害。康拉德4岁时父亲被逮捕，5岁时父母双双被流放到俄国。他跟着父母过上了颠沛流离的生活。7岁时母亲病逝，11岁时父亲也离他而去。之后，舅舅接手抚养他。跟他的父母亲相反，他舅舅是一个极其保守实际的人。舅舅收养他之后，反复给他灌输务实主义的生活理念。这样，从十几岁开始他就一直在父母小时候带给他的理想主义和舅舅后来加于他的务实主义等两种相反的生活理念之间矛盾徘徊，其精神心理一贯处于高度激动紧张状态。正是这种精神情况使他深切体察到了人身上真正强劲的力量，即人内在不可名状、无法控制的精神心理因素。所以后来一旦他弃商从文、走上创作道路之后，便自然而然地将揭示人的精神心理状态，特别是人的二元矛盾心理状态作为文学描绘的焦点。1895年他曾在写给一个小作家爱德华·诺波尔的信件中明确宣称："想象力应该致力于人类心灵的塑造：披露人类心灵——而不仅仅是呈现客观事件，所谓客观事件，究其实乃是些鸡毛蒜皮的小事。"[1]

16岁时，康拉德离开舅舅，到法国马赛当水手。他在法国做了几年海员后，于1878年加入英国商船。自此一直在英国商船上工作，直到1886年定居于英格兰。康拉德的父亲不仅是一个激进的爱国志士，同时也是一个有才华的作家和翻译家。在父亲的影响下康拉德很小的时候就对文学作品产生了浓厚的兴趣，并接触过不少世界名著。后来读书成了他的一种嗜好，一有空就捧着各种各类的文学作品品读。到法国和英国当水手，掌握法语和英语后，他对法英文学名著更加喜好，读了不少法英文学原著。1894年他发表了第一部小说《阿尔迈耶的愚蠢》，1899年结束了水手

---

[1] 转引自洪永娟：《心灵的明镜：从心理分析文学批评理论解读康拉德及其作品》，中国书籍出版社2007年版，第1页。

职业，专职进行创作。之后写出了《黑暗的心》、《吉姆爷》等一系列杰出作品，被誉为是"哈代之后在英格兰和爱尔兰小说家中与劳伦斯、乔伊斯齐名"的伟大小说家①，对20世纪前期的现代主义小说家如亨利·詹姆斯、伍尔夫等产生了深刻影响。

（二）《吉姆爷》

西方学者塞德里克·瓦茨称："《吉姆爷》稳居康拉德最伟大小说之一的位置，因而也稳居世界最伟大文学佳作之一的位置。"②《吉姆爷》是英国以至西方文学领域里的杰出作品之一。它被公认为西方小说史上一部由现实主义走向现代主义的跨时代的作品。

正像西方学者斯塔普所说，康拉德的《吉姆爷》沿用了西方18、19世纪的现实主义小说传统，③主要写的是吉姆的漂泊经历。其不同之处在于它的叙写重心明显发生了重大变化，即不再以刻画人物的性格特征为主，而是以揭示人物的矛盾心理为主。另外它的叙述方式也与以往的小说不一样，不是用一种叙事声音叙写，而是用多种叙事声音叙写。

详细追踪、展示吉姆的生活经历并揭示他既渴望建立功业又裹足不前、既勇敢又怯懦、既高傲自负又自卑愧疚的矛盾心理是作品的重心所在。作品以第二十二章为界分为两部分：前二十一章主要描述了吉姆在"远洋商船指挥员训练舰"和"帕特纳号"轮船上的经历，集中表现了吉姆渴望成就一番壮举的人生理想以及理想屡屡破灭的痛苦羞愧心境；后二十四章主要描述了吉姆在帕图森小岛上的经历，集中展现了他坚定勇敢地走向自己的人生梦境的过程以及因自己的失误而致使梦想彻底破灭的痛苦愧疚心理。

"吉姆原本生在一个牧师家"（《吉姆爷》，第2页）。④ 他父亲既慈善又严厉。严格严肃的家庭教育将他培育成了一个典型的英国绅士：严肃认真，具有强烈的荣誉感和责任感。后来他阅读了一些供人消遣的浪漫传奇文学，生发了一种漂洋过海、成就一番惊人壮举、做一个人们所仰慕的英雄的人生梦想。有了此想法后，他毅然

---

① James Vinson, *Novelist and Prose Writers*, London: The Macmillan Press Ltd, 1972, p. 271.
② Cedric Watts, *A Preface to Conrad*, Beijing: Peking University Press, 2005, p. 19.
③ ［英］斯塔普编：《约瑟夫·康拉德》，上海外语教育出版社2000年版，第63—64页。
④ ［英］约瑟夫·康拉德：《吉姆爷》，熊蕾译，人民文学出版社2004年版。以下出自本著的引文仅标页码。

离开故乡,出海冒险。他首先加入了"远洋商船指挥员训练舰",接受专业训练。在培训中有次正好遇到有人落水,他本来可以挺身而出,但面对飓风狂涛而心生畏惧,因而错过了一次彰显英雄本色的大好机会,后悔不已。

事后他暗下决心,以后遇到类似的机遇,决不畏缩。后来他担任"帕特纳号"商船的大副,在一次远航中,载着 800 名穆斯林朝圣者的"帕特纳号"突然船首尖舱破漏,注水下沉,在此危难关头,船长和三位水手惊惶逃命,吉姆极为鄙夷他的白人同伴,他不仅毫无弃船逃命的念头,而且一心想救助船上的乘客。可是就在狂风暴雨大作、船身下沉的一刹那,他却为一股无名的恐惧心理所驱迫,不知不觉地跳上了救生艇,跟他的同伴们一道仓皇逃离。他的这"一跳"彻底撞碎了他的英雄梦,将他抛向了自己所鄙夷的那一类人群中,使他羞愧难当、悔恨不已。为了逃避这种不光彩的记忆,他不断地变换环境,更换工作,恨不得钻到地下去。最后在斯坦因的帮助下来到帕图森小岛,终于从过去不光彩行迹的阴影下走了出来。

帕图森是一个远离现代文明的地区,那里的人在残暴不仁的阿朗酋长和海盗阿里警长的压迫掠夺下痛苦不堪。吉姆领导当地的布吉斯人与强盗阿里警长和恶霸阿朗酋长进行殊死斗争,最终将阿里赶出了国界,使阿朗俯首帖耳,给当地的土著人带来了前所未有的自由、和平和幸福,他差不多成了帕图森土著人的救世主,人们称他是"Lord",即"上帝一样的主人"。帕图森有一个美丽的姑娘珠宝,她多年来一直受继父柯涅柳斯的折磨,痛苦不安,吉姆到那里后彻底将她从柯涅柳斯的魔爪下解救了出来,引为自己的红颜知己,珠宝也将他当做自己的偶像和恋人。吉姆到帕图森后不仅拯救了自己,同时也拯救了整个帕图森的土著人和珠宝,成就了一番前所未有的英雄业绩,完完满满地圆了英雄梦。正当他踌躇满志、自鸣得意的时候,一个臭名昭著的白人布朗在吉姆暂时离开帕图森之际闯入帕图森,杀戮抢劫,为非作歹。布吉斯人奋起反击,最后将之团团包围。就在布吉斯人准备最后歼灭布朗之际,吉姆回到了帕图森。他听信布朗的花言巧语,说服布吉斯人给布朗一条生路。没想到布朗背信弃义,在逃离帕图森时,乘布吉斯首领的儿子瓦里斯不备之际,袭击后者的营寨,杀死了瓦里斯。顷刻间吉姆在布吉斯人的心目中地位一落千丈,从过去顶天立地的英雄变成了一个偏袒白人、出卖朋友和伙伴的小人。他因自己的天真幼稚和刚愎自用给布吉斯人带来的深重灾难痛苦不已,愧疚难当,最后不顾珠宝的苦苦劝阻，义无反顾地献出了生命，用之祭奠自己的好友瓦里斯，以死抵偿自己的过失。

该作品最独特的地方在于借马洛等叙述者具体生动的描述深切地展现了主人公吉姆既在理性的层面上企求有英勇无畏之举、令人刮目相看，又在本能的层面上遇事胆怯惧怕、畏缩不前，既果敢智慧又胆小幼稚，既理想又现实的二元矛盾状态，揭示了他既自傲又自卑、既自鸣得意又自惭形秽的二元矛盾心理。我们上面说过，康拉德青少年时代曾一直在他父母亲所坚持的理想主义生活理念和他舅舅所坚持的务实主义生活理念之间徘徊，对人内在二元对立的矛盾心理有深切的体会。《吉姆爷》之所以对吉姆内在二元对立的矛盾心理表现得如此充分、透彻和淋漓尽致，无疑与康拉德早年独特的生活经历经验有深刻的关联。

作品不仅详细描述了吉姆的漂泊历险经历，借之生动揭示他的矛盾心理状况外，而且还借各种各类的叙述者对他的精神心理状态作了多方位的解释和评判。作品中是由很多叙述者的叙述共同完成的。如前四章的叙述是由第三人称全知叙述者完成的，第五章之后的叙述主要是由第一人称叙述者马洛完成的。除此之外，其中还插入了主要人物吉姆的叙述，次要人物船长布莱尔利、法国中尉、切斯特、斯坦因等人的叙述。

综观全作，《吉姆爷》的叙述主要是围绕着吉姆早期人生梦想的形成和受挫以及后期他对人生理想的追求和破灭展开的。作品的叙述者对主人公精神状态的解释和评判也主要是围绕着以上两个阶段展开。

第三人称全知叙述者、布莱尔利、法国中尉、切斯特、斯坦因、马洛等主要解释和评判了吉姆早期的精神心理状态。第三人称全知叙述者指出，吉姆崇尚荣誉和渴望成就一番英雄事业的精神理想源自家庭教育、文化传统和浪漫主义文学作品，它基于某种文化规则和书本之上，是脱离现实的。吉姆完全耽于这种理想之中，是幻想性的，他"就好像独处一间牢房的囚犯，又像在荒野中迷路的行路人"（第22页），其精神状态与堂·吉诃德如出一辙。审判吉姆的海事顾问布莱尔利船长认为吉姆太理想化了，不应生存在这个世界，而应生存于另外一个世界，"就让他往地底下爬二十英尺，待在里面好了！"（第46页）曾经救助过"帕特纳号"的法国中尉称：吉姆的临阵逃亡可以理解，因为"人生来就是胆小鬼"（第104页），恐惧是人的本性；他弃船逃跑后的羞愧悔恨心理也在情理之中，因为对一个高贵的绅士来说，失去荣誉等于失去了存在的价值,失去了生命的根基。唯利是图的生意人切斯特觉着吉姆的羞愧悔恨心理很可笑:"干吗这么大惊小怪的?一小块驴皮罢了。"(第114)在切斯特看来,吉姆所重视的那种不切实际的理想像一张驴皮一样,是用来撑门面的,根本不值得为之苦恼。富于浪漫气质的生意人斯坦因认为,吉姆是一个生活在梦幻中的人物:"追求梦境,再追求梦境——就这样——永远——直到最后。"(第152页)第一叙述者马洛认为,吉姆怀抱着理想主义的信念,自命为英雄,以为"他比谁都强"(第42页),会有一番作为,但在关键时刻却胆怯无为,与周围的人没有什么分别,因而羞愧不已。事实上,他只是"芸芸众生中的一个"(第64页),与别人没有什么区别,他的弃船逃命行为出于生命本能,完全可以理解。他的可悲之处在于"实在是太把一种空洞的原则当回事了"(第122页),"太把他失败的没什么大不了的后果当回事了"(第124页),因而变成了"一个想入非非的乞丐"(第57页)。

柯涅柳斯、布朗、马洛等解释和评判了他后期的精神心理状态。柯涅柳斯是一个财迷心窍、阴险狡猾的卑鄙小人,他认为吉姆为一种空洞的信念出生入死,单纯无知,简直幼稚至极、愚蠢透顶:"他在这儿不过是个小孩子而已——就像个小孩子——一个小孩子","他是个大傻瓜"(第236页)。布朗是个邪恶奸诈的恶棍,他称吉姆是一个自命不凡、"徒有其表"的笨蛋:"我一眼看到他,当即就看出他是个怎样的傻瓜……让他优越的灵魂扯淡去……毕竟还是我干掉了他。"(第249页)马洛认为他不切实际,生活在幻想中:"他很浪漫,很浪漫。"(第242页)他的悲剧就在于他始终没有从自己的幻梦中苏醒过来:"他从我眼前经过,像一个脱离躯体的精灵,在这尘世间的种种情感中茫然不知所措,随时准备忠心耿耿地为了他那个阴影中的世界主张牺牲自己。""一切就这样结束了。他在一团云雾中逝去,内心仍然深不可测,被人遗忘却没有被人宽恕,而且太过浪漫。"(第302页)

《吉姆爷》中讲述、解释和评判吉姆的精神心理状况的话语很多,其立场和观点也很复杂,如第三人称全知叙事者、法国中尉、斯坦因、马洛等知悉吉姆失败的原因(即过于理想化了),因而十分理解和同情他的矛盾痛苦心情,而切斯特、柯涅柳斯、布朗等搞不懂吉姆为什么要那么自命不凡,因而对他的不幸抱以幸灾乐祸、冷嘲热讽的态度。不过,总体而言他们的格调完全一致:都是从经验、务实的角度来审视吉姆的,都认为他一直沉湎于自己的人生梦想中,不切实际,过于理想化了;认为他的人生悲剧和痛苦是由他的理想主义生活信念造成的。至此作品的思想意向不言自明：康拉德一直在怀疑和否定给吉姆带来巨大精神痛苦和人生悲剧的旧的浪漫务虚的理想主义生活理念，在重申和肯定新的平凡务实的实用主义生活理念。由此可见，在父母亲所坚持的理想主义生活理念和舅舅所坚持的务实主义生活理念之间，康拉德更为赞同舅舅的生活法则。明白了这一点便不难理解以下现象：在很多作品中康拉德都是让老成、持重、务实的马洛做他的代言人，代他叙事。

三、亨利·詹姆斯的《梅西娅知道些什么》

(一) 亨利·詹姆斯

亨利·詹姆斯1843年出生于美国纽约。19世纪美国国内发生了南北战争,精神文化领域里传统思想和现代思想、欧洲文化和美国本土文化、旧观念和新观念正处于激烈交锋状态。詹姆斯的祖父是百万富翁,曾留下大笔遗产,为詹姆斯和他的父亲、哥哥进行思想文化探索和创新提供了雄厚的物力支持。詹姆斯的父亲十分关注精神思想问题,是一个具有自由主义倾向的哲学家和神学家。詹姆斯童年时居无定所,经常随着父母迁移,如从华盛顿到曼哈顿,从纽约到日内瓦、巴黎、伦敦、布伦、波恩……他和他的兄弟姐妹们换了一个又一个家庭教师,注册了一个又一个学校。他们所受的教育完全是多元的。这种独特的社会文化和家庭教育背景促成了詹姆斯兄弟独特的思想视野。他的兄长威廉·詹姆斯从小爱好哲学。多元开放的思想环境培育了他自由开放的思想,使他很认同皮尔斯、雷诺维尔(Renouvier)等人的实用主义思想,认定现实呈现在人们的经验中,人们所看到的现实就是人们所经验的现实,人们的经验各不相同且流变不居,所以人们眼中的现实千差万异、千变万化,经验以及基于它之上的观念和知识是人类认识和改造现实的基本途径和前提条件,所以不断丰富经验、更新观念和知识是自然和人文社会科学的根本目标。亨利·詹姆斯非常赞赏其兄长的这种自由相对的实用主义观念。1907年他读完威廉的著作《实用主义》后激动地对哥哥说:"我简直掉下去、深陷于其中,处在如此心悦诚服和认同的地步以至任何回应、任何感谢式的回应似乎都将会带上出自变异或遗漏的污染痕迹。我沉没在如此的惊喜中:我的整个生命(就像M. 儒尔当一样)已无意识地被实用主义化了。你是极度的完完全全正确的。"[①]他一开始就有意无意地接受了他的兄长用经验对抗理性、用多元对抗一元、用相对对抗绝对的全新的实用主义世界观。

正是基于这种独特的思想视野之上,亨利·詹姆斯对小说的功能形成了他自己

[①] 转引自James W. Turrleton, "review", in *Nineteenth-Century Fiction*, Vol. 31, No. 1, Jun., 1976, p. 109.

独特的看法。在他看来小说以至整个文学艺术不是用来呈现某种绝对的真理的——如真实反映现实及其本质或深切表现人们的灵魂和普遍人性等,而是用来展示人们千差万异的独特经验和意识,以展现千变万化的人类世界。他在《一位女士的画像》的前言中指出:"简而言之,小说之屋不是只有一个窗口,而是有百万个窗口——而且许多可能新增的窗口还没有被考虑进去……这些形状和大小各不相同的视孔如此地高悬于整个人类生活场景之上以至我们本来期望看到某种比我们发现的更多的同一性……但它们都有这种属于它们自己的特征,每个窗口背后站着一个人,用一双眼睛或至少是一副望远镜观察,反反复复地观察,此观察,一种独特的认识工具,给予了它的操持者以完全有别于其他人的印象。……这个广阔的领域,人类的生活场景,是'主体的选择';此分离的视孔,就是'文学形式',它或是开阔的、或是有限制的、或是深刻的和肤浅的。这些视孔如果离开观察者在特定位置的出场便不会存在,无论以单独的形式还是以群体的形式——换句话说,小说的视角以至小说本身离开艺术家的意识就不会存在。告诉我艺术家其人,我将会告诉你他曾意识到了什么。"[①]这即是说,小说是通过展现人们多元而独特的视角展现人生的,最终根植于作家独特的意识。

正由于詹姆斯认定小说是用来展现人们多元而独特的意识,展现丰富多彩的人生的,所以他的小说、特别是中后期的小说便将注意力主要集中在表现人们多元而独特的意识以及反映在此意识中的五彩缤纷的世界上。詹姆斯被人们公认为是西方意识流小说的先驱、现代小说的奠基者。他在西方小说史上的这种崇高地位与他基于独特的思想视野之上的独特的小说观念和与之相应的独特的小说叙写线路深刻关联在一起。

(二)《梅西娅知道些什么》

詹姆斯在《梅西娅知道些什么》的"前言"中称,《梅西娅知道些什么》总体上描写的是人们突发的主观经验:"构成作品意象的整个要素都基于偶然性之上,是突发的;那些散乱的无法集中的东西,在一种最简单的触动中、在一种潜在的隐蔽的印象的呈示中、在一种被深埋的根苗的被浇灌中,突然被串到一起,相互依赖,骤然灿烂

---

① James E. Miller Jr., ed., *The Theory of Fiction*: *Henry James*, Bison Books, 1971, p. 23.

登场,就像为鱼钩钓住的鱼扭动着身子浮出水面,闪烁而出一样。"①换句话说,整部小说是由"潜在的隐蔽的印象"勾连起来的,是由人的主观经验意识打造成的。

《梅西娅知道些什么》主要写的是小女孩梅西娅的所见所闻所知所想,属于青少年儿童题材小说。众所周知,英美的青少年儿童题材小说历史悠久,成果丰硕。此类小说从18世纪菲尔丁的《汤姆·琼斯》,到19世纪狄更斯的《雾都孤儿》、《大卫·科波菲尔》、《远大前程》,以至马克·吐温的《汤姆·索亚》、《哈克贝里·费恩历险记》等,可以说名作辈出,硕果累累。从叙事视角的角度看,此类小说最早多是站在成年人的立场上叙事的,多叙写青少年主人公从不成熟到成熟、逐步向成年人看齐的成长过程。菲尔丁和狄更斯的作品最为典型。后来马克·吐温对之进行了颠覆性的改造,转而从儿童的角度叙事,写成年人世界的不可理喻,《哈克贝里·费恩历险记》等小说最为典型。基于他以展示人物独特的主观经验意识为重心之新小说观念上,詹姆斯在《梅西娅知道些什么》中着力展示了主人公梅西娅的独特视角和经验意识,这种叙写线路自然而然赋予了这部小说两种视角和经验意识:即主人公梅西娅的视角和经验意识,展示梅西娅的视角和经验意识的成人叙述者的视角和经验意识。这样《梅西娅知道些什么》便在无形中突破了菲尔丁、狄更斯和马克·吐温等作家或完全从成人的角度叙事或完全从儿童的角度叙事的单一的叙事视角和方式,而创立了同时从成人和儿童两个角度看世界和叙事的多元视角和叙写方式。

《梅西娅知道些什么》中不仅自始至终贯穿着梅西娅和叙述者的两种视角、两种经验意识,而且这两种视角和经验意识压根是矛盾的、悖反的:梅西娅是一个还未进入成人世界的儿童,她是凭前概念的感觉观察和理解世界的,所以她的经验意识是童稚的、直观的、表面化的,而叙述者则是一个见多识广的成人,他是凭概念和理性认识和把握世界的,所以他的经验意识完全是成熟的、睿智的、深刻的。

作品一开始写梅西娅的父母感情破裂,离异分居,他们在梅西娅面前经常谩骂对方。梅西娅天真率直,不假掩饰地将父母亲相互对骂的话原原本本传达给双亲,如对母亲说:"他(父亲)让我告诉你,你是一头龌龊的令人厌恶的猪",对父亲说,母

---

① Henry James, *What Maisie Knew*, Macmillan and Co., Limited, 1922, "Preface".

亲称他是一头低级畜生(第1章)。① 并且一直自以为是,认为她做得很对,因为不撒谎和说实话是一个诚实人必须遵循的行为准则。与之相反,叙述者则理智成熟,他认为梅西娅不应将父母对骂的话转告对方,因而称梅西娅是"仇恨的中心,侮辱的信使"(第2章第2段)。在他那里行善、积德、成人之美才是人们应当奉行的基本准则。

父母离异后,梅西娅由父母双方轮流养育,各照顾半年。第一个半年她是在父亲家度过的,由保姆莫得尔照顾。在第一个半年结束、父亲与保姆一起送她上母亲的马车时,父亲对保姆莫得尔说的话很奇怪:"我亲爱的女人,我马上来摆平你。"而保姆听到此话后,脸刷地红透了,并且无礼地顶撞了父亲。梅西娅对父亲莫名其妙的话和保姆奇怪的反应怎么也搞不明白:"梅西娅此刻一点也不明白它们,她对莫得尔的突然无礼和脸红很好奇"(第1章结尾)。而叙述者却对这一切了如指掌:不言而喻,梅西娅的父亲和莫得尔已同居,两者的关系亲密无间。

梅西娅在母亲家是由另一个保姆奥佛莫尔照顾的。父亲在前往母亲家看望女儿的过程中,与奥佛莫尔相识,并相恋。这样,当梅西娅从母亲家再次回到父亲家时,奥佛莫尔便追随而至,变成了父亲家的保姆。梅西娅与父亲和保姆奥佛莫尔度过愉快的半年后又去了母亲家。她第三次回到父亲家后首先问奥佛莫尔:"我离开后父亲还是同样喜欢你吗?"父亲抢过女儿的话头说:"哎呀,你这小笨蛋,你离开后除了爱她我还能做什么?"听到此话奥佛莫尔对梅西娅说:"如果他再向你说这种讨厌的话的话,我要让他明白,我将直接抱着你离开,去到某个他找不到的地方住,做善良安静的小姑娘。"梅西娅听了很纳闷:"父亲的话为什么是讨厌的呢?"在梅西娅那里很费解的东西在叙述者的笔下则再明白不过:奥佛莫尔说的是反话,对奥佛莫尔来说梅西娅父亲的话不仅不讨厌,相反再甜蜜不过,梅西娅父亲和保姆奥佛莫尔的关系比梅西娅想象的还要亲密深厚。

梅西娅的父母离异后不久,母亲艾达找到了新丈夫克劳德,父亲贝勒娶了保姆奥佛莫尔做妻子,取名为贝勒太太。此后梅西娅的抚养和教育主要是由继父克劳德和继母贝勒太太负责的。克劳德第一次到父亲家来接梅西娅,就与继母贝勒太太谈

---

① 本著中有关《梅西娅知道些什么》的引文均出自 Henry James, *What Maisie Knew*, London: Macmillan and Co., Limited, 1922。

得很投机。临别时,贝勒太太拉着梅西娅的手对克劳德说:"看来她将你和我拉拢到一起了。"克劳德很赞同:"她已将你和我拉拢到一起了。"梅西娅既喜欢奥佛莫尔,也喜欢克劳德,她听见他们俩同时称赞她,将她作为他们的亲密伙伴,非常兴奋,她激动地喊到:"是我把你们拉拢到了一起!"(第8章)她觉着他们三个的关系很亲近,比她与自己的亲生父母之间的关系还亲密。此后,当她住在母亲家时继母贝勒太太会想方设法来看望,当她住在父亲家时继父克劳德则会找各种理由来拜访她,梅西娅见她的继父继母都异常地关心她爱她,感到很高兴。她完全是从美好人性、人情的角度体验和理解继父母的言语和行为的。与之相反,叙述者却在不断地向我们暗示:贝勒太太和克劳德说"她已将我们拉拢到一起"之类的话,并不是在称道梅西娅,而是在庆幸他们的邂逅相遇和表达他们的相互欣赏之情,他们想方设法看望她,并不是因为想念她,而是以看望她为借口偷偷约会,她只是他们放纵情欲的挡箭牌。叙述者完全是从人的本能欲望、性冲动的角度解读贝勒太太和克劳德的言行的。

最后,梅西娅的父母各自又找到了新伴侣,梅西娅的继父母也公开了他们的私通关系。梅西娅不愿意随父亲去美洲,也不愿跟母亲去非洲。她只有两个选择:或跟着继父母去法国居住,或跟着另一个保姆维克斯太太在英国生活。不过她对这两条出路都不满意。跟随继父母则意味着要跟贝勒太太生活在一起,这时她已朦朦胧胧意识到后者是一个很可怕的女人,她很讨厌她,不愿意跟她一起生活。而跟随维克斯太太则意味着她得离开克劳德先生,她深爱着她的继父,她很难割舍他。所以她最后作了如下抉择:她自己决定舍弃维克斯太太,并要求克劳德舍弃贝勒太太,这样他们两人可以逃到一个遥远的地方过一种二人世界生活。她相信克劳德一定会答应,因为她始终认为克劳德很爱她,就像她很爱克劳德一样,他们两人谁也离不开谁。很明显,这里梅西娅是从追求精神幸福的角度解读克劳德的:就像她看不见克劳德会疯狂地思念他一样,他看不到她也会急得发疯,因而他是离不开她的。叙述者正相反则是从追求物质欲望的角度解读克劳德的:他是一个放荡纵欲的人物,离开他的情感交流对象梅西娅,他可能会感到失落,但离开性爱对象贝勒夫人他将会度日如年,将会发疯。所以叙述者为之作了如下的安排:克劳德最后毫不犹豫地放弃了他可爱的小伙伴梅西娅,选择了可怕的性伴侣贝勒夫人。这样,梅西娅便不得不抛弃自己童稚的梦幻,学着用一种成年人的方式面对生活:即很现实地舍弃对克劳德的深情,放弃与克劳德过二人世界生活的幻想,跟着严师益友维克斯太太回到英国去过正常的生活。

概而言之,整个《梅西娅知道些什么》世界是由梅西娅和叙述者两个人物的经验意识编织成的,而梅西娅和叙述者的经验意识,如上所述,不仅始终交织重叠、相辅相成,而且矛盾自反、相互解构,这样整部作品的格调便自然是反讽的,作品的景象是明暗互补、多棱面、多色调、立体多彩的。在《梅西娅知道些什么》中,詹姆斯将两种完全不同的经验意识以及由它们打造出来的两种完全相异的艺术境界巧妙地编织在一起,显得柳暗花明、光怪陆离,读来不仅独特新鲜,而且神妙奇异,其创造性可谓达到了超常卓绝的程度。

《梅西娅知道些什么》通过展现梅西娅和叙述者面对现实中的同样的生活场景而产生的不同以至相反的主观经验意识给人们深刻揭示了如下的哲理:事物和世界呈现在人们的主观经验意识中,人们观察和认识世界的视角和经验意识方式不同,所看到的事物的层面和形态不同,所理解和把握的事物和世界的状态不同,所建构的事物和世界的景象不同,事物和世界在根本上是主观的、相对的、多元的。此观念在19世纪末20世纪初的英美以至西方可以说十分独到新颖,所以产生了振聋发聩之效力,詹姆斯也因此被视为是开了一代小说新风尚的小说大师。

四、伍尔夫的《达洛卫夫人》

（一）伍尔夫

伍尔夫1882年生于伦敦。父亲莱斯利·斯蒂芬是当时著名的编辑、评论家和作家，与文学界和社会界的名流多有交往。母亲朱丽娅·斯蒂芬是有名的美人，为前拉斐尔画派的画家如爱德华伯尼-琼斯等作过模特。伍尔夫的父母以前都有过一次婚姻。他们是第二次组合。母亲带来了三个孩子，父亲带来了一个孩子。加上他们新婚后又生了四个孩子。家里有八个孩子，是一个大家庭。伍尔夫未上过正规的学校，是由父亲一手培养的，小时候阅读过父亲的大量藏书，知识很丰富。她父亲在英国西南海滨的康尔沃有房产，伍尔夫小时候每年夏天都去那里度假。她小时候是在海滨和伦敦两处长大的。13岁时母亲突然死亡，两年后同父异母的姐姐死去，伍尔夫精神受到打击，患上了神经衰弱症。22岁父亲的死加剧了她的病情。她一生为其阶段性的精神恍惚症所苦。一些学者认为她的神经衰弱症也与小时候两个同母异父的哥哥的性侵犯有关。1941年她在离家不远的乌斯河投河自尽。

20世纪初是西方思想领域里的一个吐故纳新的大转变时期。科学领域里，爱因斯坦创立了相对论，给人们展示了一幅多样、相对、不确定的新宇宙景观。哲学上，皮尔斯、雷诺维尔（Renouvier）、威廉·詹姆斯等实用主义者提出了世界呈现在人们具体多变的经验中、是无限丰富多样的等观念。艺术上，印象主义绘画大放异彩，给人们昭示了一种观察经验事物和世界的新方式，即同时从多种视角去观察经验事物和世界的方式。文学领域里，新生代作家普鲁斯特、乔伊斯等人的意识流小说令人耳目一新。

1904年，父亲莱斯利·斯蒂芬去世后，伍尔夫便和她的兄弟姐妹们从海德公园门的故居迁到了布鲁姆斯伯里新家。布鲁姆斯伯里区是伦敦的文化区，伍尔夫迁到布鲁姆斯伯里后，他们家就成了她哥哥的剑桥好友的聚会场所，由此便形成了著名的"布鲁姆斯伯里集团"。此集团云集了当时英国知识界最新潮、最有创造性、最重要的思想家、艺术家、作家和学者，如印象派画家和美学家罗杰·弗赖伊、小说理论家福斯特、现代派诗人T.S.艾略特、短篇小说家曼斯菲尔德、数学家罗素、哲学家摩尔等。新视野、新思想、新观念、新理论是此集团例行的星期四晚会中经常讨论的话题。如印象派绘画、弗洛伊德学说、爱因斯坦的相对论观念、威廉·詹姆斯的实用主义思想、普鲁斯特和乔伊斯的新派小说都曾是此晚会中涉猎过的话题。弗吉尼亚·伍尔夫是布鲁姆斯伯里集团的核心人物，她不仅通过布鲁姆斯伯里集团沙龙式的晚会接触到了当时最新潮的思想观念和学说，而且对之入迷，为之振奋，完全沉浸到它们离奇、新异的光辉中，无形中便变成了新思潮新观念的倡导者和创始人之一。她在《论现代小说》、《贝内特先生和布朗夫人》、《狭窄的艺术之桥》中旗帜鲜明地以现代人自居，一再宣称要创建一种现代文学形式以真切表达现代人的生活和经验。对她的思想和文学地位，布鲁姆斯伯里集团的另一成员、伍尔夫的好友 T.S. 艾略特曾作过一个评价，可谓一语中的："弗吉尼亚·伍尔夫是一个中心，不仅是一个局限于小圈子的团体的中心，而且是伦敦文学生活的中心。她的位置是在一些共同产生的特点和条件下形成的，这些特点和条件，以前没有产生过，而且我认为以后也不会产生。"伍尔夫代表了"一种文明的整个模式"①。

20 世纪初，由尼采、柏格森、弗洛伊德等领导的新思想思潮，由皮尔斯、雷诺维尔（Renouvier）、威廉·詹姆斯等领导的新哲学思潮，由爱因斯坦等引导的新科学思路，由罗杰·弗赖伊等倡导的新美学艺术思潮，和由普鲁斯特、乔伊斯、艾略特所掀起的新文学潮流等从不同的角度传达了以下一些基本观念：即非理性主义观念、经验论和多元视角观念、相对论观念等。布鲁姆斯伯里集团在其例行的星期四晚会中不知不觉地将这些观念集中到一起，酝酿了一种全新的思想理念，即以非理性、经验论和多元视角、相对论为核心的现代主义思想理念，从而开了现代主义思想文化的先河。

作为布鲁姆斯伯里集团的核心人物之一，伍尔夫是这种新思想理念最早的酿造者，也是它的倡导者。她在她的小说理论和小说创作中首先深刻阐发了上述新理念。从非理性、主观经验论和多元视角、相对论等思想理念出发，伍尔夫对基于逻辑理性、客观外在、绝对一元等思想理念基础上的传统小说很不以为然，将之贬为"物质主义"。她认为传统的小说以某种人为的逻辑框架（即情节和人物）重建生活图景，遗弃了处于自然状态中的点点滴滴的生活情景和经验，以描写外在表面的生活

---

① ［美］T.S. 艾略特：《悼弗·伍尔夫》，见瞿世镜《伍尔夫研究》，上海文艺出版社 1988 年版，第 148 页。

现象为重心,忽略了内在深刻的生活实体,因而是虚假的表面化的。她在她那篇被人们誉为是现代小说宣言的论作《论现代小说》中尖锐地指出,以威尔斯、贝内特、高尔斯华绥等为代表的传统小说家的小说"往往使我们错过、而不是得到我们所寻求的东西。不论我们把这个最基本的东西称作为生活还是心灵,真实还是现实"。传统的小说家"为了证明作品情节确定逼真所花的大量劳动,不仅是浪费了精力,而且是把精力用错了地方。以至遮蔽了思想的光芒。作者似乎不是出于他的自由意志,而是在某种奴役他的、强大而专横的暴君的强制之下,给我们提供情节,提供喜剧、悲剧、爱情和乐趣,并且用一种可能性的气氛给所有这一切都抹上香油,使它如此无懈可击,如果他笔下的人物都活了过来,他们会发现自己的穿着打扮直到每一粒纽扣,都合乎当时流行的款式。专横的暴君的旨意得到了贯彻,小说被炮制得恰到好处。然而,由于每一页都充斥着这种依法炮制的东西,有时候——随着岁月的流逝,这种情况越来越经常地发生——我们忽然感到片刻的怀疑,一阵反抗情绪油然而生。生活难道是这样的吗?小说非得这样写吗?"①她称威尔斯、贝内特、高尔斯华绥等传统小说家"关心的是身体而不是心灵"②,"他们写了些无关紧要的事情;他们浪费了无比的技巧和无穷的精力,去使琐屑的、暂时的东西变成貌似真实的、持久的东西"③,"结果,生活溜走了"④。

在她看来,真正的人生是具体的、生动的、经验的、直觉的。现实生活远非像传统的小说家所"炮制"的那样是系统的、统一的、完整的,而正相反。"把一个普普通通的人物在普普通通的一天中的内心活动考察一下吧。心灵接纳了成千上万个印象——琐屑的、奇异的、倏忽即逝的或者用锋利的钢刀深深地铭刻在心头的印象。它们来自四面八方,就像不计其数的原子在不停地簇射;当这些原子坠落下来,构成了星期一或星期二的生活,其侧重点就和以往有所不同。"⑤

所以真正试图真实反映生活的小说家则不应像传统小说家那样去刻意编造某种完整统一的故事情节和描绘人们逻辑有序的行为事件和性格特征,而应着力展现

---

① [英]伍尔夫:《论小说与小说家》,瞿世镜译,上海译文出版社 2000 年版,第 7 页。
② [英]伍尔夫:《论小说与小说家》,瞿世镜译,上海译文出版社 2000 年版,第 4 页。
③ [英]伍尔夫:《论小说与小说家》,瞿世镜译,上海译文出版社 2000 年版,第 5 页。
④ [英]伍尔夫:《论小说与小说家》,瞿世镜译,上海译文出版社 2000 年版,第 5 页。
⑤ [英]伍尔夫:《论小说与小说家》,瞿世镜译,上海译文出版社 2000 年版,第 7—8 页。

具体生动、复杂多样的生活情景和表现人们千差万别的主观经验印象:"如果作家是个自由人而不是奴隶,如果他能随心所欲而不是墨守成规,如果他能够以个人的感受而不是以因袭的传统作为他工作的依据,那么,就不会有约定俗成的那种情节、喜剧、悲剧、爱情的欢乐或灾难,而且也许不会有一粒纽扣是用庞德街的裁缝所惯用的那种方式钉上去的。生活并不是一副副匀称地装配好的眼镜;生活是一圈明亮的光环,生活是与我们的意识相始终的、包围着我们的一个半透明的封套。把这种变化多端、不可名状、难以界说的内在精神——不论它可能显得多么反常和复杂——用文字表达出来,并且可能少羼入一些外部的杂质,这难道不是小说家的任务吗?我们并非仅仅在吁求勇气和真诚;我们是在提醒大家:真正恰当的小说题材,和习惯赋予我们的那种信念,是有所不同的。"①"让我们按照那些原子纷纷坠落到人们心灵上的顺序把它们记录下来;让我们来追踪这种模式,不论从表面看来它是多么不连贯、多么不一致;按照这种模式,每一个情景或细节都会在思想意识中留下痕迹。让我们不要想当然地认为,在公认为重大的事件中比通常渺小的事情中含有更为丰富充实的生活。"②在这方面乔伊斯的创作堪称是典范:"和我们称之为物质主义者的那些人相反,乔伊斯先生是精神主义者。他不惜任何代价来揭示内心火焰的闪光,那种内心的火焰所传递的信息在头脑中一闪而过,为了把它记载保存下来,乔伊斯先生鼓足勇气,把似乎是外来的偶然因素统统扬弃,不论它是可能性、连贯性、还是诸如此类的路标……如果我们要求的是生活的本来面目,那么我们在这儿的确找到了它。"③

(二)《达洛卫夫人》

伍尔夫一贯认为,真正着眼于生活真实的小说应该关注星星点点的生活经验而不是完整统一的生活事件,应该关注多样、复杂、不可名状的主观经验和意识而不是统一、明晰、逻辑有序的思想行为。伍尔夫是这样理解小说艺术的,也是这样创作小说作品的。在《达洛卫夫人》中,她完全摒弃了传统的小说用一个人或几个人非凡的生活经历和统一的性格编织作品艺术图景的形式,而采用了用不同的时段中的不同

---

① [英]伍尔夫:《论小说与小说家》,瞿世镜译,上海译文出版社 2000 年版,第 8 页。
② [英]伍尔夫:《论小说与小说家》,瞿世镜译,上海译文出版社 2000 年版,第 8 页。
③ [英]伍尔夫:《论小说与小说家》,瞿世镜译,上海译文出版社 2000 年版,第 9 页。

的人的零零星星的日常感觉经验编织作品文学境界的形式。跟《堂·吉诃德》《匹克威克外传》《德伯家的苔丝》等传统小说不同，《达洛卫夫人》的文学世界不是由一连串完整统一的生活事件和个性鲜明的人物形象组构成的，而是由一系列零零散散的意识的片断构成的。将作品中的材料贯穿起来的核心线条不是一个或几个人物的生活经历，而是回响在伦敦城区上空的大本钟的报时声。作品主要写的是"一战"后伦敦夏季的某一日，从早上10点到午夜，达洛卫夫人及其周围的人们千差万异的主观感受和意识。作品用大本钟的报时声将此日区划为以下五个不同的时段，细致描述了各个时段中各种各样的人的断断续续的经验感受，具体描绘了：

(1) 10点至11点，出门去买花的达洛卫夫人一路上的见闻、感受、回忆、联想，行走在邦德大街上和摄政公园大道上的赛普蒂默斯·沃伦·史密斯充满恐惧的幻觉，他的妻子卢克丽西娅的忧愁，注视着墨尔大街上的汽车和天上的飞机的萨拉·布莱切利的感觉和想法，埃米利·科茨太太的观察和感受，鲍利先生的观念和情感，路过摄政公园的梅西·约翰逊看到史密斯夫妇后的感想，坐在摄政公园里用早餐的登普斯特太太的感受和联想。

(2) 11点至12点，达洛卫夫人买花回家知道了布鲁东夫人邀请丈夫理查德参加午宴而未邀请她参加后的感受、思绪和联想，以及她见到突然造访她的多年不见的初恋情人彼得后的心绪，彼得见到达洛卫夫人的心情，他从达洛卫夫人家里出来行走在维多利亚大街、白厅街、特拉加尔法广场上的意识活动、在干草市场街上的不自主的猎艳行为、赶往摄政公园的路上的感想、在摄政公园椅子上打盹时的梦幻、醒来后对他与达洛卫夫人的早年的恋情的回忆，卢克丽西娅·沃沦·史密斯在摄政公园里的感受，她丈夫的幻想和他们去威廉·布雷德肖医生家看病的路上的所见所闻所思所想，摄政公园地铁站对面一个可怜的老妪的悲凄的歌声。

(3) 12点至3点半，史密斯夫妇在威廉·布雷德肖爵士的寓所里所看到的和想到的，爵士夫人的感想，爵士的言行观念，休·惠特布雷德的言行和念头，布鲁顿夫人的午宴上布鲁顿夫人的秘书布勒希小姐的观感，布鲁顿夫人的想法，在回家的路上以至回家后达洛卫先生的一连串意念，在家里准备晚宴的达洛卫夫人的感受和零零散散的心思。

(4) 3点半至7点，去买东西的达洛卫家的家庭教师基尔曼小姐的感受和意识，去逛街的伊丽莎白的感受和意识,回到家里的史密斯夫妇的感受和意识以及听到医生霍姆斯的声音后史密斯先生的幻觉和跳楼自杀的情景,走在大街上、从大街上回到旅馆以至到餐厅用餐的彼德的所见所想。

(5) 傍晚至午夜,达洛卫家的厨师沃克太太的心思,侍者巴尼太太对衣着打扮的关注,埃利·亨德森的感受,彼得看到首相到场后惠特布雷德等人显出毕恭毕敬之奴才相的感受、看到宴会上不同的人的不同的言行后的念头,彼得和达洛卫夫人的好友萨利见到老友和熟人后的感受和意识,达洛夫人看到刚到场的彼得的表情后的情绪、看到宴会的热闹场景的感受、听到史密斯先生跳楼自杀之消息后的思绪。

作品中写到的人物有数十个,他们的主观意识千差万异、千变万化、形形色色。整部《达洛卫夫人》就是由无数人的意识片断拼贴成的。如果说传统的小说是用一种人为的框架将现实中人们千差万异的生活经验打包到一个人或几个人的重大生活经历(即情节)中,对之进行集中、概括、抽象、演绎、图式化,对之进行空间化的处理的话,那么伍尔夫的《达洛卫夫人》则是以自然形态的时光为线索,将处于时间长河中形形色色的人的无限多样的经历经验全部抖搂开来,对之进行透视、厚描、放大、扩展,对之进行时间化的处理。它的艺术世界不再是行为事件的集成物,而是经验感受的万花筒;不再是物质的,而是精神的;不再是线形的、封闭的、统一的,而是立体的、开放的、差异的。伍尔夫借之最充分有力地展现了我们每天所经历的具体的现实人生的本真面目:它的内核是形形色色的人的形形色色的具体的经验感受。

《达洛卫夫人》的独特性不仅在于将文学表现的重心从有序的生活事件和统一的人物性格的叙写引向了对多元差异的主观意识的厚描,而且在于对主观意识进行了全新的处理,深刻揭示了它无限的丰富性和复杂性。

自然,传统小说并不是不描写人们具体的生活经验和意识。不过它对后者的重视程度与《达洛卫夫人》不可同日而语。在传统小说中,人物的行为活动和个性是中心,人物的主观意识或心理状态完全从属于人物的行为活动和个性,是用来衬托和表现人物的行为活动和个性的,是为后者服务的。在《达洛卫夫人》中,如上所述,人物的主观经验和意识是作品的核心,它几乎占据了作品的全部空间,人物的行为活动和个性只是作品的点缀品,它们在作品中仅仅起一种引发人物的思绪和意识的刺激物的作用。而《达洛卫夫人》作为现代小说的先锋实验性作品,它对人物的内在主观经验和意识的深刻开掘可以说是传统的小说不可比拟的,在它那里每一个人物的每一刻的意识片断都既是现在和过去、自觉和不自觉、理性和非理性的意识集成体,又是视觉、听觉、感受、回忆、联想、沉思等各种心理反应的混合物,极为复杂多样。试以作品开头达洛卫夫人打开门时那一刻的意识活动为例:

1. 达洛卫夫人说她自己去买花。
2. 因为露西已经有活儿干了:要脱下铰链,把门打开;伦珀尔梅厄公司要派人来了。3. 况且,克拉丽莎·达洛卫思忖:多好的早晨啊——
4. 空气那么清新,仿佛为了让海滩上的孩子们享受似的。
5. 多美好! 多痛快! 6. 就像以前在布尔顿的时候,当她一下子推开落地窗,奔向户外,她总有这种感觉;7. 此刻耳边依稀还能听到推窗时铰链发出轻微的吱吱声。那儿清晨的空气多新鲜,多宁静,当然比眼下的更为静谧;宛如波浪拍击,或如浪花轻拂;8. 寒意袭人,而且(对她那样年方十八的姑娘来说)又显得气氛肃穆;当时她站在打开的窗口,仿佛预感到有些可怕的事即将发生;9. 她观赏鲜花,眺望树木间雾霭缭绕,白嘴鸦飞上飞下;她伫立着,凝视着,10. 直到彼得·沃尔什的声音传来:"在菜地里沉思吗?"——说的是这句话吗? ——"我喜欢人,不喜欢花椰菜。"——还说了这句吗? 有一天早晨吃早餐时,当她已走到外面平台上,他——彼得·沃尔什肯定说过这样的话。

11. 最近他就要从印度归来了,不是六月就是七月,她记不清了;12. 因为他的信总是写得非常枯燥乏味,倒是他的话能叫她记住,还有他的眼睛、他的小刀、他的微笑,以及他的坏脾气;13. 千万桩往事早已烟消云散,而——说来也怪! ——类似关于大白菜的话却牢记在心头。

她打开门首先看到的是新鲜而宁静的早晨,于是便不由自主地想起了三十多年前布尔顿海滩上的一个早晨,想起了在那清新、静谧、雾霭缭绕、白嘴鸦飞舞的晨光中她和彼得·沃尔什一起赏花的情景,由此又想起了彼得最近的来信,想到不久他可能会从印度归来,然后进一步想到了彼得的音容笑貌和性格。在达洛卫夫人此意识片断中,既有感受,又有回忆,还有预想,它则是达洛卫夫人在打开门的那一刻的感觉、联想、记忆、视觉、听觉、知觉、思绪、感受的混合体,是复杂多样的。如上面引文第三语段是达洛卫夫人打开门时的感觉:"多好的早晨啊!"第四语段是由此感觉引发的联想:"空气那么清新,仿佛为了让海滩上的孩子们享受似的。"第五语段又是她当下的感觉:"多美好!多痛快!"第六语段是她不由自主的回忆:"就像以前在布尔顿的时候,当她一下子推开落地窗,奔向户外,她总有这种感觉。"第七语段是回忆中的听觉:"此刻耳边依稀还能听到推窗时铰链发出轻微的吱吱声。那儿清晨的空气多新鲜,多宁静,当然比眼下的更为静谧;宛如波浪拍击,或如浪花轻拂。"第八语段是她回忆中的感受:"寒意袭人,而且(对她那样年方十八的姑娘来说)又显得气氛肃穆;当时她站在打开的窗口,仿佛预感到有些可怕的事即将发生。"第九语段是她回忆中的视觉:"她观赏鲜花,眺望树木间雾霭缭绕,白嘴鸦飞上飞下,她伫立着,凝视着。"第十语段是她回忆中的知觉:"彼得·沃尔什的声音传来:'在菜地里沉思吗?'——说的是这句话吗?——'我喜欢人,不喜欢花椰菜。'——还说了这句话吗?有一天早晨吃早餐时,她已走到外面平台上,他——彼得肯定说过这样的话。"第十一语段是她当下的思绪:"最近他就要从印度归来,不是六月就是七月,她记不清了。"第十二语段是她当下的感想:"因为他的信息是写得非常枯燥乏味,倒是他的话能叫她记住,还有他的眼睛、他的小刀、他的微笑;以及他的坏脾气。"第十三语段是她的感受:"千万桩往事早已烟消云散,而——说来也怪!类似大白菜的话却牢记在心头。"

《达洛卫夫人》不仅细致描绘了多个人的多种意识片断,而且充分展示了每个意识片断的丰富多面性和复杂多样性,它空前深刻地揭开了人类世界中的另一个重要而广袤的领域,即无限复杂的精神意识领域,无疑为我们重新认识人、人性和人生提供了一种全新的视野。就它的所写或题材本身而言,它已具有振聋发聩、启人心扉的思想效力。

由于《达洛卫夫人》对人类主观意识的多元性和丰富复杂性的空前广泛而深刻的揭示,所以以曼特松、赫伯特为代表的一大批批评家坚持认为,它传达了一种多元化、消解中心、不确定性、相对论等观念,带有明显的后现代主义色彩。事实上,这是对伍尔夫和《达洛卫夫人》的思想的拔高。因为受时代的局限,20世纪初的伍尔夫在思想上只是挣脱了西方现代理性主义的枷锁,而未突破西方自古以来的逻各斯中心主义的框式,她的《达洛卫夫人》中的人物形象配置和材料安排明显有主和次、中心和边缘之分,明显是等级性的,是中心主义的。

《达洛卫夫人》虽然描绘了无数的意识片断,但这些意识片断并不是杂乱无章的,而是有序的,是被组织在一个核心框架中。正像拉尔夫·萨缪尔孙、安娜·本杰明、苏珊·斯密斯等很多西方批评家所注意到的,《达洛卫夫人》的世界是围绕着达洛卫夫人和赛普蒂默斯两个平行发展的人物建构起来的,其中的各种意识片断也是围绕着他们的精神意识之河被组织起来的。

《达洛卫夫人》的第一条核心线索是克拉丽莎·达洛卫夫人的意识之河。正像西方学者珊农·弗贝(Shannon Forbes)所说,克拉丽莎·达洛卫夫人是由年轻的克拉丽莎和成年的达洛卫夫人两种矛盾分裂的性格构成。[1] 她的意识的波浪也始终在对年轻的克拉丽莎生活的回忆和对成年的达洛卫夫人的人生的体味之间回旋。在她的意识中有一个难以抹去的情景,即布尔顿的乡间生活情景。作品伊始,她一出门就想起了在那里度过的一个美丽的早晨,在路上她想起了"家乡的树木和房屋"[2],想起了那里鲜花盛开的"美妙的夏日"的傍晚[3],买花回到家想起了在那里她与萨利·赛顿和彼得一起度过的快乐的日子,最后在晚宴上她想起了"老家的花园,那些树木,老约瑟夫·布赖科普夫用蹩脚的嗓子唱勃拉姆斯的歌曲,客厅的墙纸,草席的气味"[4]等,想起了与此环境融为一体的萨利和彼得的言行。布尔顿清新、宁静、鸟语花香、美丽、自然,充满生气,克拉丽莎在那里无拘无束,自由欢快,她的生命力得到了最大释放,它代表的是一种自然的有生机的生活情景。

除了布尔顿,盘旋在她意识中的另一个核心意象是彼得·沃尔什。她一出门就想起了三十年前布尔顿海滨的清晨,想起了彼得说的话和他的音容笑貌。在路上碰到休·惠特布雷德,想起了讨厌休的彼得,想起了过去在圣·詹姆斯公园彼得对她

---

[1] Shannon Forbes, "Equating performance with Identity: The Failure of Clarissa Dalloway's Victorian 'self' in Virginia Woolf's 'Mrs. Dalloway'", *The Journal of the Midwest Modern Language Association*, Vol. 38, No. 1, Special Convention Issue: Performance(Spring, 2005), pp. 38-50.
[2] [英]弗吉尼亚·伍尔夫:《达洛卫夫人》,孙梁、苏美译,上海译文出版社 2007 年版,第 7 页。
[3] [英]弗吉尼亚·伍尔夫:《达洛卫夫人》,孙梁、苏美译,上海译文出版社 2007 年版,第 11 页。
[4] [英]弗吉尼亚·伍尔夫:《达洛卫夫人》,孙梁、苏美译,上海译文出版社 2007 年版,第 172 页。

的责备和她与彼得的争吵、分手的情景。买花回来在想念年轻时的好友萨利的时候又不知不觉地想了彼得,想起了他对萨利的嫉妒,想起了他对自己的评语。11点彼得的突然造访使她激动不已,她旧情复发。"刹那间,她想不起他叫什么名字!她看到他只觉得如此惊讶、高兴和羞怯!"①她甚至产生了与之私奔的想法:"把我带走吧,克拉丽莎一阵感情冲动,仿佛彼得即将开始伟大的航行。"②下午三点丈夫理查德回家后,她同丈夫又提起彼得,讲他从国外回来了,并打算结婚。丈夫走后,她为彼得反对她办宴会的事而烦闷。晚宴上依旧摆脱不了彼得的影子,在不停揣摸彼得对自己的行为的看法。

她为什么如此心仪于彼得?虽然从思想观念的角度看他们之间有很大距离,因而过去经常吵架以致最后分手,可从精神情感的角度看,他们两人心心相印,二而为一。正像作品中不断提到的,他们一方感觉到和经验到的,另一方早已心领神会了。她和他在一起两心相通,两情相悦,其乐无穷:"她心里觉得,跟他在一起无限融洽、轻松;她忽然想起,如果我嫁给了他,这种快乐将会整天伴随着我哩!"③很明显彼得即是克拉丽莎的另一半,是她精神的不可或缺的部分。

那么彼得到底是一个怎么样的人?为了进一步揭示克拉丽莎的精神意识的实质,作品在充分展示她的意识的同时也详细展示了彼得的意识。自彼得十一点在克拉丽莎的房间里突如其来地亮相后,作品一直断断续续地跟踪描绘他的意识,直到结尾:写他在斗室里与克拉丽莎相遇时的情绪,写他出门后在维多利亚大街上的感想,在干草市场街、牛津街和大波特兰街上的行为,在摄政公园里的联想、回忆、梦幻,写他傍晚在回旅馆的路上和在旅馆里的遐思、联想和回忆,写他晚上在克拉丽莎宴会上的断想。作品呈现给我们的是一个凭直觉行事、充满生命活力的人。他自由浪漫,向往有声有色的人生,如"旅途,骑马,争吵,探险,桥牌,恋爱"④,"他的兴趣在于世界的动态,瓦格纳的音乐,波普的诗、永恒的人性"等⑤。他凭本能和直觉行事,自由洒脱。如他从克拉丽莎家里出来,在大街上看到一个妩媚动人的妙龄女郎,为

---

① [英]弗吉尼亚·伍尔夫:《达洛卫夫人》,孙梁、苏美译,上海译文出版社2007年版,第36页。
② [英]弗吉尼亚·伍尔夫:《达洛卫夫人》,孙梁、苏美译,上海译文出版社2007年版,第38页。
③ [英]弗吉尼亚·伍尔夫:《达洛卫夫人》,孙梁、苏美译,上海译文出版社2007年版,第43页。
④ [英]弗吉尼亚·伍尔夫:《达洛卫夫人》,孙梁、苏美译,上海译文出版社2007年版,第40页。
⑤ [英]弗吉尼亚·伍尔夫:《达洛卫夫人》,孙梁、苏美译,上海译文出版社2007年版,第9页。

之所吸引,于是跟在她后面走街串巷,尾随她,一直到她走进家门。他更多地生活在记忆和幻想中,是一个激情式的人物。他年轻时与克拉丽莎相爱,有过一段心旷神怡的罗曼蒂克史。那段恋情已经逝去三十年了,可他还是时时刻刻把它放在心头,他说话、走路、吃饭以至在幻觉和睡梦中都想着它。他欣赏自然、纯真、率直,厌恶虚假、修饰和做作。年轻时他在克拉丽莎家里遇到了自由浪漫、落拓不羁的萨利·赛顿,他将之引为知己,而对那些追名逐利之徒如休·惠特布雷德、理查德·达洛卫等十分鄙夷,认为他们装腔作势,平庸俗气,他们的生活循规蹈矩,了无生趣,毫无价值,是"一场空"。①

彼得凭本能直觉行事,浪漫不羁,克拉丽莎平生向慕、爱恋和思念自由浪漫的彼得,足见她精神意识深处有一种天然的倾向,即追求无拘无束的浪漫人生的倾向。克拉丽莎对自己作过如下的自我分析:特长"既不是美貌,也不是理智,而是一种内在的核心,渗透全身;一种热烈的情感冲破表层,使男女或女性之间的冷淡的接触变得波动"②。很明显,她的意识深处有一种追求原始奔放的生命力的热情。

除了对年轻的克拉丽莎的生活的回忆外,克拉丽莎·达洛卫夫人意识之河的另一个核心的方面是对成年的达洛卫夫人的人生的体味。在达洛卫夫人的人生中宴会是一个极重要的组成部分。因此在作品中她的思绪一直没有脱离宴会这一核心意象。作品开始写她一大早就出门去买花,目的是为了装点晚上的宴会。在路上遇到休·惠特布雷德,在寒暄中唯一的话题是宴会,后者称他要晚一些赴她的晚宴,因为他要先参加一个宫廷晚宴。买花回来,听到布鲁顿夫人只请她丈夫去赴午宴而未请她后非常失望:"这件事使她觉得安身立命的时刻晃动了,犹如河床上一棵草感到船桨的划动而摇曳不定,她也同样地摇晃,同样地颤抖。"③彼得造访,她多次叮嘱他不要忘了参加自己的宴会。下午她为一位朋友替她邀请了一位不该邀请的人参加晚宴而烦恼,并因理查德和彼得对她的宴会的消极态度而愤愤不平。晚上刚开始她因彼得对宴会的不以为然而感到失落,之后随着首相的到场情绪陡然高扬,极度兴奋:"克拉丽莎陪伴首相在室内走动,步态轻盈,容光焕发,灰白的头发使她更显得庄

---

① [英]弗吉尼亚·伍尔夫:《达洛卫夫人》,孙梁、苏美译,上海译文出版社2007年版,第45页。
② [英]弗吉尼亚·伍尔夫:《达洛卫夫人》,孙梁、苏美译,上海译文出版社2007年版,第29页。
③ [英]弗吉尼亚·伍尔夫:《达洛卫夫人》,孙梁、苏美译,上海译文出版社2007年版,第27页。

重……此时此刻,她委实飘飘然,陶醉了;内心剧烈地跳动,似乎在颤抖,沉浸于欢乐中,舒畅之极。"①宴会是西方现代社会中上阶层社交生活的一种基本形式。在那里人们邀请朋友一起讨论问题或交流感情,着力将自己与社会联结起来。如在布鲁顿夫人的午宴上布鲁顿夫人邀请休·惠特布雷德和理查德·达洛卫一起讨论和草拟她提出的"上等人家年轻的子女们出国,帮他们在加拿大立足,并且相当顺利地发展"②的计划,为社会发展出谋献策,加强自己的社会威望。在克拉丽莎的晚宴上克拉丽莎邀请各界朋友团聚,与他们交谈沟通,以加强自己与伦敦中上层社会圈的联系。宴会是人们的社会化生活的重要形式,在那里个人的感情、愿望、冲动不再是最重要的,而事业、地位权力、财富才是最抢眼的。所以在克拉丽莎的晚宴上,感情丰富而事业无成的彼得除了萨利等几个熟人外则无人答理,而权高势大的首相、地位显赫的布鲁顿夫人、事业兴旺发达的威廉·布雷德肖爵士则是所有人关注的焦点。不言而喻,宴会是人们追求事物、名利、地位等社会化的理性生活之倾向的表征和代名词。克拉丽莎一贯十分热衷宴会,将之当做她"安身立命"的场所,这表明在她的内心除了有追求自由浪漫人生的感性冲动外,另外还有一种极强烈的冲动即追求社会认同的理性冲动。不过她在热衷操办宴会的同时却又时时检讨自己的行为:"说到底,她究竟为什么要举行宴会呢?为什么要爬到顶上出风头,实际上在火堆里受煎熬……真怪,只要彼得一来,待在角落里,便能叫她杌陧不安。他使她看清自己:夸张、做作。简直不堪。"③"尽管她热爱这气氛,感到一种激奋与爽快,然而,所有这些装腔作势、得意扬扬(亲爱的老朋友彼得就认为她锋芒毕露),都有一种空洞之感,好似隔了一层。"④她体味到这种社会化的理性活动不仅未能充分展示她的自我,丰富她的生活,使之更充实,相反抽空了她的自我,使她以假面具的形态出现,从而失去了生命,失去了生活。

达洛卫夫人的人生中的另一个重要组成部分是她的丈夫理查德·达洛卫,他也是一直盘旋于她意识中的一个无法抹去的身影。早上出门买花在路上遇到休·惠特布雷德后,联想到被他气得发疯的理查德。在花店里,她想到了女儿伊丽莎白,想

---

① [英]弗吉尼亚·伍尔夫:《达洛卫夫人》,孙梁、苏美译,上海译文出版社 2007 年版,第 164 页。
② [英]弗吉尼亚·伍尔夫:《达洛卫夫人》,孙梁、苏美译,上海译文出版社 2007 年版,第 102 页。
③ [英]弗吉尼亚·伍尔夫:《达洛卫夫人》,孙梁、苏美译,上海译文出版社 2007 年版,第 158 页。
④ [英]弗吉尼亚·伍尔夫:《达洛卫夫人》,孙梁、苏美译,上海译文出版社 2007 年版,第 164 页。

到了女儿的家庭教师基尔曼小姐,想到了理查德维护她们的言行的话。买花回来,听到布鲁顿夫人请理查德而不请她参加午宴的事后,心里产生了某种妒忌之情,联想到自己与理查德之间多年无性生活的夫妻关系,体味到自己生活的孤寂和空洞:"理查德把我给撇下了,我永远是孤独的。"①下午三点,理查德突然回家,买了一束玫瑰花送给她,想说什么但终究没有说出来,而她给他吐诉她的烦恼,他却毫不在意,最后还劝她如果宴会让她太操心就不要举行了,"她一下子莫明其妙地觉得难受"②,以至产生了绝望之情:"无论如何,必须一天又一天地过下去:星期三、星期四、星期五、周末;总得在早晨醒来;眺望天空,在公园里漫步;同休·惠特布雷德相遇,尔后理查德忽然回家来,捧着那些玫瑰花;这就够了。之后呢,死亡,多么不可思议呵!"③最后在晚宴上当她为自己的宴会的成功而高兴的时候却不自觉地联想到与她为敌的基尔曼和维护基尔曼的理查德,当她看到萨利和彼得亲切交谈的情景时,则不自觉地对她与他们二人的关系和她与丈夫理查德的关系进行了比较,"克拉丽莎同两人都有亲密的关系(比理查德更密切)"④。

而无论在生活倾向上还是在行为方式上理查德与彼得完全不同。彼得所追求的是个人情感的满足,正像克拉丽莎所描述的:"彼得老是陷入情网"⑤,老是为情所累,因而在事业上一事无成,"是个失败者"⑥。而理查德追求的是社会事业的成功,他"热心公益、大英帝国、关税改革、统治阶级的精神,等等"⑦,将全部精力都投入其中,因而在事业上春风得意,当上了议员。彼得激情、率直、本能,如三十多年前他喜欢克拉丽莎,于是大胆地追求她,看到她身上的缺点便直言不讳地谴责她,结果使她无法忍受,最后离开了他,三十年后见到她,旧情复发,毫不掩饰,热泪盈眶,并伸手抓住了她的肩膀。而理查德却儒雅、委婉、理性,他最早也爱克拉丽莎,但方式很含蓄温和,仅仅与她平静地交谈,同时只挑她喜欢的话说,因而她跟他在一起感到"轻

---

① [英]弗吉尼亚·伍尔夫:《达洛卫夫人》,孙梁、苏美译,上海译文出版社 2007 年版,第 43 页。
② [英]弗吉尼亚·伍尔夫:《达洛卫夫人》,孙梁、苏美译,上海译文出版社 2007 年版,第 113 页。
③ [英]弗吉尼亚·伍尔夫:《达洛卫夫人》,孙梁、苏美译,上海译文出版社 2007 年版,第 115 页。
④ [英]弗吉尼亚·伍尔夫:《达洛卫夫人》,孙梁、苏美译,上海译文出版社 2007 年版,第 172 页。
⑤ [英]弗吉尼亚·伍尔夫:《达洛卫夫人》,孙梁、苏美译,上海译文出版社 2007 年版,第 114 页。
⑥ [英]弗吉尼亚·伍尔夫:《达洛卫夫人》,孙梁、苏美译,上海译文出版社 2007 年版,第 39 页。
⑦ [英]弗吉尼亚·伍尔夫:《达洛卫夫人》,孙梁、苏美译,上海译文出版社 2007 年版,第 70 页。

松自如"①。他心里一直喜欢她,很想对她表白说:"我爱你",但此话一直说不出口。有一次他从布鲁顿夫人家里出来买了一束玫瑰花献给她,想借之表白自己的爱,虽鼓足了勇气,但最终还是没说出口。彼得的好友是放荡不羁的萨利之类的激情式的人,而理查德的朋友则是一些了无情趣的理智性的人,如只对政治感兴趣而"缺少些人情"、"讲起话来像个男子汉"的布鲁顿夫人②,"专横、虚伪、窃听、嫉妒、不择手段、残酷之至"的基尔曼小姐③,"毫无七情六欲"、"会干出莫明其妙、令人发指的事——扼杀灵魂"的威廉·布雷德肖爵士,以至"一本正经"的"马屁精"休·惠特布雷德,等等。跟彼得在一起,克拉丽莎感到冲动、激越,与此同时也常常因争吵而异常烦恼,而跟理查德在一起,克拉丽莎则感到平静和谐,内心十分踏实安全,所以她最后抛弃了彼得,选择了理查德。不过,由于理查德太平静,太理性,所以她的大半生都是在平平淡淡、无感情、无生气的状态中度过的。他们婚后客客气气,相敬如宾,没有激情,没有夫妻生活。一直以来她"独自睡在一张窄床上。自己虽然生过孩子,却依然保持童贞"④。所以她最后回顾自己过去的生命时便倍感失落,深深体味到了它的空虚和无聊:"无论如何,生命有一个至关紧要的中心(即激情——笔者注),而在她的生命中,它却被无聊的闲谈磨损了,湮没了,每天都在腐败、谎言与闲聊中虚度。"⑤

正像彼得所形容的:理查德"是彻头彻尾的正人君子。无论什么事,他都以同样刻板的理智去处理,没有半分想象力,也没有一丝才气"⑥。达洛卫先生是一个典型的理智性的人物。达洛卫夫人不仅早年欣赏他,而且此后三十多年一直与之相依为命,陪伴他,支持他,足见她同时更倾向于他的生活方式即现实、理性、稳重。很明显,她的精神意识中有一种强大的力量即追求平静、和谐生活的理性力量。

彼得称克拉丽莎·达洛卫夫人:一方面,"一副淑女模样,爱挑剔,冷若冰霜";另一方面,"也有罗曼蒂克的时刻,令人醉心,使人想起明丽的田野,或英国特有的收获季节"⑦。在克拉丽莎·达洛卫夫人的精神意识中过去和现在、自由浪漫和拘谨稳

---

① [英]弗吉尼亚·伍尔夫:《达洛卫夫人》,孙梁、苏美译,上海译文出版社2007年版,第56页。
② [英]弗吉尼亚·伍尔夫:《达洛卫夫人》,孙梁、苏美译,上海译文出版社2007年版,第99页。
③ [英]弗吉尼亚·伍尔夫:《达洛卫夫人》,孙梁、苏美译,上海译文出版社2007年版,第110页。
④ [英]弗吉尼亚·伍尔夫:《达洛卫夫人》,孙梁、苏美译,上海译文出版社2007年版,第28页。
⑤ [英]弗吉尼亚·伍尔夫:《达洛卫夫人》,孙梁、苏美译,上海译文出版社2007年版,第175页。
⑥ [英]弗吉尼亚·伍尔夫:《达洛卫夫人》,孙梁、苏美译,上海译文出版社2007年版,第69页。
⑦ [英]弗吉尼亚·伍尔夫:《达洛卫夫人》,孙梁、苏美译,上海译文出版社2007年版,第144页。

重、激情和理智、直觉和理性、生气勃勃和死气沉沉等两种成分始终相互交织、相辅相成、你中有我我中有你、二而为一、浑然不可分,她的生命就是由此两种相反相成的精神意识要素编织成的。在作品中伍尔夫通过厚描她的意识之河的奔流状态明确告诉我们,她年轻时浪漫的、富于激情的、充满活力的生活令她激动、兴奋、心花怒放,至今无法忘怀,而成年时现实的、理性的、毫无生气的生活令她消沉孤独、无聊,以至整天为诸如操办宴会之类毫无意义的活动而无谓地消耗生命,虽生犹死,正像彼得所描述的:"僵硬的习俗的枯骨支撑着人体的骨架,里面却空空如也。"①至此,伍尔夫厚描达洛卫夫人的意识之河的良苦用心昭然若揭:激情、本能、直觉会丰富和强化人的生命,使之得到进一步张扬,而稳健、谨慎、理性则会压抑和扼杀人的生命,使之逐步衰竭以致最后变为毫无生气的僵尸。

《达洛卫夫人》的第二条线索是赛普蒂默斯·沃伦·史密斯的意识之河。作品细致地展示了他与众不同的奇异的意识。早上十点多,当达洛卫夫人在花店里挑花的时候,赛普蒂默斯正在花店外面的邦德街上行走。此时他眼前有一辆淡灰色轿车拦住了路,据说是首相大人的车。面对它他"淡褐色的眼睛里闪现畏惧的神色"②。畏惧之余,他将它幻化成了一团火:"他眼前的一切事物都逐渐向一个中心凝聚,这景象使他恐怖万分,仿佛有什么可怕的事情就要发生,立刻就会燃烧,喷出火焰。天地在摇晃,颤抖,眼看就要化成一团烈火。是我挡住了路,他想。难道人们不是在瞅他,对他指指点点吗?"③为了表现赛普蒂默斯意识的这种古怪性,作品同时表现了当时赛普蒂默斯周围其他人的意识,如他的妻子卢克丽西娅、克拉丽莎、萨拉·布莱切利、埃米利·科茨、鲍利先生等的意识,在他们眼里,那是一辆载着诸如首相、王后或王子之类的要人的小车,它突然爆胎,在人群中引起了片刻的精神骚动。

十一点,赛普蒂默斯走进了摄政公园。此时天上飞过一架飞机,飞上窜下,机身后面白烟缭绕。他为之所吸引,将之幻化成了一种美的符号:"赛普蒂默斯抬头观望,心想原来是他们在给我发信号哩。当然并非用具体的词来表示,也就是说,他还不能理解用烟雾组成的语言;但是这种美、无与伦比之美是显而易见的。他的眼中

---

① [英]弗吉尼亚·伍尔夫:《达洛卫夫人》,孙梁、苏美译,上海译文出版社 2007 年版,第 45 页。
② [英]弗吉尼亚·伍尔夫:《达洛卫夫人》,孙梁、苏美译,上海译文出版社 2007 年版,第 12 页。
③ [英]弗吉尼亚·伍尔夫:《达洛卫夫人》,孙梁、苏美译,上海译文出版社 2007 年版,第 13 页。

噙满泪水,当他瞅着那些烟雾写成的字逐渐暗淡,与太空融为一体,并且以他们无限的宽容和含笑的善意,把一个又一个无法想象的美的形态赐给他,并向他发出信号,让他明白他们的意愿就是要使他无偿地永远只看到美,更多的美!泪水流下了他的面颊。"①而他周围的人的视觉却跟他完全不同,都认为飞机在借机身书写某种文字,为某种商品做广告:如科茨太太认为它写的是"Blaxo",在为一种香皂做广告;布莱切利太太认为它写的是"Kreemo",在为一种乳脂品做广告;鲍利太太认为它写的是"toffee",在为太妃糖做广告。

之后,他坐在公园里的椅子上,听到对面栏杆上有两只雀儿在鸣叫,于是便产生了一种幻觉,似乎他死去的好友埃文斯在栏杆后召唤他:"他期待着。他倾听着。一只雀儿栖息在他对面的栏杆上,叫着赛普蒂默斯,赛普蒂默斯,连续叫了四五遍,尔后又拉长音符,用希腊语尖声高唱:没有罪行。过了一会,又有一只雀子跟它一起,拖长嗓子,用希腊语尖声唱起:没有什么死亡。两只鸟就在河对岸生命之乐园里,在树上啁鸣,那里死者在徘徊呢。他的手在那边,死者便在那边。白色的东西在对面栏杆后集结。但是他不敢看。埃文斯就在那栏杆后面!"②

一只猁狗过来嗅他的裤子,"他惊跳起来,恐惧万分"③,他将它幻化成了人:"那条狗正在变成人!他不能注视这种怪事!眼看狗变人,太可怕啦,令人惊骇。顿时,那条狗跑开了。苍天神圣而慈悲,无限地宽宏。它赦免了他,宽恕了他的软弱,但是科学(因为人必须首先讲究科学)又是怎么解释的?为何他能透视身体内部,预见未来狗会变人呢?大概是热浪冲错头脑而引起的吧,仅万年的进化已使脑子变得敏感。"④

"他靠在椅子上,憩息"⑤,感到似乎是"躺在高耸入云之巅,在世界屋脊上。大地在他脚下颤动……乐声从一块岩石传到另一块岩石……身边盛开蔷薇花……树木在婆娑起舞……大地恍惚在说:美。"⑥

---

① [英]弗吉尼亚·伍尔夫:《达洛卫夫人》,孙梁、苏美译,上海译文出版社 2007 年版,第 19 页。
② [英]弗吉尼亚·伍尔夫:《达洛卫夫人》,孙梁、苏美译,上海译文出版社 2007 年版,第 22 页。
③ [英]弗吉尼亚·伍尔夫:《达洛卫夫人》,孙梁、苏美译,上海译文出版社 2007 年版,第 62 页。
④ [英]弗吉尼亚·伍尔夫:《达洛卫夫人》,孙梁、苏美译,上海译文出版社 2007 年版,第 62 页。
⑤ [英]弗吉尼亚·伍尔夫:《达洛卫夫人》,孙梁、苏美译,上海译文出版社 2007 年版,第 62 页。
⑥ [英]弗吉尼亚·伍尔夫:《达洛卫夫人》,孙梁、苏美译,上海译文出版社 2007 年版,第 62—63 页。

他妻子对他说:"时间到了",催他离开。"时间"一词引发了他一连串的幻想:"'时间'这个词撕开了外壳,把它的财富泻在他身心中;从他唇边不由地吐出字字珠玑,坚贞、洁白、永不磨灭,仿佛贝壳,又似刨花,纷纷飘洒,组成一首时间的颂歌,一首不朽的时光颂。他放声歌唱。埃文斯在树背后应声而唱:死者是撒塞里,在兰花丛中。他们始终在那里期待,直到大战终止。此刻,死者,埃文斯本人,显灵了……可是树枝分开了,一个穿灰衣服的人竟在向他俩走来。那是埃文斯!不过他身上没有污泥,没有伤痕,他没有变样。"①

十二点,他去看病则把医生布雷德肖等看成是欲捕捉和关押他的狱卒:"你一旦失足,人性就会揪住你不放,赛普蒂默斯反复告诫自己。霍姆斯和布雷德肖不会放过你的。哪怕你逃入沙漠,他们也会去搜索,哪怕你遁入荒野,他们也会尖叫着冲过来,还用拉肢刑具和拇指夹折磨你。人性残酷无情哪。"②

傍晚六点,霍姆斯医生来为他看病,他把他幻想成捉拿他的人,于是千方百计试图逃避他:"霍姆斯在上楼了。霍姆斯将门打开。霍姆斯将说:'害怕了吧,呃?'霍姆斯将攥住他。不!霍姆斯别想、布雷德肖别想抓住他。他摇摇晃晃站起身,简直是跟跟跄跄,心里盘算着,想用菲尔默太太切面包的锃亮光滑的刀子(柄上刻着'面包'字样)。嗐,不能糟蹋那把刀。煤气呢?来不及了。霍姆斯上来啦。兴许能找着刀片,可是成天价整理东西的雷西娅把它放好了。唯一的出路是窗子,布卢姆斯伯里住房特有的大窗……霍姆斯到门口了。他喝一声:'给你瞧吧!'一面拼出浑身劲儿,纵身一跃,栽到菲尔默太太屋内空地的围栏上。"③最后坠楼身亡。

从早上十点多到晚上六点,他的意识自始至终都充满了恐惧、幻觉和死亡意念,他生活在一种惴惴不安、焦虑和痛苦状态中,他的精神意识与常人完全不同,处于绝望和疯狂之中,是一个悲剧性的人物。那么他为什么会变成这样呢?为了进一步开掘赛普蒂默斯的精神意识状态,作品在细致展示赛普蒂默斯的意识的同时还集中表现了他的妻子雷西娅·沃伦·史密斯的意识。通过后者的思想意识之窗口我们清楚地了解到了赛普蒂默斯从一个正常的人变为不正常的人的精神演化轨迹:他出

---

① [英]弗吉尼亚·伍尔夫:《达洛卫夫人》,孙梁、苏美译,上海译文出版社 2007 年版,第 64 页。
② [英]弗吉尼亚·伍尔夫:《达洛卫夫人》,孙梁、苏美译,上海译文出版社 2007 年版,第 91 页。
③ [英]弗吉尼亚·伍尔夫:《达洛卫夫人》,孙梁、苏美译,上海译文出版社 2007 年版,第 141 页。

生于英国西南部的一个小城斯特劳德,有一个远大抱负,就是成为一个著名诗人。抱着此梦想,他偷偷离开故乡,来到伦敦。在伦敦,他在一家拍卖公司做事,受到了总干事的器重,事业一帆风顺,工作之余,与爱好文学的伊莎贝尔·波尔小姐相恋,爱情旅途平坦顺当。"但就在这时发生了一件事,欧洲大战的魔爪是如此阴狠,如此无孔不入"①,结果把赛普蒂默斯扯进了战事中。在战场上,他与长官埃文斯相遇,结下了深厚的友谊。二人相敬相爱,亲密无间,不分你我:"事情活像两条狗在火炉前地毯上嬉戏;一条小狗要弄一个纸球,咆哮着猛扑上去,不时咬一下老狗的耳朵;那老狗则懒洋洋地躺着,眼睛一眨一眨地望着炉火,伸出一只爪子,转身慈爱地吠叫几声。他们形影不离,分享一切。"②突然有一天,埃文斯在他眼前牺牲,他本该号啕大哭,可他表现得更像一个男子汉,"显得无动于衷,甚至没有看作一场友谊的终止,反而庆幸自己能泰然处之,颇为理智"③。尽管如此,他此后怎么也忘不了好友牺牲的情景。战争已结束,死者已埋葬,可他还为战争的阴影所笼罩,他"被一种突如其来的恐怖所笼罩,晚上尤其可怕。他丧失了感觉的能力"④。为摆脱这种恐怖感、麻醉感和空虚感,他刻意去追求姑娘,试图借爱情冲淡痛苦,于是便与一位意大利姑娘卢克丽西娅结婚。没想到他的婚姻非但没有给他带来轻松的心境,相反加重了他的精神负担,使他的心情更恶化,因为他觉着自己似乎在利用卢克丽西娅。战后回到伦敦,他检讨自己的过去,因对埃文斯的死表现得过于平静和对卢克丽西娅的求婚表现得过于功利而产生了一种深厚的负罪感,下面是赛普蒂默斯自己的意识:"这样看来,没有任何借口了,他什么病也没有,只犯了那桩罪过,为此,人性已判处他死刑,让他丧失感觉。埃文斯阵亡时,他满不在乎,那便是他最大的罪过;他并不爱妻子,却跟她结婚,欺骗了她,引诱了她,并且使伊莎贝尔·波尔小姐怒不可遏;他身上布满斑斑点点的罪恶,因而,妇女们在街上看见他便会吓得发抖。对这样的可怜虫,人性的判决是死亡。"⑤这样他的心情越来越沉重,情绪越来越消沉,最后精神由于承受

---

① [英]弗吉尼亚·伍尔夫:《达洛卫夫人》,孙梁、苏美译,上海译文出版社 2007 年版,第 79 页。
② [英]弗吉尼亚·伍尔夫:《达洛卫夫人》,孙梁、苏美译,上海译文出版社 2007 年版,第 79 页。
③ [英]弗吉尼亚·伍尔夫:《达洛卫夫人》,孙梁、苏美译,上海译文出版社 2007 年版,第 80 页。
④ [英]弗吉尼亚·伍尔夫:《达洛卫夫人》,孙梁、苏美译,上海译文出版社 2007 年版,第 80 页。
⑤ [英]弗吉尼亚·伍尔夫:《达洛卫夫人》,孙梁、苏美译,上海译文出版社 2007 年版,第 84—85 页。

不了过量的心理负担变得失常了。而更糟糕的是,那些所谓的精神病医生如霍姆斯、布雷德肖等根本不了解他的精神状态,他们凭自己的主观臆断去诊断和治疗赛普蒂默斯的病情,非但没有祛除赛普蒂默斯的恐怖、焦虑和由此引起的不正常的幻觉视像,减轻他的精神重负,治愈他的病情,相反却极度增强了他的恐怖、焦虑和幻觉,加重了他的心理负担,结果迫使他跳楼自杀。

　　从以上的陈述可以明显看到,促使赛普蒂默斯从一个正常人变为疯子、最后走向死亡的因素主要有以下几种:(1)第一次世界大战,它不仅摧毁了有抱负有能力的赛普蒂默斯的光辉前程,而且还毁灭了他过去的一个精神支柱即作为友情之代表的埃文斯,给他的精神造成了重大创伤;(2)理性,它不仅压制赛普蒂默斯的精神情感,使他在挚友身亡、该发泄的时候没有发泄,从而积忧成疾,而且还可耻地利用卢克丽西娅的感情来抚慰自己的无法救治的精神创伤,从而加重了他的心理负担;(3)道德感,它使赛普蒂默斯对自己在友情和婚姻上的不良举动充满了罪过感;(4)医学等科学知识,它不仅未能帮助医生霍姆斯和布雷德肖深刻了解赛普蒂默斯的病根、把握真理,相反却误导他们胡乱理解和诊治,结果使赛普蒂默斯病情进一步加重,最后摧毁了他。而所有这些因素,如世界大战、理性、道德感、科学知识等等,都是西方现代理性思想的产物,是西方现代文明的突出标志,由此而言,赛普蒂默斯的疯狂和毁灭从本质上看是由西方现代理性思想或者说西方现代理性文明造成的。很明显,这里伍尔夫是在借赛普蒂默斯这一独特形象集中表现"一战"后西方人充满恐怖、焦虑和绝望感的精神状态,深刻检讨和批判西方现代理性思想。

　　谈到《达洛卫夫从》的主题,伍尔夫曾在她的一篇日记中明确指出:"在这部书中,我有很多观念。我要讲生和死、理智和疯狂;我要批判社会系统,要展现它正强劲地运行。"①从以上的分析可以看出,《达洛卫夫人》主要展示了克拉丽莎·达洛卫夫人和赛普蒂默斯·沃伦·史密斯两个人物的精神意识,它借克拉丽莎揭示了人精神意识内部两种相对的力量如浪漫与现实、激情与冷静、疯狂与理智之间的尖锐冲突以及浪漫、激情、疯狂会张扬生命而现实、冷静、理智会扼杀生命的状况,借赛普蒂默斯揭示了"一战"后现代西方人的精神苦闷,声讨了西方现代理性思想和文明对人

---

　　① Anne Olivier Bell, ed., *The Diary of Virginia Woolf*, London: Hogarth Press, 1977 - 1984, D. Tuesday 19 June 1923.

们精神意识的严重摧残。由此我们可以说这是一部彻底反对理性科学、极力倡导本能直觉的反理性主义的作品。20世纪初西方思想文化界,有一种强大的思想潮流即由哲学家柏格森、心理学家弗洛伊德等所掀起的张扬人的生命、直觉和无意识的非理性主义思潮,伍尔夫的《达洛卫夫人》是由此思潮促成的,反过来又强劲推动了此思潮,它是此思潮一个不可分割的重要组成部分。

◎第三章 20世纪后期的英国文学经典

一、创作背景

20世纪后期是西方思想文化史上的一个地覆天翻的大变革时期。英国著名作家和小说批评家布拉德伯里称:"1939—1945年的第二次世界大战跟第一次世界大战一样无疑是人们现代经验中的一次可怕断裂。"①"第二次世界大战使人们目睹了人类前所未有的野蛮情景。……4600万人死去,绝大部分是平民。"②灭绝人寰的第二次世界大战给西方社会带来巨大震撼,使西方人对自己走过的路、自己的文明产生了深刻怀疑。战后人们普遍开始质疑传统的思想文化系统,对之展开彻底解构。

在政治和意识形态领域,"至60年代中期一场新兴的反叛和抗议运动已遍布全球"③,怀疑一切、否定一切成为一种时代风尚。在此风尚影响下,后结构主义哲学家德里达对传统的思想方式和哲学思想系统产生了深刻疑问,开始拆解和重构它们。思想家福柯对传统的历史叙事方式和知识系统产生了深刻疑问,开始重写它们。心理学家拉康对传统的人类精神心理描述系统和方法产生了深刻疑问,开始翻新它们。

在文化领域,伴随着40—60年代风起云涌的全球性反殖民风潮和民族解放运

---

① Malcolm Bradbury, *The Modern British Novel*, London and New York: Penguin Books, 2001, p. 253.

② Malcolm Bradbury, *The Modern British Novel*, London and New York: Penguin Books, 2001, p. 254.

③ Malcolm Bradbury, *The Modern British Novel*, London and New York: Penguin Books, 2001, p. 365.

动,库切、戈迪默、索因卡、奈保尔、拉什迪等作家和赛义德、斯皮瓦克、霍米·巴巴等理论批评家对传统的种族观念和族群文化知识系统产生了深刻疑问,开始拆解重构它们。伴随着60—70年代席卷英美以至整个西方的第二次女权主义运动,阿特伍德、巴特勒、温特森、卡特尔等作家和米利特、肖瓦尔特、克里斯蒂瓦、西苏等理论批评家对传统的两性观念和性别文化系统产生了深刻疑问,开始再阐释它们。

在文学理论领域,批评家罗兰·巴尔特、德·曼、希利斯·米勒等对传统的文学观念产生了深刻疑问,对之进行了彻底改写。他们一举突破了传统中人们关于文学是作家天才创造物、是外在事物表现或反映的观念,提出了文学是文学语言的编织品,是建构世界的方式的观念。罗兰·巴尔特称:"写作不再指代某种记录、指称、表达、'描绘'式的文学活动(像古典批评家所说);相反正如语言学家借用牛津哲学思想家所宣称的那样,它指代的是语言的运作、纯粹的语言形式活动。"[1]保罗·德·曼指出,文学是人们对现实事物进行语言命名的结果,是隐喻性的,是对现实的再制作。希利斯·米勒宣称,文学是语言符号自身重复运动的结果,是绘制世界图景的一种方式。

在文学创作领域,法国新小说、美国元小说、法国荒诞派戏剧等各路先锋小说、戏剧流派作家对传统的小说、戏剧话语形式产生了深刻疑问,开始改造重构它们。如法国新小说家消解情节、消解人物、消解深度,把注意力转向事物和建构事物的小说话语方式。在新小说作家那里,正像罗伯-格里耶等所宣称的,"以人物为主体的小说完全属于过去"[2],语言形式和叙述过程本身才是小说家关注的焦点所在。元小说质疑传统的小说观念、创作理路方式,开发新的小说话语形式。正像帕特里夏·沃所说:"它为了对虚构与现实的关系提出疑问,便一贯地把自我意识的注意力集中在作为人造品的自身的位置上。这种小说对小说作品本身加以评判,它不仅审视记叙体小说的基本结构,甚至探索存在于小说外部的虚构世界的条件。"[3]荒诞派戏剧

---

[1] Roland Barthes, "The Death of the Author", in P. Rice & P. Waugh ed., *Modern Literary Theory: A Reader*, London: Edward Arnold, 1989, pp. 114–118.

[2] [法]罗伯-格里耶:《关于几个过时的概念》,见柳鸣九《从现代主义到后现代主义》,中国社会科学出版社1994年版,第293页。

[3] [美]丹尼尔·霍夫曼主编:《美国当代文学》,《世界文学》编辑部编译,中国文联出版公司1984年版,第194页。

作家摒弃情节、冲突、人物等传统形式,将注意力完全放在打造具有象征意义的戏剧场景、舞台形象等新形式上。

正是在这种解构一切,突破所有的语言文化符号形式,重建新型的文化符号建构形式的后现代主义文化思想大潮推动下,英国当代的小说、戏剧家们也将叙写重心放到了改造并重构旧文学话语形式上。20 世纪 60 年代,小说家莱辛、B. S. 约翰逊、布鲁克-罗斯、里斯、福尔斯,戏剧家品特、斯托帕德等不约而同地展开改革旧小说、戏剧形式的实验工作。在 70 年代以后的三四十年中,小说家默多克、伯恩布里奇、马丁·阿米斯、斯威夫特、巴恩斯、沃纳、阿克罗伊德、洛奇、拜雅特等,戏剧家邦德、韦斯克、爱德伽等不断推进这种文学话语形式的革新浪潮,创建了许多新话语形式,现在空间结构、自省、重写、互文、跨时空、跨文类等小说、戏剧形式已成为当代叙事文学园地里最基本的形式。

二、莱辛的《金色笔记》

(一) 莱辛

多丽丝·莱辛是英国当代最杰出的作家。她创作过大量的短篇和长篇小说,2007年获得诺贝尔文学奖,是迄今为止最年长的诺贝尔奖获得者。莱辛1919年出生于伊朗,当时她的父亲就职于英国设在伊朗的帝国银行。1925年她的父母离开伊朗到南罗德西亚(今津巴布韦)经营农场,她随父母来到非洲,在那里生活了25年。1949年离开南罗德西亚,移居伦敦,直至现在。

莱辛是20世纪50年代登上英国文坛的。她开始创作之时,英国文坛正处于新旧交替、百花齐放的阶段。20世纪30年代由于欧洲经济日趋萧条和法西斯主义日益猖獗,社会主义意识形态受到了人们的广泛关注。1936年,英国建立了"左翼读书俱乐部",有很多作家和知识分子参加了左翼组织。受社会主义思想的影响,左翼作家们将现代主义小说视为一种沉湎于个人精神世界、缺乏社会责任感的不健康的艺术方式,他们对之持批判和拒斥态度。在左翼小说家们的带领、号召和影响下,20世纪中期的很多小说家,包括左翼的和非左翼的都普遍抛弃了乔伊斯、伍尔夫等人创立的现代主义小说传统,重新走上了维多利亚时代的现实主义小说创作道路,代表性的作家有奥威尔(Orwell)、伊舍伍德(Isherwood)、沃(Waugh)、威尔逊(Wilson)、西利托(Sillitoe)、巴斯托(Barstow)、韦恩(Wain)、布雷恩(Brain)、斯托雷(Storey)、阿米斯(Amis)等。现实主义小说话语虽然是20世纪中期英国小说领域里的主导性话语,但并不是唯一的话语。除了很多转向现实主义的作家外,当时还有一部分人依然坚持用现代主义方式创作。如乔伊斯和伍尔夫等人仍旧活跃在文坛上,乔伊斯创作出了他最后的杰作《芬尼根守灵夜》,伍尔夫写下了《幕与幕之间》,另外贝克特、格林(Greene)、劳里(Lowry)、迪雷尔(Durell)等继续沿着乔伊斯和伍尔夫的道路进行现代主义小说创作。除此之外,福尔斯(Fowles)、约翰逊(Johnson)、布鲁克-罗斯(Brooke-Rose)等人在法国结构主义思想观念和新小说派的影响下全面改革小说形式,尝试用全新的理路和方式方法建构小说文本。还有一部分小说家另辟蹊径,用奇特的故事事件、诡异的情境和寓言、象征、幻想、想象、夸张等手段表现和探究人的本性、自由、美和丑、善和恶等形而上学问题,带有显著的超验、神秘色彩,代表人物有戈尔丁(Golding)、默多克(Murdoch)、伯吉斯(Burgess)等。

　　莱辛没有受过多少正规教育,是自学成材的。她早年住在偏僻的农场,数英里之内没有人家,找不到游乐的小伙伴。加上农场的经营状况不好,父母为生计疲于奔命,顾不上管她,所以她唯一的乐趣就是读书。她童年时就读了大量的文学作品,特别是很多经典作品。14岁,因眼疾辍学后又从英国邮购大量书籍进行自我教育。她后来一直很为自己这种特殊的早年经历和非正规教育方式庆幸:"因为我有此孤独的童年,我读了很多书。那里没有说话的人,所以只有读书。读的是什么书?最好的书——欧洲和美国文学中的经典作品。我未受正规教育的最大好处之一就是没有把时间浪费在二流的作品上。我细细品味这些经典。这就是我的教育,我想它是最好的教育。我本来可以受到正规的教育,但我对我的父母要将我培养成出色的学者感到神经质性的反叛。我直接走出规范之途而进行自我教育。当然在我的教育上有巨大的裂缝,然而我很庆幸我过去的状态。"①

　　在西方文学经典中,有两类作品对她影响最深。一类是19世纪的现实主义作品。她明确指出:"对我来说文学的最高点是19世纪的小说,是托尔斯泰、司汤达、陀思妥耶夫斯基、巴尔扎克、屠格涅夫、契诃夫的作品,是伟大的现实主义者的作品。"②"我正在寻求温暖、深情、人性、对人的爱,这一切正是19世纪文学的亮点。"③正是19世纪的现实主义经典作品培育了她关注社会人生、关注人的命运和幸福的创作倾向。另一类是20世纪的现代主义作品。她声称:"同时西方文学中最好和最有活力的作品一直是那些关于感情的无序状态的绝望的陈述的作品……如果像加缪、萨特、热奈特、贝克特一类的作家除了对人类的极度怜悯感外还产生过什么感受的话,那么至少在他们的作品中是看不到的。"④他们"将人视为是无法沟通的、绝望

---

① Doris Lessing, *A Small Personal Voice*: *Essays*, *Reviews*, *Interviews*, edited and introduced by Paul Schlueter, New York: Alfred A. Knopf, 1974, p. 49.
② Doris Lessing, *A Small Personal Voice*: *Essays*, *Reviews*, *Interviews*, edited and introduced by Paul Schlueter, New York: Alfred A. Knopf, 1974, p. 4.
③ Doris Lessing, *A Small Personal Voice*: *Essays*, *Reviews*, *Interviews*, edited and introduced by Paul Schlueter, New York: Alfred A. Knopf, 1974, p. 6.
④ Doris Lessing, *A Small Personal Voice*: *Essays*, *Reviews*, *Interviews*, edited and introduced by Paul Schlueter, New York: Alfred A. Knopf, 1974, p. 11.

和独处的孤单个人。"①正是在现代主义文学的深刻影响下,她的很多作品体现出对人类个体孤独的心灵世界入木三分的描写。

不过她的创作步履既没有停留在传统的写实主义平台上,也没有裹足于现代的心理分析小说水平线上。由于 1957 年莱辛在她的批评名作《小小的个人的声音》中说过一段称道现实主义小说的话:"作为一个作家我首先关注的是小说和故事。对我来说文学的最高点是 19 世纪的小说,是托尔斯泰、司汤达、陀思妥耶夫斯基、巴尔扎克、屠格涅夫、契诃夫的作品,是伟大的现实主义者的作品"②,因而很多人认为,她崇尚现实主义创作方法,是一个现实主义小说家。事实上,这是一种误解。因为莱辛所称道的并不是托尔斯泰等现实主义作家的创作方式和话语形式,而是他们关注社会、关注人生、追求全人类的幸福的人道主义情怀:"那些 19 世纪的伟大人物既没有共同的宗教,也没有共同的政治学,更没有共同的美学原则。而他们所共有的是道德判断的风尚;他们共享着确定的价值观念;他们都是人道主义者。"③他们的作品中充满了"温暖、深情、人道和对人民大众的爱"④。谈到他们的创作方式时,她并不以为然。她明确指出,他们用的是"没有必要的理智—分析界定"方式⑤,因而无形中割裂了生活,使之变得单一化、片面化。谈到话语形式时,她指出:"区别我们的文学的一个标志是其标准的含混和价值的不确定性。对一个作家而言,现在要在无意识的状态下运用巴尔扎克的'崇高品德'或'邪恶的魔鬼'之类的短语是很困难的。词语不再被如此简单、自然地应用。所有的这些伟大词语如爱与恨、生与死、忠诚与背叛等,都包含了相反的意味,包含了半打含糊意味的影子。巴尔扎克式的词语已远远不能充分表达我们的经验的丰富性,其状况就像想用人们在公共汽车上的窃窃私语产生人们在山崖上的大喊声所发出的回响那样的艰难。我们所有的人所接受的

---

① Doris Lessing, *A Small Personal Voice*: *Essays, Reviews, Interviews*, edited and introduced by Paul Schlueter, New York: Alfred A. Knopf, 1974, p. 12.
② Doris Lessing, *A Small Personal Voice*: *Essays, Reviews, Interviews*, edited and introduced by Paul Schlueter, New York: Alfred A. Knopf, 1974, p. 4.
③ Doris Lessing, *A Small Personal Voice*: *Essays, Reviews, Interviews*, edited and introduced by Paul Schlueter, New York: Alfred A. Knopf, 1974, p. 4.
④ Doris Lessing, *A Small Personal Voice*: *Essays, Reviews, Interviews*, edited and introduced by Paul Schlueter, New York: Alfred A. Knopf, 1974, p. 5.
⑤ Doris Lessing, *A Small Personal Voice*: *Essays, Reviews, Interviews*, edited and introduced by Paul Schlueter, New York: Alfred A. Knopf, 1974, p. 4.

唯一的确定性就是越来越不确定和不稳定的状态。而用以前的好和坏之类的词语是很难表达当下的道德判断的。"①这即是说现实主义小说家的善恶分明的二元对立话语形式已不适宜于当代丰富复杂的生活现实,是陈腐的、肤浅的、简单化的、不足道的。1962年,她在《金色笔记》中借安娜的口称:以记述和报道现实生活事件为出发点的现实主义小说用"明确的区分"的方法表现生活,所以所反映的生活"支离破碎"、片面抽象,它经常说一些"可怕的老生常谈的东西",没有任何创意,毫无价值。②

关于现代主义文学,莱辛认为它跟社会主义文学一样是片面、陈腐的:"过去二十年,如果说共产主义文学的典型产品是关于经济进展的快乐的小册子的话,那么西方文学的典型作品则是那类人们带着对人性的极度怜悯心所观看和阅读的小说或剧本。如果像加缪、萨特、热奈特、贝克特一类的作家除了对人类的极度怜悯感外还产生过什么感受的话,那么至少在他们的作品中是看不到的。"③他们"将人视作是无法与他人沟通的孤独的个体,是无助的和孤单的"④。他们的作品主要表现的是个人的孤寂和痛苦。"上述两类文学都偏离了中心视线,都避开时代风潮,沉溺于幼稚天真之中。"⑤1962年,莱辛在《金色笔记》之"蓝色笔记"的第二卷又一次重申了上述观点:共产党国家的文学"大多数平淡无味,充满乐观主义,叙述的调子总是出奇的欢快,甚至在处理战争和苦难的题材时也是如此。这种风格来自那个神话。但是,这种拙劣的、僵化的、陈腐的写作方法也正是我自己的创作的一面镜子,我为自己在《战争边缘》中流露出的思想倾向而深感惭愧"(第369页)。"这一类作品最要命的总是非个性化。"⑥与之相反,西方现代文学"已经变成发自灵魂的痛苦的呻吟",变成了那些离群索居之辈的毫无价值的自我呻吟。⑦

---

① Doris Lessing, *A Small Personal Voice*: *Essays*, *Reviews*, *Interviews*, edited and introduced by Paul Schlueter, New York: Alfred A. Knopf, 1974, p. 5.
② [英]多丽丝·莱辛:《金色笔记》,陈才宇译,译林出版社2000年版,第66—69页。
③ Doris Lessing, *A Small Personal Voice*: *Essays*, *Reviews*, *Interviews*, edited and introduced by Paul Schlueter, New York: Alfred A. Knopf, 1974, p. 11.
④ Doris Lessing, *A Small Personal Voice*: *Essays*, *Reviews*, *Interviews*, edited and introduced by Paul Schlueter, New York: Alfred A. Knopf, 1974, p. 12.
⑤ Doris Lessing, *A Small Personal Voice*: *Essays*, *Reviews*, *Interviews*, edited and introduced by Paul Schlueter, New York: Alfred A. Knopf, 1974, p. 12.
⑥ [英]多丽丝·莱辛:《金色笔记》,陈才宇译,译林出版社2000年版,第370页。
⑦ [英]多丽丝·莱辛:《金色笔记》,陈才宇译,译林出版社2000年版,第370页。

在莱辛看来,现实主义小说和现代主义小说虽然关注的生活面各不相同(如一方关注社会外在活动,一方关注个人内在心理活动),创作方法也大相径庭(如一方多用观察讲述的方式,一方多用透视展示的方式),但思维方式和话语形式完全一致:都用单向一维的方式看待世界和人生,结果各自只注意到了生活的一个方面,而遗漏了另一个方面,从而不可避免地走向了片面化;同时都致力于表现为人们普遍认同的已知的东西或者说所谓的"真理",而忽略了对新思想、新观念、新境界的深刻发掘,结果导致了作品思想内涵的平淡乏味。为了改变西方小说创作的这种片面老套的状况,莱辛认为小说家必须彻底改变思想方式和创作方法,必须开辟新的创作理路。莱辛在《小小的个人的声音》中分析批判了当代共产主义文学和西方现代文学一方用乐观的基调着力反映大众的社会活动、一方用悲观的基调刻意展示个人的自我精神的片面的表现方式之后,明确提出:"我相信介于二者之间的某个地方才是支点所在。一种确定的位置,虽然很难达到,对立的两极间虽然很难取得完全的平衡,但我们必须不断地试验和确认这种平衡。"[1]这即是说未来的小说家首先需要突破单向一维的片面思想方式,要用双向多维的综合性思想方式理解和表现生活。1962年她在《金色笔记》中借安娜之口否定了那种以如实记述某种新奇的生活领域为出发点的"报道性"的小说之后指出:真正的小说不是这类方法老套、"主题并没有多大新意"的小说[2],而是那种"足以营造秩序、提出一种新人生观的作品"(第68页),换言之,是那种从形式到内容都有创意的小说。1971年她在批评力作《〈金色笔记〉序言》中宣称:《金色笔记》是"一次突破形式的尝试"[3],"当我写作之际我正在学习某种东西。也许给自己一个严谨的结构,为自己作一些限制,会挤压出你预料不到的新东西"[4]。她的杰作《金色笔记》就是作家尝试用新形式表达新内容的实验性作品。

---

[1] Doris Lessing, *A Small Personal Voice*: *Essays, Reviews, Interviews*, edited and introduced by Paul Schlueter, New York: Alfred A. Knopf, 1974, p. 12.

[2] [英]多丽丝·莱辛:《金色笔记》,陈才宇译,译林出版社2000年版,第66—67页。

[3] Anni Pratt and L. S. Dembo, edit, *Doris Lessing*: *Critical Studies*, University of Wisconsin Press, 1974, p. 20.

[4] "Preface to The Golden Notebook", Doris Lessing, *A Small Personal Voice*: *Essays, Reviews, Interviews*, edited and introduced by Paul Schlueter, New York: Alfred A. Knopf, 1974, p. 27.

(二)《金色笔记》

《金色笔记》对传统的小说话语形式的突破可谓是全方位的。在形态上,它打破了文类文体界限,将各种不同的文类(如小说、评论、哲学话语、心理学话语等)、和各种不同的文体(如叙述文、议论文、说明文等)杂糅到一起,创立了超文本小说话语形式。在创作方法上,她在"自由女性"、"黑色笔记"、"红色笔记"三个板块中模拟现实主义创作方法,在"黄色笔记"、"蓝色笔记"两个板块中模拟现代主义创作方法,在"金色笔记"中尝试现实主义和现代主义相结合的新方法,创立了多元创作方法混合的新形式。而其最大的突破表现在叙写线路上,作品不再以故事情节的发展过程、人物的精神或物质生活历程或主体的心理意识状况为线索组织材料、建构作品,而是以人们不同的生活剖面为线索组织材料、建构作品。《金色笔记》的主人公安娜宣称:"我记着四个笔记,一本黑色笔记,是记述作家安娜·沃尔夫的情况的,一本红色笔记,和政治有关,一本黄色笔记,用来根据自己的经历写故事,还有一本蓝色笔记,我尽量把它当做日记。"①综观整个作品,《金色笔记》是主要由描述安娜在伦敦的生活经历的"自由女性"和安娜所写的"黑"、"红"、"黄"、"蓝"、"金"五本不同颜色的笔记等六大板块构成的,它们分别记述了安娜的日常生活、创作经历、政治经历、情感经历、心理状态等不同的生活层面,完全是空间性的。作品不仅在"自由女性"此大文本中装入了"黑色笔记"、"红色笔记"、"黄色笔记"、"蓝色笔记"、"金色笔记"等五个小文本,而且在每一个小文本中装进了多个更小的文本,是典型的"中国盒子"(Chinese Boxes)式构形。它最后又反过来在小文本"金色笔记"中装进了大文本"自由女性",所以整部作品就像是一个由无尽的文本套装起来的文本迷宫。这种结构不仅使人们对小说的结构形式有了新的认识,同时对人类的生活形态也有了新的理解。正像很多批评家所指出的,它使人们深刻意识到了人类生活的立体多面性、丰富复杂性和动态无限性,体察到了人类生活的迷宫性的一面。

《金色笔记》从横向看由"自由女性"、"黑色笔记"、"红色笔记"、"黄色笔记"、"蓝色笔记"、"金色笔记"六个板块构成,从纵向看由Ⅰ、Ⅱ、Ⅲ、Ⅳ、Ⅴ、Ⅵ六个部分组成。前四个部分由"自由女性"、"黑色笔记"、"红色笔记"、"黄色笔记"、"蓝色笔记"等五

---

① [英]多丽丝·莱辛:《金色笔记》,陈才宇译,译林出版社2000年版,第505页。

个板块组成,第五、六部分中各自只有一个板块,前者的名字是"金色笔记",后者的名字是"自由女性V"。下面我们就按作品的前后顺序一部分接一部分地来考察它的内容和寓意。

莱辛在作品一开始借主人公安娜指出,那种报道性的小说是不足道的,真正的小说作品应"具有小说之所以成为其小说的那种特质——哲学性"①,应该是"那种充满理智和道德的热情,足以营造秩序、提出一种新的人生观念的作品"②。从这段话中可以明显看到,莱辛所看重的不是那种简单描述生活事件的报道性的小说,而是那种有思想深度的哲学性的小说。

在《金色笔记》临终总结性的篇章"金色笔记"中,有两个细节很值得注意。一是主人公安娜的情人索尔鼓励安娜去写作小说,并为她写下了第一句话:"两个女人单独待在伦敦的一套住宅里"。这句话基本上概括了《金色笔记》的题材:它主要记述两个女人摩莉和安娜、特别是安娜的一段生活经历。二是安娜鼓励索尔为传播先进的思想去创作,并为他写下了第一句话:"在阿尔及利亚一道干燥的山坡上,有位士兵看着月光在他的枪上闪烁"。索尔接着上面的话,写下了下面的故事:

> 这位士兵原是个农民,他意识到自己对生活的看法与别人指望他应当有的看法不一样。……他应该有自己的看法。有天深夜他和一名他曾拷打过的法国俘虏讨论到自己的这种心境。这名法国俘虏是位年轻的知识分子,是位哲学系学生。这位年轻人(两人是在监狱里密谈)抱怨他是羁押在一所智力的牢房里了。他发现,这已经好几年了,他每有什么观点,或感情,无不立即可予归类:一类标着"马克思",另一类标着"弗洛伊德"。他抱怨说,他的思想和感情就像弹子一样无不流入预定的"狭槽"之中。……他但愿只要有一次,在他一生中只要有一次,他能感受或想到一些属于自己的东西,自发的,不受指点的,不是弗洛伊德或马克思爷爷授意他的。……指挥官走进来,发现这阿尔及利亚人像兄弟一样与他本该监视的俘虏在谈话。指挥官认定他的这位部下有间谍嫌疑……第二天早上,就在那道山坡

---

① [英]多丽丝·莱辛:《金色笔记》,陈才宇译,译林出版社2000年版,第67页。
② [英]多丽丝·莱辛:《金色笔记》,陈才宇译,译林出版社2000年版,第68页。

上，那阿尔及利亚士兵和法国学生，脸上沐着初升的太阳，并排着一起被枪决了。①

这个故事基本上概括了《金色笔记》的哲理主题。在此故事中，"年轻的法国知识分子"的思想状况即是安娜的思想状况的隐喻式表现：她意识到她的智力、思想以至行为都被已有的认知视野如马克思主义或弗洛伊德学说禁锢了起来，她盼望能像没有任何思想羁绊的阿尔及利亚士兵自由地思想，对人生有自己的看法。那"年轻的法国知识分子"所渴望的实际上就是安娜（质而言之是莱辛）在《金色笔记》中着力完成的：即全面突破弗洛伊德和马克思关于人性的看法，自发地、不受指点地"提出一些属于自己的东西"。

在人的世界中，人为什么而活和怎么活是所有的人都不得不面对的根本性问题。所以我们看到，在《金色笔记》中不仅成年的安娜在苦苦求索它的答案，未成年的汤姆也在殚精竭虑地尝试给它一个说法。怎么理解人生的意义和方向自然与怎么理解人的本质、本性直接关联在一起，所以探究和界定人的本质、本性问题便成了包括文学艺术在内的所有人文社会科学的焦点问题。在人类历史上解释人性问题的学说汗牛充栋，数不胜数。有两种学说最有代表性：这就是马克思主义和弗洛伊德学说。前者是理想主义观念的代表，它把人理解成是社会的精神的人，认为人生的意义在于为人类做贡献，具体而言是投身于反社会不平等、反剥削反压迫的革命事业中，为人类的共同幸福努力；人的本质是社会关系的总和，人性是具体的历史的，是由特定的社会环境决定的。后者则是物欲主义的代表，它把人理解成是个体的物质的人，人生的意义就是最大限度地满足自己的各种物质欲望；人性是人的生命欲求，是普遍的绝对的，根之于人的生理心理机能，与社会环境没有关系。

莱辛在《金色笔记》第Ⅰ、Ⅱ部分中首先考察了马克思主义的人性观念。Ⅰ、Ⅱ两部分第一板块中的两本"自由女性"主要讲述的是汤姆的故事。汤姆是伦敦金融家理查和演员摩莉的儿子。理查和摩莉结婚后不久，因人生态度不同而相互鄙视对

---

① ［英］多丽丝·莱辛：《金色笔记》，陈才宇译，译林出版社2000年版，第679—680页。

方。摩莉认为理查眼里只有金钱,他的生活声色犬马,空虚无聊。理查认为摩利空有理想,没有作为,一事无成。他们结婚不到一年就分手了。离开理查后,摩莉一直带着汤姆与好友安娜一起过着独立的生活。汤姆长大后,性格很古怪,让摩莉、理查以至安娜很担心。比如在他这个年龄段,很多人为了上牛津剑桥等名校,正在发奋读书,但"他对什么都不感兴趣"[1],整天待在房间里"胡思乱想"。他父亲给他介绍工作去做,他断然拒绝了。理由是他不愿走父亲的路。他蔑视父亲的生活方式,认为他生活在金钱世界中,空洞平庸。他找不到人生方向和出路,异常苦闷,最后走上了自杀之途。他的这种反叛家庭、反叛社会规范的叛逆性格,正像他跟安娜辩论时所提到的,完全是在他母亲和安娜等共产主义者的影响下形成的:"我之所以未能成为(父亲)那种人,这都是你和我母亲的影响造成的"[2]。"我始终不是一个共产党员——我只是看见你和我母亲以及你们的朋友在里面,但这已影响了我。我现在正患意志麻痹症。"[3]从汤姆的身上可以明显看到,人的言行、性格或者说本性完全是在特定的社会环境中形成的,是由特定的意识形态打造成的。马克思说得没错,人性是历史的具体的。

在第二个板块的两本"黑色笔记"中作品主人公安娜讲述了她在南非罗得西亚的一家英国旅馆所经历的一段往事。其中的核心人物是保罗·布莱肯赫斯特。保罗曾就读于牛津大学,早年参加过一个有左翼倾向的组织。"二战"期间停学参军,变成了一个英国空军士兵。他落拓不羁,对所有的陈规旧习都嗤之以鼻,而"对于任何道德的或社会的反常现象都表示由衷的欣赏"[4]。到了罗得西亚后,他参加了当地的一个共产党小组,周末经常与小组成员一起到当地的一家英餐馆马雪比游乐,认识了黑人厨师杰克逊。他不顾白人和黑人间的种族隔离戒律,与杰克逊平等交往。这引起了老板娘布斯比太太的强烈不满,她多次出面阻止。老板娘的反对不但没有能阻止保罗与杰克逊来往,相反却激怒了保罗,他与杰克逊走得越来越近。布斯比太太愤慨不已,骂保罗脑子有问题。很明显,保罗的反社会道德规范、反种族压迫的个性也与他的左派分子身份分不开,根本上是由他最早接受的马克思主义的反社会

---

[1] [英]多丽丝·莱辛:《金色笔记》,陈才宇译,译林出版社 2000 年版,第 20 页。
[2] [英]多丽丝·莱辛:《金色笔记》,陈才宇译,译林出版社 2000 年版,第 279 页。
[3] [英]多丽丝·莱辛:《金色笔记》,陈才宇译,译林出版社 2000 年版,第 277 页。
[4] [英]多丽丝·莱辛:《金色笔记》,陈才宇译,译林出版社 2000 年版,第 82 页。

等级、反种族压迫的思想话语打造成的。

第三个板块中的两本"红色笔记"主要表现的是"二战"后安娜的政治态度。作为一个老共产党员,"二战"后安娜对共产主义事业仍怀有很高的热情,特别是当她看到周围的很多人"俗不可耐",而像摩莉这样的共产党员却"富有生气和热情"、"为共同的目标而工作"时①,她十分羡慕,欣然参加了伦敦的党组织。但她同时也深深体察到了当时共产主义的组织和政府的弊端:如伦敦党组织的高级领导层思想僵化,官僚作风严重;党组织内部宗派思想严重,党同伐异;党的领袖人物斯大林搞个人崇拜等。由于对共产主义组织和机制的极度失望,安娜入党不几年便打报告退了党。安娜入党是因为希望通过参加党组织的活动为共产主义事业做贡献,而她退党则是因为党组织不能领导人们实现共产主义的伟大目标。所以她的政治态度的基础依然是共产主义的伟大理想。她始终沉湎在共产主义的神话之中,"等待回归真正的社会主义的一天的到来"②。她的个性是由共产主义神话塑造的。

第四板块中的两本"黄色笔记"记载了安娜的一篇长篇小说《第三者的影子》。小说的主人公爱拉战争期间做过女工,思想进步,被人称作是"革命者"。她的婚姻观念也很激进,十分厌恶和反对无感情的婚姻,极力追求两情相悦的男女关系。很久以前有一个男人苦苦追求她,因下不了跟他一刀两断的决心,她嫁给了他。婚后她实在无法与这个她不爱的人生活下去,所以离开了他。此后她一直寡居独处。有一次,在一个晚会上与一位有妇之夫保罗·唐纳邂逅相遇,深深相爱,过了五年亲密的情人生活。她觉着他们之间的关系才称得上是真正的男女关系。她简直无法理解像保罗的妻子那样的女人。她竟然能与一个自己不爱的人木然地一直生活下去。然而让她始料不及的是,保罗不仅像过去曾厌倦和抛弃他的妻子那样厌倦和抛弃了她,而且还在别人面前诋毁她,称她是"轻浮的婆娘"③。在此情境中,她不得不承认她的状况"比他那位担惊受怕的妻子好不了多少"④,她追求真挚爱情的人生梦想彻底破产了。她经受了一次巨大的人生重创,精神几近崩溃。爱拉的婚姻爱情史堪称是一部悲剧式的婚姻爱情史,其根由不在外部而在内部,是由她对爱情婚姻的过高

---

① [英]多丽丝·莱辛:《金色笔记》,陈才宇译,译林出版社2000年版,第165页。
② [英]多丽丝·莱辛:《金色笔记》,陈才宇译,译林出版社2000年版,第171页。
③ [英]多丽丝·莱辛:《金色笔记》,陈才宇译,译林出版社2000年版,第237页。
④ [英]多丽丝·莱辛:《金色笔记》,陈才宇译,译林出版社2000年版,第332页。

期望造成的,发端于她理想化的人生梦幻。她的生活悲剧根本上是由她所接受的那种理想化的浪漫主义话语酿造的。

第五板块中的两本"蓝色笔记"收集了安娜1946年至1954年间的一些日记,表达了安娜对社会人生的各个方面的深度失望感。一是她对自己的婚姻的失望感。1946年,安娜与男友麦克斯结婚生子,结婚不久后发现自己对麦克斯没有丝毫感情。跟他在一起她"没有性欲"[1]。所以一年后就离开了他。二是她对写作的失望感。她曾写过一部小说《战争的边缘》,它与她要表达的东西差距很大,很不真实。所以她不仅对它很失望,而且对写作本身不再抱有幻想,停止了创作活动。三是她对自己的情人迈克尔的失望感。虽然她与迈克尔相互爱慕,两人间产生了真挚爱情,她"大部分时间都还愉快"[2],但迈克尔"我行我素"[3],干涉她的个人自由,挖苦她的创作活动,指责她"爱他不如爱孩子"[4],所以她很恼火,一直怨恨他。四是她对人类世界的失望感。美国正在试验氢弹,英国大幅度增加军费开支,朝鲜战争极为血腥和残酷,"穆斯林世界火光冲天"[5],俄国的苏维埃掀起了大清洗运动,等等,这一切正在将人类推向灾难的深渊。安娜的这种深度失望感自然源自于她对生活的高度期望,源自于她美妙的共产主义理想。正是在后者光芒的照耀下,她才深深感受到了社会人生的黑暗和不如意。

上述的各类人物,从反叛家庭和社会俗见的汤姆,到反对种族隔离思想的保罗·布莱肯赫斯特,到一面参加左派组织一面对之持怀疑态度的安娜,到追求浪漫多情的男女关系的爱拉,到对社会人生的各个方面极度不满的安娜,其思想言行、个性或者说本性都是由共产主义神话或者说革命理想主义观念塑造成的,都受制于特定的意识形态即马克思主义的思想话语。由此而言,马克思主义关于人的本性根之于具体的社会历史环境、是社会历史的产物的历史主义观念是有道理的,人性的确是具体的历史的。

---

[1] [英]多丽丝·莱辛:《金色笔记》,陈才宇译,译林出版社2000年版,第246页。
[2] [英]多丽丝·莱辛:《金色笔记》,陈才宇译,译林出版社2000年版,第250页。
[3] [英]多丽丝·莱辛:《金色笔记》,陈才宇译,译林出版社2000年版,第354页。
[4] [英]多丽丝·莱辛:《金色笔记》,陈才宇译,译林出版社2000年版,第250页。
[5] [英]多丽丝·莱辛:《金色笔记》,陈才宇译,译林出版社2000年版,第256页。

《金色笔记》的第 III、IV 部分给我们展示了人的个性或内在本质属性的另外一种图景。其中的两本"自由女性"主要记述的是汤姆自杀未遂之后的事。汤姆持枪自杀虽然被抢救过来,但由于子弹伤到了大脑神经,所以变成了瞎子。汤姆的父母和安娜都非常恐惧,担心他承受不了这巨大的打击。但结果却大大超出了他们的意料,被抢救过来的汤姆非但不再自寻死路而且表现出了空前强烈的求生欲望和强大的生命意志:他打消了所有的轻生念头,竭力克服各种由双目失明带来的不便和困难,很快适应了盲人生活。他后来与父亲年轻的妻子马莉恩接触,受到后者的抚慰,顿时激发出了强烈的爱情火花,最后不知不觉地走到了一起。在这两个篇章中,我们看到的多是汤姆身上的生命欲望、生存意志、激情和本能的一面。

两本"黑色笔记"同时讲述了三个不同的故事。第一个故事讲述了人残害动物的事:一个男子抬脚无缘无故踢死马路上的鸽子,其生性中有一种显著的毁坏性力量或暴力倾向。第二个故事讲述了保罗·布莱肯赫斯特屠杀生物的事:保罗和共产党成员去附近山里打野鸽,看到路边有两对蚱蜢正在交配,他不但恶作剧式地破坏它们的交尾举动,而且最后将它们全部踩成了白花花的肉浆。在山上,他看到野鸽,见一个射一个,一连射杀了九只,身上充满了血腥味。人类的破坏、残暴本能在他那里得到了触目惊心的表露。第三个故事讲述的是一个白人商人兽性发作强奸一个黑人女孩的事:"那位白人的目光直勾勾地像利箭射向"一个黑人女孩诺妮"一摇一摆的臀部"和"处女的大腿",然后"强行霸占了"她(第 468 页)。在这些故事里作者给我们展示了人类为自己天然的无法扼制的本能欲望所驱使残害自己的近邻动物和残害自己的同类的情景。可见,人在根本上与凭本能行事的动物相差无几。

两本"红色笔记"记述了斯大林去世后英国共产党的状况。人们期望英国共产党"不再死心塌地忠于莫斯科,不再说假话",能够"革除党内的'僵死的官僚主义'",脱胎换骨,"成为一个真正的民主的政党"①。可实际上党的领导层"一直在隐瞒决议,欺骗,结党营私,造谣生事,歪曲事实"②。这很明显不是由共产主义理论和信仰造成的,而是由人们自以为是、争权夺利的丑恶本性造成的。正因此,"再没有任何

---

① [英]多丽丝·莱辛:《金色笔记》,陈才宇译,译林出版社 2000 年版,第 473 页。
② [英]多丽丝·莱辛:《金色笔记》,陈才宇译,译林出版社 2000 年版,第 474 页。

事能比通过民主的方法'消除'老卫士们并从'内部'改造共产党这个主意更荒谬了"①,因为它将会引出更多的宗派和内斗。

两本"黄色笔记"写的是人们放纵性欲情欲的情景。爱拉的性爱经历是核心。爱拉被保罗·唐纳抛弃后感到"比以往任何时候更孤单了"②。为了排解孤寂,她有一次和同事杰克发生了一夜情关系。杰克是那种不懂柔情而只会耍弄枕席技巧的男人,爱拉感到很沮丧。于是她决定"在真正爱上什么人之前将洁身自重"③。但很快"她开始感到了性饥渴。现在她无法入睡,经常怀着敌视男人的幻觉实施手淫。她感到莫大的羞耻,觉着这意味着她得依赖男人来'苟合偷欢',来'放荡一番',来'获得满足'"④。几星期后,爱拉在一次聚会上遇到了一个主动勾引她的加拿大人后,便不由自主地投入了后者的怀抱:"他们喝酒,大笑,说些玩笑话。欢乐之余,他们上了床。"⑤这里的爱拉是一个完全受本能性欲支配的女人。

两本"蓝色笔记"主要记述了安娜后期的性爱经历。在后期安娜遇到的男人都是那种以伤害别人为乐事的男人。1954年,她认识了美国的犹太人纳尔逊。因他表现得比较严肃、负责、成熟,安娜对他产生了好感。相识的第三天,他们就同居了。他是那种性功能有障碍的早泄型男人。他怪罪妻子,"说他太太'让人勃不起来'"⑥。他跟安娜上床,也失败了。他转而歇斯底里地辱骂所有的女性。后来他打电话给安娜,声称要和她结婚。遭到安娜的拒绝后,他开始尖叫并辱骂安娜。在他身上,安娜清楚地看到了人类的那种"以恶为乐"的本性。之后,安娜遇到了美国人索尔·格林。他是一个完全以自我为中心的人,行事从来不顾及别人的感受。在美国时,他同时与梅维斯和琼两个女人来往,结果引得梅维斯为他切腕自尽。到了伦敦他又与简、安娜、玛格丽特、多萝西等四个女人同时来往,逼得她们一个个为他发狂。安娜称他是"那邪恶的无法无天的本原"的化身。⑦

第Ⅲ、Ⅳ部分中的人物,从有强烈的求生欲的汤姆,残酷杀戮动物的路人和保

---

① [英]多丽丝·莱辛:《金色笔记》,陈才宇译,译林出版社2000年版,第475页。
② [英]多丽丝·莱辛:《金色笔记》,陈才宇译,译林出版社2000年版,第477页。
③ [英]多丽丝·莱辛:《金色笔记》,陈才宇译,译林出版社2000年版,第482页。
④ [英]多丽丝·莱辛:《金色笔记》,陈才宇译,译林出版社2000年版,第483页。
⑤ [英]多丽丝·莱辛:《金色笔记》,陈才宇译,译林出版社2000年版,第484页。
⑥ [英]多丽丝·莱辛:《金色笔记》,陈才宇译,译林出版社2000年版,第514页。
⑦ [英]多丽丝·莱辛:《金色笔记》,陈才宇译,译林出版社2000年版,第615页。

罗,强暴黑人少女的白人商人,英国共产党人,性感的爱拉,到以伤害别人为乐事的"以恶为乐"的纳尔逊、索尔·格林等无不以自我为中心,无不凭本能行事,无不是冲动性的。由此而言,弗洛伊德关于人的心理和行为根本上受制于人的生理机能、人的本性实质上就是人的生命欲望和性本能的说法触及了人性的某些根本的方面,也不无道理。

事实上,人身上既有社会的理性的历史的因素,亦有自然的本能的普遍永恒的因素,人的本性远比马克思等历史主义者和弗洛伊德等本质主义者所说的要多元复杂,甚至可以说是无穷无尽的,无法界定的。对之,《金色笔记》在第Ⅴ、Ⅵ部分中给予了极充分的表现。

第Ⅴ部分仅包括"金色笔记"一个板块,主要记述主人公安娜对自己和她的情人索尔·格林的精神心理的解剖。在她犀利的解剖刀下,我们看到了两颗在所有的层面上都处于激烈矛盾状态中的开裂的灵魂。如安娜一方面十分厌恶只图自己的快乐而不顾别人的感受的自我中心主义者索尔,称他是"魔鬼"①,另一方面却又发狂地喜欢他,他每一次去会其他女人,她都心急如焚,坐立不安。一方面她是动物性的,尽情欣赏自己的肉体和享受物质快感:"我坐在床上,愉快地欣赏着自己的身体。甚至大腿内侧皮肤上一条细小的皱纹,衰老的最初的迹象,也让我感到愉悦"②。"我上床不久,索尔进来,在我身边躺下了。他伸在我脖劲下的手臂很温暖有力,我们便做爱了……我不禁笑了起来。他也笑了,我们笑个不停,嘻嘻哈哈地在床上打滚,后来又滚到了地上"③;另一方面又是神性的,极端厌恶自己的肉体:"我坐在床上,看着自己瘦瘦白白的双腿和瘦瘦白白的双臂,又看看自己的乳房。我湿漉漉又黏糊糊的中心似乎很令人厌恶"④;一方面她是梦幻式的,满脑子是幻觉:"天花板上的光斑成了巨大的警觉的眼睛,那是正在盯着我的野兽的眼睛。那是一只老虎,蹲伏在天花板上,而我是个儿童,并且知道房间里有老虎"⑤;另一方面又是理智的,大脑意识异常

---

① [英]多丽丝·莱辛:《金色笔记》,陈才宇译,译林出版社 2000 年版,第 647 页。
② [英]多丽丝·莱辛:《金色笔记》,陈才宇译,译林出版社 2000 年版,第 649 页。
③ [英]多丽丝·莱辛:《金色笔记》,陈才宇译,译林出版社 2000 年版,第 647 页。
④ [英]多丽丝·莱辛:《金色笔记》,陈才宇译,译林出版社 2000 年版,第 648 页。
⑤ [英]多丽丝·莱辛:《金色笔记》,陈才宇译,译林出版社 2000 年版,第 650 页。

明晰:"自始至终我都意识到自己躺在床上,意识到在睡眠,而且思维出奇的清醒。"①一方面她是现实的,充满了焦虑:"这是以前在病中才有的那种睡眠:身体非常轻,仿佛在水中……随即我意识到身下的深水区充满危险,那儿尽是怪物、鳄鱼和我几乎想像不出的野兽,它们都极狡猾极凶险"②;另一方面是理想的自由轻松的:"因此我像个喝醉了的女人一样,先在浅浅的污水中屈膝跪着慢慢爬起,再站起来,并用脚踩动污浊的空气竭力想往上飞。于是我奋力踩蹬,并缓缓升了起来,而屋顶却消失了。"③一方面她是历史的,生活在记忆中:她的脑子里全是过去的人和事,如马雪比旅馆,保罗·布莱肯赫斯特,维利,伦敦,摩莉,汤姆,理查,迈克尔,等等;另一方面是当下的,生活在虚构中:她对过去的人和事进行再"命名",制作出了新的现实图景,如伦敦,爱拉,保罗·唐纳,等等。安娜自称她常常"以各种身份经历了各不相同的生活"④。她的大脑视野过去与现在不分、虚幻与现实不分,"是一片混乱,一场乱糟糟的舞会"⑤。

索尔也始终是自相矛盾的。一方面他是一个"百分之百的革命者"⑥,最早因反对斯大林的极"左"路线被开除党籍,随后又因是赤色分子而在好莱坞被列入黑名单,不过他对党的事业从来没有灰心过,随时准备为党献身;另一方面他又"颓废得一无是处",变成了一个连自己都"讨厌"的享乐主义者⑦。一方面在感觉的层面上他欣赏安娜,承认他"喜欢安娜胜过任何女人"⑧;另一方面在理智的层面上又厌恶她,称她是常给人找麻烦的"折磨"人的女人⑨。由于他有多重面孔,所以安娜怎么也摸不透他:"我在想,我,安娜·沃尔夫,正坐在这儿等待着,却不知道谁会走下楼来,是那个了解我安娜的温柔亲切多情的男子,还是那个鬼鬼祟祟的狡诈诡秘的孩子,抑或是个充满憎恨恶意的疯子"⑩。

---

① [英]多丽丝·莱辛:《金色笔记》,陈才宇译,译林出版社2000年版,第650页。
② [英]多丽丝·莱辛:《金色笔记》,陈才宇译,译林出版社2000年版,第651页。
③ [英]多丽丝·莱辛:《金色笔记》,陈才宇译,译林出版社2000年版,第651页。
④ [英]多丽丝·莱辛:《金色笔记》,陈才宇译,译林出版社2000年版,第639页。
⑤ [英]多丽丝·莱辛:《金色笔记》,陈才宇译,译林出版社2000年版,第655页。
⑥ [英]多丽丝·莱辛:《金色笔记》,陈才宇译,译林出版社2000年版,第660页。
⑦ [英]多丽丝·莱辛:《金色笔记》,陈才宇译,译林出版社2000年版,第660页。
⑧ [英]多丽丝·莱辛:《金色笔记》,陈才宇译,译林出版社2000年版,第607页。
⑨ [英]多丽丝·莱辛:《金色笔记》,陈才宇译,译林出版社2000年版,第608页。
⑩ [英]多丽丝·莱辛:《金色笔记》,陈才宇译,译林出版社2000年版,第626页。

由于安娜和索尔各自都有多张面孔,多重声音,所以他们二人间的交流差不多变成了杂语共呈的口角,完全是多声部的:"我在想,要是发生在这房间里的无数次谈话,那些交谈、口角、争辩和恶心,都有录音的话,那录音听起来就会像世上不同地区的一百个不同的人在说话、叫喊和提问一样"①。

安娜和索尔的性格是矛盾复杂的,其他的人物如摩莉、汤姆和马莉恩也不例外。这在第 VI 部分(即"自由女性 V")的反讽式文学叙事中表现得很清楚。摩莉曾是一个地地道道的"自由女性"。她很早就参加了英国共产党,思想十分激进。在家庭生活方面,她一贯追求一种独立自主的人生。18 岁那年,父亲出于利益的考虑把她嫁给了一个她不喜欢的人理查,没过多久,她就离开了理查,过上了一种不受男人约束的自由无羁的生活。在社会生活方面,她反对唯利是图的资本主义生活方式,崇尚为大众谋福利的社会主义生活方式。她十分轻蔑眼里除钱外看不到任何东西的理查,认为他的生活"空虚而愚蠢"②。她将大部分精力花在各种各样的社会福利工作上。可二十多年后,她的思想突然发生了一百八十度的大转弯:她不仅十分渴望一种受男人约束的家庭生活,因而嫁了人,而且还嫁给了那种她一贯最鄙视的人即发了大财的商人。从常人的角度看,她的这种自相矛盾的言行的确匪夷所思。

汤姆和马莉恩曾是极端的革命者。他们十分蔑视理查唯利是图、声色犬马式的生活方式。正是在对理查的轻蔑和反叛中,两个人不知不觉走到了一起。他们曾一度将精力全部放到了为大众谋幸福的左翼政治事业上,如"为那些黑人穷人的不公正待遇而大声疾呼"③,探望政治犯,参加与非洲殖民地国家的独立有关的政治性会议,并参加反殖民主义的游行示威活动,以至赴非洲帮助那些"可怜的人",等等。可最后他们却改弦易辙,走上了他们极为轻蔑的人理查所走的路,即把精力全放到赚钱和个人发展上:汤姆接管了理查的公司,在那里"正式就职了"④,变成了自己父亲的资本主义金融事业的接班人;马莉恩也"在骑士桥一带买了一爿成衣店","经营上等服装"⑤,成为一个货真价实的资产者。不言而喻,他们的言行也是矛盾自反的。

---

① [英]多丽丝·莱辛:《金色笔记》,陈才宇译,译林出版社 2000 年版,第 659 页。
② [英]多丽丝·莱辛:《金色笔记》,陈才宇译,译林出版社 2000 年版,第 24 页。
③ [英]多丽丝·莱辛:《金色笔记》,陈才宇译,译林出版社 2000 年版,第 410 页。
④ [英]多丽丝·莱辛:《金色笔记》,陈才宇译,译林出版社 2000 年版,第 702 页。
⑤ [英]多丽丝·莱辛:《金色笔记》,陈才宇译,译林出版社 2000 年版,第 702 页。

人的生性是如此的矛盾复杂以至一切有关它的界说都不会脱靶。因为不管你怎么去界定它,都会多多少少触及它的一些重要层面,都会揭示它的某些本质属性。这也正是上述马克思主义式的历史主义人性观和弗洛伊德式的本质主义人性观为什么都显得有道理的原因。但从另一个角度说,一切有关它的界说又必然不会完全中的,必然有严重缺陷。因为作为一种思想概括或语言叙事,任何界说都只能捕捉到人性中与其视野有关联的或者说同构的一面,而无法捕捉到其中与其视野无关或悖谬的一面,它们只能从某一个角度注意到其中统一有序的因素,而必然会遗漏掉其中差异混沌的因素。这也正是安娜(实际上是莱辛)对语言表现的能量和可信度表示深刻怀疑的根由所在。她指出:"在我思考的时候,这些文字不是成了重现经历的形式,而成了一系列犹如牙牙学语般的毫无意义的音节,并消失在片面的经验之中。"①

人性的内涵是无限丰富的,是无穷无尽的。人们的每一种界说都只能触及它的某一种意味,都不可能也无法穷尽它所有的意味,所以人性在根本上是不可界说的。安娜将人们界说人性的过程比喻为一群人推大圆石上山的过程——永远在往前推,但永远没有结果:"一群人正在推一块大圆石上山。当他们刚往上推了几尺,石头便滚落下来——不是滚到底,总能停在比原先高几寸的地方。于是那群人用肩膀顶住石头,又开始往上推"②,接着又掉下来……"那块圆石就是大人物们凭天性就认识的真理,那座山就是人类的愚昧"③。不管人们怎么努力,大圆石永远无法抵达山顶,人性之"真理"永远无法被全面揭示。人性之"真理"无法界说。

早在两千四百多年前古希腊的智者苏格拉底就对人们说:"认识你自己。"在人类历史上人们认识、探究人和人的本性的活动从来没有停止过。人和人性问题是人类文化史上的一个亘古而常新的话题。对人类生活中的这一重要而诱人的斯芬克斯之谜,以前的作家们大都抱着一种虔诚的态度,不遗余力地探究和阐发它,力图为之提供一种终极答案。而多丽丝·莱辛却一反这种积极的态度,一开始就极力申述

---

① [英]多丽丝·莱辛:《金色笔记》,陈才宇译,译林出版社2000年版,第506页。
② [英]多丽丝·莱辛:《金色笔记》,陈才宇译,译林出版社2000年版,第664页。
③ [英]多丽丝·莱辛:《金色笔记》,陈才宇译,译林出版社2000年版,第222页。

人性的多元性、丰富性、矛盾性、复杂性,并一再宣称试图充分阐述它和界定它,为之提供一种终极答案的不可能性。且不论莱辛的此解构主义式的态度和观念是否正确(事实上正像莱辛本人所说,"正确"概念本身就是一个问题),单就莱辛对人性问题的独树一帜的阐释本身而言,已足以叫人耳目一新,大开眼界。《金色笔记》一面世就在西方思想界和文坛上产生了震撼性的效果,这无不与它对人和人性问题深刻而独到的思考直接关联在一起。莱辛自称,《金色笔记》是"一次突破某些意识观念并予以超越的尝试"[①]。它在思想上破前人所未破、立前人所未立,是一部货真价实的反传统的后现代主义前卫之作。

---

① Anni Pratt and L. S. Dembo, edit, *Doris Lessing: Critical Studies*, University of Wisconsin Press, 1974, p. 20.

三、福尔斯的《法国中尉的女人》

（一）福尔斯

《法国中尉的女人》产生在西方思想文化史上的一个新型的时代,即西方人开始全面反思并批判传统文化的后现代时代,用福尔斯本人的话说,是"罗伯·格里耶和罗兰·巴尔特的时代"①。惨无人道的第二次世界大战给西方社会带来巨大震撼。自此西方人对自己的文化系统产生了深刻怀疑,展开多方位的批判重构。

在精神思想领域,他们对传统的形而上学、本质主义以及基于它们之上的真理、人性等产生了深刻疑问。他们普遍认意到,世界上所有的事物都不是自在的、客观实体性的,而是在人类语言符号的描述中呈现出来的,是语言符号性的。世界在根本上是语言符号的建构物。基于这种语言符号本体论的思想观念,西方人自然而然地将思想重心从过去对现实事物的关注转向了对描述事物的语言符号的关注,或者说从过去对事物之所指内容的关注转向对事物之能指形式(或表现方式)的关注。1967年美国著名哲学家理查德·罗蒂在名作《语言学的转向》中为西方哲学思想领域里的这种新倾向起了一个名字叫"语言转向"。

20世纪中期,这种以语言符号为世界之根本的新思想潮流在法国最为流行。法国文坛上以列维-斯特劳斯、罗兰·巴尔特为代表的结构主义思想家一反传统的本质主义思想,极力倡导世界不是自然的产品而是人类的文化创造物,是人类借助各种各类的语言符号形式建构成的观念。在文学上他们彻底突破了文学是外在事物或人的主观思想的记述工具的工具论观念,提出了文学是人类建构世界的一种语言符号形式的符号学思想。巴尔特在《符号学原理》、《作者之死》等一系列论作中明确指出:"写作绝不是交流的工具,它也不是一条只有语言的意图性在其上来来去去的敞开大道。"②"写作不再指代某种记录、指称、表达、'描绘'式的文学活动(像古典批评家所说);相反正如语言学家借用牛津哲学思想家所宣称的那样,它指代的是语言的运作、纯粹的语言形式活动。""一个文本不是一串串释放唯一的'神的'意念(作

---

① [英]约翰·福尔斯:《法国中尉的女人》,陈安全译,上海译文出版社2003年版,第82页。
② [法]罗兰·巴尔特:《符号学原理》,李幼蒸译,三联书店1988年版,第72页。

者——上帝的信息)的词语,而是一个由各种各类没有本源的、相互交织、相互冲突的文本构成的多维空间。"①

约翰·福尔斯很早就与法国文坛结下了不解之缘。他 21 岁入牛津大学,读的是法国语言文学专业。在那里他阅读了大量的法国哲学和文学作品,特别是当代先锋理论思想家和作家的作品。他们的作品不仅激发了他的创作热情,而且还为他启示了一条新的文学方向。1976 年福尔斯在接受詹姆斯·坎贝尔的访谈中明确宣称他受到法国当代先锋作家的深刻影响:"当然法国作家加缪和萨特给我留下了很深印象,还有纪德,虽然我背离了他。我喜欢罗伯-格里耶,他是新小说的主要代表。《嫉妒》尤其棒,我认为它事实上是最棒的。"②

正是在这些法国先锋理论思想家和作家的深刻影响和启迪下,他对过去的现实主义小说和现代小说产生了不满情绪,从而将注意力转向对新小说形式的全面探索和开发上。他认为现实主义小说过于保守平板:"英国小说的一大缺陷就是所有作家在大部分情况下都写得极其平稳。尤其是那些年轻作家。我在当代的这些年轻作家中看到了一种悲哀的状况,即他们找到某些大人物——如格雷姆·格林,或 E. M. 福斯特——然后试图通过模仿他们进行创作。"③而现代小说则过于造作、不够自然流畅:"我怀疑贝克特。我不像其他人那样给他很高的评价。他写了一部或两部很好的戏剧,但我从来没有发现他的小说有什么很特别的地方……我认为对小说家而言必须有一种能写出自然的文体的天赋。发明一种不自然的文体不是一件好事。如果我用开裂——跳跃、速写、暗示的方式写作,即用我们在普鲁斯特或乔伊斯那里看到的方式写作,在过去是可行的,但现在我如果采用它,那么用存在主义的术语说,那将是不真实的。"④他认为真正的小说家应勇于探索、勇于创新:"我认为写作必须

---

① Roland Barthes, "The Death of the Author", in *MODERN LITERARY*, edited by P. Rice & P. Waugh, (London: Edward Arnold 1989), pp. 114 - 118.
② [英]约翰·福尔斯:《法国中尉的女人》,陈安全译,上海译文出版社 2003 年版,第 83—86 页。
③ James Campbell and John Fowles, "An Interview with John Fowles", *Contemporary Literature*, Vol. 17, No. 4 (Autumn, 1976), p. 458.
④ James Campbell and John Fowles, "An Interview with John Fowles", *Contemporary Literature*, Vol. 17, No. 4 (Autumn, 1976), pp. 459 - 460.

得冒险,必须孤注一掷,即使在以后的人生中你会说我赌错了马,那也没关系。"①而真正的小说既不是现实世界的摹本,也不是作者的附庸品,而是人类组织生活材料、建构世界图景的语言符号形式:"我认为历史和小说之间的类同远远大于差异。两类写作者在本质上都是过去的再建构者。"②"小说家的写作,可以有无数各种不相同的原因……对所有的作家都适用的理由只有一个:我们希望创造出尽可能真实的世界,但不是现实生活中的那个世界,也不是过去的现实生活中曾经存在的那个世界……一个真诚创造出来的世界应该是独立于其创造者之外的。"③小说是一种基于语言符号自身的运行之上的形式,就像"那种由加缪和萨特创作的形式——类似于新小说的形式——我认为用英语写不出那样的东西,那是一种出自语言肌质的东西"④。福尔斯在理论上接受了巴尔特等人的结构主义符号学学说,坚持认为小说根之于"语言肌质",是一种由语言话语的经线和纬线编织成的,是语言话语性的;他在创作上完全贯彻底这种观念,将精力全部集中在精心组织安排各种各类的语言话语上。他的力作《法国中尉的女人》就是在彻底改造和重构前人语言话语的基础上完成的。

(二)《法国中尉的女人》

在《法国中尉的女人》中,福尔斯改造和重构传统小说话语形式的特征非常明显。如在形态上,他广泛摘引了维多利亚时代杰出思想家、科学家和作家如马克思、达尔文、奥斯丁、丁尼生、克勒夫、哈代、阿诺德等人的言语,放在书前面和书中每一章前面作为题铭,与自己的叙述相互印证,使作品带有显著的多元话语杂糅色彩。在结构上,他重写哈代《德伯家的苔丝》中的三角恋爱故事架构,将以前的两男一女间的情感纠葛改造成两女一男间的爱情故事,使作品带有显著的解构色彩。在内容上,他广泛借鉴并挪用维多利亚时代历史文化和文学文本中的情境、人物、会话等,

---

① James Campbell and John Fowles, "An Interview with John Fowles", *Contemporary Literature*, Vol. 17, No. 4 (Autumn, 1976), p. 458.
② John Fowles and Robert Foulke, "A Conversation With John Fowles", *Salmagundi*, No. 68/69, The Literary Imagination and the Sense of the Past (FALL1985 - WINTER 1986), pp. 367 - 384.
③ [英]约翰·福尔斯:《法国中尉的女人》,陈安全译,上海译文出版社 2003 年版,第 83—86 页。
④ James Campbell and John Fowles, "An Interview with John Fowles", *Contemporary Literature*, Vol. 17, No. 4 (Autumn, 1976), p. 466.

使作品带有显著的互文性色彩。而从总体上看,福尔斯在此作中对传统小说话语形式最重大的改造重构表现在:他不是把写作重心放在创作令人神往的小说世界上,而是放在对他创造出来的小说世界的思考上,即不是放在写小说上,而是放在讨论小说的性质上。

进入作品内部就会看到,《法国中尉的女人》的叙述方式极为特别:它一边忠实模仿和借鉴以往小说的叙述方式,极力营造真实的生活情境;一边不断分析拆解这些叙述方式,全面消解小说世界的真实性。它是一部典型的自我解构式的作品。

作品沿用传统的成长小说形式,集中表现了主人公查尔斯追求个人的本真存在的过程和经历。前12章是作品的开端部分,主要用经典现实主义小说的叙述方法,如全知叙述者的叙述和讲述法等,介绍了临时留居在英国南部莱姆镇上的几个外乡青年的经历和生活状况。

前两章首先介绍了故事发生的时间、地点和主要人物。那是1867年3月下旬的一个早上,冬风凛冽,咆哮不止。在英格兰西南部莱姆湾的一个古老的防波堤上,站立着两男一女,三个人:一个女子穿着艳丽的红色短裙,脸蛋很漂亮;另一个相反,穿着一身黑装,脸蛋并不漂亮,且挂满了令人难忘的忧伤;那男的穿一身淡灰色西装,身材较高。

接下来的10章主要介绍了这三个人的经历和精神状态。三个人都是外乡人。那个穿红色短裙的女子叫欧内斯蒂娜。她是伦敦一位富豪的女儿,生活环境十分优越,娇生惯养,无忧无虑。她理智、聪慧、循规蹈矩,厌恶任何与肉体欲求有关的不道德的举动,唯一的愿望就是找一个理想的丈夫,生儿育女。现在她已找到了一个既有地位又帅气有趣的白马王子,所以再别无所求。她的姨妈特兰特住在海滨小镇莱姆湾,她每年都来这里疗养。今年她来得特别早,目的是养精蓄锐,为与她的意中人查尔斯结婚做准备。

穿黑装的女子叫莎拉。她是比敏斯特地区一位农夫的女儿,受过较高程度的教育,个性放荡不羁。父亲去世后,自谋生计。前几年在查茅斯的约翰·塔尔博特家当家庭教师,与被塔尔博特先生收留于家中的一位法国军官相恋。那位军官离开塔尔博特家、去法国后,她也离开查茅斯来到莱姆镇,被当地牧师介绍到镇上最虔诚、最严厉的波尔坦尼太太家当侍伴。由于她以前与留居于塔尔博特家的法国中尉有一段不清不白的关系，所以被人们称为"法国中尉的女人"。到了新雇主家后，虽然波尔坦尼太太三令五申地告诫她不要往外跑，但她依然我行我素动不动跑到海边游逛，着实是一个不可理喻的古怪女人。

那位男子叫查尔斯，是英国乡村绅士的后代，从父辈那里继承了一些财产。他喜欢读书旅游，好奇心很强，对生活提出过很多问题，对科学、特别是古生物学的兴趣很浓。他虽喜欢漂亮姑娘，但对那些为结婚而有意接近他的美妙女郎敬而远之。他喜欢上欧内斯蒂娜并与她订婚是因为她与一般的女孩不一样，她不仅不一味迎合他，而且还故意刺激他，所以引起了他浓厚的兴趣。但现在他们相处已三月有余，他对她的那种好奇心已经不复存在了，他对她的眷恋之情与其说是发自内心还不如说是出于外在的责任感。而相反那个被莱姆镇人称作是法国中尉的情人的神秘女子却不知不觉地走进了他的心房，使他产生了浓厚的兴趣。看来在最近闯入莱姆镇的这三个外乡人之间，一场一男面对二女的三角恋爱剧的上演将在所难免。

《法国中尉的女人》的叙述者在前 12 章中作了如上逼真的描绘，将读者带进一种活灵活现的生活情境和一组生腾活泼的人群中，使我们情不自禁地将他们当成真人，为他们高兴或担忧之后，在第 13 章中突然笔锋一转，开始讨论起与上述的文学叙述相关的小说写作问题：

> 我正在讲的这个故事完全是想象的。我所创造的这些人物在我脑子之外从未存在过。如果我现在还装成了解我笔下人物的心思和最深处的思想，那是因为正在按照我的故事发生的时代人们普遍接受的传统手法（包括一些词汇和"语气"）进行写作：小说家的地位仅次于上帝。他并非知道一切，但他试图装成无所不知。
>
> 一个小说家只要拉对了线，他的傀儡就能表演得活灵活现……
>
> 但是我生活在罗伯·格里耶和巴尔特的时代；如果这是一部小说，它不可能是一部现代意义上的小说。①

---

① [英]约翰·福尔斯：《法国中尉的女人》，陈安全译，上海译文出版社 2003 年版，第 82 页。

此声明明确告诉我们,上述人物事件并不像过去的现实主义小说家一再声明的、是从现实生活中照搬过来的,是纪实性的、真实的,而相反是从叙述者的想象中生发出来的,是叙述者的文学创作,是虚构的;叙述者的创造不是随心所欲的,而是受制于维多利亚时代人们普遍接受的叙述方式,所以上述人物事件根本上是维多利亚时代的小说话语的产物。维多利亚时代小说叙述方式的要点在于,其叙述者像上帝一样,是全知的,虽然他实际上并不知道一切,但他却装作无所不知。叙述者作为小说家的代理人掌控了整个叙述过程,用自说自话的讲述方式进行叙述,结果使作品中的人物变成了他的傀儡,使文学世界变成了"一个僵死"的世界[①];立足于菲尔丁和狄更斯等人所处的18、19世纪,也许它是一种不错的叙述方式,但立足于格里耶和巴尔特等人所处的20世纪中期,它明显是一种落伍的叙述方式,是不足取的。

既然经典现实主义借无所不知的叙述者的讲述表现人物事件、营造逼真的生活情境、掩盖小说世界的虚构性和话语性的叙述方式已经过时了,不足取,那么小说叙事应该怎么进行呢?福尔斯在反思批判了现实主义的全知叙述者讲述法之后,紧接着提出了一种新叙述方式,即人物展示法。福尔斯借叙述者的口称,前12章的叙述算不上"现代意义上的小说"的叙述,因为在那里叙述者或小说家控制着人物的言行,"现代意义上的小说"的叙述不应将人物变成叙述者或小说家的傀儡,而应赋予人物以独立性和自由,使他们自己展示自己:

> 我很不应该地打破了先前的设想吗?不,我的人物仍然存在于一种现实之中,这种现实不会比我刚打破的那种现实不真实,也不会比它更真实。大约两千五百年前,有一位希腊人说过,虚构无处不在。我发现这种新的现实(或者非现实)更令人信服;我希望你也会有我这种感觉:我无法完全控制我头脑中的这些人物,就像你无法控制你的孩子、同事、朋友,甚至是你自己。
>
> 我们知道世界是一个有机体,不是一部机器。我们还知道,一个真诚创造出来的世界应该是独立于其创造者之外的;一个预先计划好的世界

---

① [英]约翰·福尔斯:《法国中尉的女人》,陈安全译,上海译文出版社2003年版,第83页。

（一个充分展现其计划性的世界）是一个僵死的世界。只有当我们的人物和事件开始不听从我们指挥的时候，他们才开始有了生命。①

福尔斯这里的意思是，"现代意义上的小说"应打破先前的小说理念，承认小说是虚构性的，小说世界中的现实是虚构的现实，小说中的人物存在于虚构的现实中；他不再是由叙述者或小说家控制着的，而是"独立于其创造者"，是自主的；他行动自由，不再是通过叙述者或小说家的介绍走进小说世界的，而是自己走进小说世界的，自己展示自己。福尔斯在第13章中对经典的现实主义小说叙述方式和"现代意义上的小说"叙述方式作了如上的对比分析和思考之后，在接下来的41章中完全借用了现代小说的人物展示法。

第14章至第54章是作品的发展、高潮部分。在此部分，福尔斯从作品人物视角出发，用展示法集中揭示了主人公查尔斯的精神心理变化过程。欧内斯蒂娜、莎拉、查尔斯在第1章、第2章中同台亮过相后，在第14章中又同台出场了。在前一个场景中，他们的状况主要是由叙述者介绍的；欧内斯蒂娜华贵理智，莎拉贫贱放荡，查尔斯既爱慕受众人追捧的欧内斯蒂娜，又对被社会遗弃的莎拉充满了好奇心。在第二个场景中，他们的风貌主要是通过人物自己的言行举止表现出来的；欧内斯蒂娜刻板冷漠，与假道学的波尔坦尼太太站在同一条战线上，而莎拉激情放浪，对一本正经的波尔坦尼太太和欧内斯蒂娜冷眼相看、嗤之以鼻，查尔斯虽然在理智上并不讨厌欧内斯蒂娜，但在情感上与莎拉息息相通，对波尔坦尼太太和欧内斯蒂娜的假道学在心底产生了腻烦感。

自此之后，他情感的钟摆日益脱离了欧内斯蒂娜，悄然倒向了莎拉一边。虽然访问完波尔坦尼太太之后，欧内斯蒂娜改变了行为方式，事事顺从查尔斯，但他非但不喜悦，相反"却感到腻烦"②。她在家里为他读诗，他一点都不感兴趣，甚至睡着了。她在会堂里说俏皮话，笑话别人，他一点都不觉得有趣，相反感到她虚荣、做作、单调、乏味。而当她因格罗根医生在饭桌上讲了一些不符合社交礼仪的故事而感到震

---

① ［英］约翰·福尔斯：《法国中尉的女人》，陈安全译，上海译文出版社2003年版，第83—84页。
② ［英］约翰·福尔斯：《法国中尉的女人》，陈安全译，上海译文出版社2003年版，第96页。

惊时,他明显意识到了她的"浅薄"和"机械"①。当她听到查尔斯的伯父要结婚、查尔斯继承伯父遗产已不可能后暴跳如雷时,他明确意识到了她的俗气,称她"的确像个卖布商的女儿"②。而查尔斯对莎拉正相反,自有一次偶然看到她在海边山林里的一块草地上睡觉的情景后,脑子里一直回旋着她的倩影,因而不自主地往那里跑,希望能见到她。而从他听说她离经叛道,我行我素,放荡不羁之后,在内心已不自觉地将她引为同道,试图全力帮助她。当她最终对他敞开心扉、吐诉衷肠、表达爱意后,他虽然十分矛盾焦灼,以至在格罗根医生的煽动下一度出卖了她,但最终却又不由自主地帮助她,将她偷偷转移出了莱姆镇。送走她之后,他下定决心不再见她,以全心全意爱欧内斯蒂娜,可想象一下他要与呆板僵化的欧内斯蒂娜平淡无趣地过一生,简直无法忍受,因而,最后神不知鬼不觉地回到莎拉身边。虽然他这种悖逆常理的选择使他失去了声名、地位、财产,付出了巨大代价,甚至未得到莎拉,但他一点都不后悔,因为他失去的是别人认为他值得争取的东西,而得到的却是自由,是他自己真正想要的东西。

福尔斯在《法国中尉的女人》第 14 章至 54 章中,主要从查尔斯的视角,借他本人的思想、言语和行为详细地展示了他从最早爱慕欧内斯蒂娜,到后来逐步喜欢莎拉,最后与后者心心相印、疯狂爱恋的精神与心理变化的过程,明显借鉴了以亨利·詹姆斯和康拉德等为代表的现代小说家们惯用的人物心理展示法。这 41 章堪称是20 世纪以来西方现代小说叙述方式的再演练。福尔斯写完上述 41 章后,紧接着在第 55 章中做了如下说明:查尔斯与欧内斯蒂娜分手后,立即乘坐开往伦敦的火车,去找莎拉;车厢里出现了一位蓄着大胡子的人,他一路盯着查尔斯看。他具有"万能的神才应该有的目光",对查尔斯"是什么样的人看得很透彻"③。这位蓄着大胡子的旅客除了在第 55 章中现过身外,还在第 61 章中亮过相,福尔斯对之作了特别介绍,将之称作"新人物"④。正像很多评论家所认为的那样,这位仔细观察查尔斯的"蓄着大胡子的"先知性乘客正是现代新型小说家的化身。福尔斯在这里明确告诉人们,像查尔斯这样的现代小说中的人物,是现代小说家仔细观察、研究人们的精神心理

---

① [英]约翰·福尔斯:《法国中尉的女人》,陈安全译,上海译文出版社 2003 年版,第 129 页。
② [英]约翰·福尔斯:《法国中尉的女人》,陈安全译,上海译文出版社 2003 年版,第 174 页。
③ [英]约翰·福尔斯:《法国中尉的女人》,陈安全译,上海译文出版社 2003 年版,第 348 页。
④ [英]约翰·福尔斯:《法国中尉的女人》,陈安全译,上海译文出版社 2003 年版,第 396 页。

状态的结果,是现代小说家借人物心理透示法创造出来的。而贯穿于此类人物的精神心理深处、深深折磨着他们的内在矛盾冲突也无不是小说家的刻意设计和安排:"小说往往伪装与现实一致:作家把冲突双方放在一个圈子里,然后描绘它们之间的争斗,但是实际上争斗是事先安排好的,作家让自己喜欢的那个要求获胜。我们对小说作家进行判断,既看他们安排争斗的技巧(换句话说,就是看他们能否使我们相信那些争斗并不是事先安排好的),也看他们所喜爱的斗士是哪种人:好人、悲剧人物、坏人、滑稽人物,等等。"①概括起来,福尔斯的意思是,现代小说也不是像它们的作者所标榜的那样是如实记录人物的精神心理状态的结果,是纪实性的、实际的,而是小说家用独特的目光深刻观察研究人物的精神心理、巧妙安排情节冲突的结果,是创造性的、虚构的。

第56章至第61章是作品的结局部分。叙述者"我"在开始撰写结局之前,首先探讨了如何安排结局的问题。在"我"看来,如何安排结局的问题实际上就是如何处理矛盾冲突的问题。他认为,通常人们处理矛盾冲突不外悲剧和喜剧两种方式:"安排冲突的主要目的是向读者展示作家如何看待他身边的世界——或是悲观主义,或是乐观主义,不管你如何选择。"②由于他一贯的原则是"给小说中的人物以自由"③,所以不主张为查尔斯事先硬性设计一种唯一的结局,而是将两种可能的结局都呈现出来:"我继续关注着查尔斯,并且觉得这一次没有理由为他即将介入的冲突再作预先安排了。这样我就有两种选择……我若不参与到冲突之中,唯一的办法是把两种结局都写出来。"④那么,如何安排这两种结局的次序?孰先孰后?他用抛硬币的方法做了决定:先写喜剧结局,后写悲剧结局。

第56章至第60章安排的是喜剧性的结局:莎拉不辞而别后,查尔斯四方查找,两年后,终于找到了她。久别重逢,莎拉不像想象的那样热情激动,所以查尔斯极为妒忌愤慨,以至用恶毒的语言攻击诅咒她。而莎拉却自然深情,她用真切深沉的情义消除了查尔斯的误会和怨恨。两人最后带着他们的女儿深情地拥抱在一起。熟悉现实主义文学的人知道,这是传统叙事文学中经典的有情人经过种种磨难、最后

---

① [英]约翰·福尔斯:《法国中尉的女人》,陈安全译,上海译文出版社2003年版,第349页。
② [英]约翰·福尔斯:《法国中尉的女人》,陈安全译,上海译文出版社2003年版,第349页。
③ [英]约翰·福尔斯:《法国中尉的女人》,陈安全译,上海译文出版社2003年版,第349页。
④ [英]约翰·福尔斯:《法国中尉的女人》,陈安全译,上海译文出版社2003年版,第349页。

如愿以偿、终成眷属的大团圆结局。由于此种喜剧性结局会起到令人激情荡漾、精神振奋的审美效应,所以一直受到读者的广泛喜爱。传统文学中绝大多数叙事作品都选择此类结局。《法国中尉的女人》的第一个结局明显是对现实主义文学最普遍的结局方式的巧妙演练。

第 61 章安排的是悲剧性的结局:查尔斯经过千辛万苦找到的莎拉已经不是昔日的那个情真意切的激情女子,而是一个理性、独立、自主的自由女性,她对他已经无依恋之情。他为此痛苦不堪,痛切之余愤怒地离开了她。他痛定思痛,开始重新认识自己,重新寻找自己的人生目标,"构筑自己的新生活"①。现实中人的生活常常充满变数,既有一帆风顺、心想事成之时,亦有命运多舛、功败垂成之际。如果说 18、19 世纪的现实主义小说多倾向于模拟生活中喜剧性境况的话,那么 20 世纪的现代小说则更喜欢表现生活中悲剧性的情境,对此只要翻一翻现代小说的代表作家作品如康拉德的《吉姆爷》、伍尔夫的《达罗卫夫人》、乔伊斯的《尤利西斯》、普鲁斯特的《追忆逝水年华》、海明威的《老人与海》等作的结局便可一目了然。《法国中尉的女人》的第二结局明显是在借鉴现代小说最普遍的结局模式的基础上设计出来的,是对后者的再演练。

福尔斯《法国中尉的女人》的最后 6 章借对查尔斯爱情故事之最后结局的奇妙安排明确告诉人们,叙事文学的结局说到底不外传统的喜剧式和现代的悲剧式两种,此两种结局从根本上并不像人们通常所理解的那样,是从生活情境中照搬过来的,相反是小说家根据以前的写作惯例设计出来的,是话语性的。

《法国中尉的女人》的叙写线路十分特别:一面讲述人物事件,一面揭示这些人物事件是如何形成的,明确告诉人们它们是由已有的各式各样的叙写模式建构成的;这些模式具体包括:包含着开端、发展、高潮和结局等关键环节的线形故事情节模式,现实主义的全知叙述者叙述、讲述法和大团圆式的封闭性结局,现代小说的人物视角叙述、展示法和没有结果的开放式结局,等等。福尔斯借其中的文学讲述和理论思考反复强调:小说不是人们被动记录世界的工具,而是人们主动建构和制作生活图景的方式,其中的人物事件不是现实的写照,不是真实的、经验性的,而是语

---

① [英]约翰·福尔斯:《法国中尉的女人》,陈安全译,上海译文出版社 2003 年版,第 401 页。

言话语的产生,是虚构的、虚拟的;传统现实主义小说中人们关于小说世界是现实世界的反映、是真理的镜像的观念是错误的、虚假的、自欺欺人的;小说从根本上说是人类梳理和组构自己的生活经验的语言符号形式,是语言话语性的。不言而喻,《法国中尉的女人》是一部典型的元小说,主要思考和阐述了小说的性质问题。

《法国中尉的女人》作为20世纪中后期英国文坛上的一部雅俗共赏的杰作,受到了学术界的密切关注。作品主题一直是评论家们讨论的焦点问题。绝大部分人认为,它是一部传达存在主义生活理念的作品,[1]也有一部分人认为,它表现了作者的性别意识。[2] 尽管这两类阐释在《法国中尉的女人》到底传达了什么样的思想观念上的看法大相径庭,但研究理路却完全一致:即都是从作品的一种构成元素即人物性格出发去分析其主题,而不是从它的整体图式即叙写线路和方式出发去解析作品主题。如前所论,人物性格只是16—19世纪期间西方传统叙事文学作品建构文学世界的核心线条和方式,而不是20世纪中后期后现代叙事文学作品建构文学世界的核心线条和方式,因而借分析它来发掘作品主题明显是错位的、文不对题的。我们前面说过,20世纪中后期,后现代主义叙事作品把重心放在改造和重构传统的文学话语形式上。这在《法国中尉的女人》中表现得非常明显。从改造和重构传统文学话语形式的角度解读《法国中尉的女人》,我们可以明显地看到,它的重心并不在生动描绘和深刻反思欧内斯蒂娜、查尔斯、萨拉三人的生存状态问题或性别关系问题,就这些方面它的描述和表现并不比《德伯家的苔丝》中的更生动、深刻,它的焦点从始至终完全集中在模仿已有的各式各类小说写作模式和讨论小说的性质上,正因

---

[1] 相关论文如:James Acheson, "John Fowles's The French Lieutenant's Woman", in *A Companion to the British and Irish Novel 1945 - 2000*, edit, by Brian W. Shaffer, Blackwell Publishing Ltd., 2005; Dwight Eddins, "John Fowles: Existence as Authorship", in *Contemporary Literature*, Vol. 17, No. 2 (Spring, 1976), pp. 204 - 222; Ellen McDaniel, "Games and Godgames in 'The Magus' and 'The French Lieutenant's Woman'", in *Modern Fiction Studies*, 31:1 (Spring, 1985) pp. 31 - 42;陈静《〈法国中尉的女人〉的存在主义解读》,《外国文学研究》2007年第5期;等等。

[2] 相关论文如:Deborah Byrd, "The Evolution And Emancipation of Sarah Woodruff: The French Lieutenant's Woman as a Feminist Novel", *International Journal of Women's Studies*, September-October, 1984; Bruce Woodcock, *Male Mythologies: John Fowles and Masculinity*, Sussex, NK: Harvester, 1984; Magali Cornier Michael, " 'Who is Sarah?': A Critique of The French Lieutenant's Woman's Feminism", in *Critique studies in modern Fiction*. Vol. XXVIII, No. 4(Summer,1987),pp. 225 - 236;陈榕《莎拉是自由的吗?——解读〈法国中尉的女人〉最后一个结尾》,《外国文学评论》2006年第3期等。

此理论家们异口同声地将之称作是"元小说"。不言而喻，它的主旨是在探讨小说的性质和过去的小说的写作方式问题。它的贡献在于用小说的方式彻底突破了过去的现实主义和现代主义作家们将小说看做是人类外在的社会现实或内在的精神意识的记录工作的工具论观念，生动地传达了小说是人类生活经验的组构形式的建构论观念，为人们揭示了一种全新的小说理念。

四、里斯的《茫茫藻海》

（一）里斯

简·里斯(Jean Rhys)1890 年出生于西印度洋海域的多米尼加岛,父亲是威尔士人,母亲是白种克里奥尔人。里斯的童年和少年是在多米尼加度过的。多米尼加是一个白人和黑人杂居的英属殖民地,那里民族冲突一向很激烈。由于深受白人的歧视和压迫,多米尼加的黑人对白人一贯持敌视态度。19 世纪末那里发生过一场激烈的黑人反白人的反殖民起义。① 里斯作为白人小孩,从小就受到了当地黑人的排斥、欺压。童年留给她的不是温暖和幸福的回忆,而是冷酷和不幸的经验。她在自传《请笑一笑》中记述道,小时候父母曾送她到一家黑人占多数的修道院去学习,她试着跟一个黑人女孩交朋友,得到的却是"仇恨——没有人情味的、难以调和的仇恨"②。她家曾雇过一个叫梅特的黑人保姆,后者常借折磨小里斯来发泄她对白人的怨恨,所以小里斯很讨厌她,咒她为"黑魔鬼"③。

16 岁那年,里斯离开多米尼加,来到英国。在那里她同样受到人们的歧视、排斥和压迫。她先进剑桥的波思女子学校,同学们因她的外省口音和外来者身份嘲笑她。1909 年,她被送到伦敦的皇家戏剧艺术专科学校,没读多久,因为她不能讲标准的英语,学校的老师劝她父亲将她带走。

1910 年父亲去世后,她不得不放弃学业,自谋生路。她从事过音乐剧团合唱队员、人体模特、艺术模特等工作。有一段时间,她还给一位有钱人当过情妇。"一战"期间,她作为志愿者在兵营食堂工作。1918 年在一个抚恤金发放办公室工作。1919 年里斯去荷兰,认识了荷兰记者、歌曲作家朗莱(Jean Lenglet),与之结婚。跟后者一起在欧洲大陆游历,遇到了许多作家和艺术家,如海明威、乔伊斯等等。1923—1924 年,丈夫朗莱犯法入狱。与此同时,她在巴黎结识了英国小说家、诗人、批评家、编辑

---

① Elaine Savory, *Jean Rhys*, Cambridge: Cambridge University Press, 1998, p. 9.
② Jean Rhys, *Smile Please: An Unfinished Autobiography*, New York: Harper & Row, 1979, p. 39.
③ Jean Rhys, *Smile Please: An Unfinished Autobiography*, New York: Harper & Row, 1979, p. 24.

福德(Ford Madox Ford),随后与之同居。1927年里斯移居伦敦,1933年与朗莱离婚。1934年与一个叫史密斯(Leslie Tilden-Smith)的文学编辑结婚。1939年移居德文郡,在那里住了6年,直到1945年她丈夫去世。1947年跟史密斯的一位远方兄弟哈默结婚。后者是一位律师,在他们婚姻的很多年里他都在因欺诈罪坐牢。第三任丈夫哈默于1966年去世。之后她寡居独处,于1979年辞世。

　　里斯早年既受多米尼加黑人的排斥、又受英国白人的歧视的痛苦经历,使她从内心深处对形形色色的种族偏见和压迫怀有一种强烈的恐惧感和厌恶心理。而她后来从一种文化环境转移到另一种文化环境、从一个地方转移到另一个地方、四处漂泊的生活阅历,则使她彻底摆脱了狭隘的种族主义和地方主义思想视野,具备了一个步入地球村时代的新型世界公民的品格,即热切期盼一种人类各民族不分地域肤色、平等和谐相处的自由境界。正是基于这种真切的民族平等观念,她对西方人根深蒂固的种族偏见深表怀疑,对英国白人女作家夏洛蒂·勃朗特在《简·爱》中的殖民主义书写极为不满。从其根深蒂固的白人优等论观念出发,勃朗特在《简·爱》中曾将西印度洋地区的克里奥尔女人伯莎塑造成了一个无理性的、疯狂的野蛮人形象。里斯对之十分厌恶,她质疑道:"为什么她会认为克里奥尔妇女精神失常、不可理喻?"①

　　正像一些西方学者所指出的:里斯不仅是一个"其思想意识主要由童年加勒比的生活经历所塑造成的作家",同时"首先是一个专业性的作家"②。她小时候处在一个黑人占多数的生活环境中,身边没有朋友,大多数时间借读书来打发。"当时我很孤独,只有书本跟我做伴。"③她阅读了大量的西方和英国文学作品:如神话、《圣经》、莎士比亚、弥尔顿、斯威夫特、班扬、拜伦、克拉布(Crabbe)、考珀(Cowper)、斯蒂文森、奥斯汀、狄更斯、夏洛蒂·勃朗特等人的作品,为她后来的创作打下了坚实基础。1920年代中期,她遇到了福德,后者是革新和实验文学的极力倡导者和支持者,他推荐她阅读法国文学,并鼓励她进行创作,帮她发表作品,评论她的创作,将她引上了文学创作之途。从1927年到1939年她出版了一部短篇小说集,四部长篇小

---

① "Jean Rhys in an Interview by Diana Vreeland", *Paris Review*, 1979, p. 235.
② Elaine Savory, *Jean Rhys*, Cambridge: Cambridge University Press, 1998, p. 14.
③ Jean Rhys, *Smile Please: An Unfinished Autobiography*, New York: Harper & Row, 1979, p. 19.

说。整个 40、50 年代她未发表任何东西,完全从人们的视野中消失了。60 年代初发表了两篇短篇小说。1966 年出版了长篇小说《茫茫藻海》(*Wide Sargasso Sea*),取得巨大成功。之后发表了两部作品和一部自传。里斯临终时称:"你明白,我就是笔。除了笔我什么都不是"。她深切意识到她平生身上最强大的不可抗拒的力量和生活中最有价值的东西就是她的写作。①

她的代表作《茫茫藻海》的创作无疑与她的文学阅读和写作活动直接关联在一起。她在 1959 年 3 月写给一个记者的信中明确指出:"我做过的最愚蠢的事就是读《简·爱》读得太多了。然后我发现它已深深潜入我的写作中。糟糕的模仿——简直是糟透了。所有的东西必须得废弃。"②为了消除《简·爱》中的糟粕,她不得不拿起笔来进行重写。

(二)《茫茫藻海》

《茫茫藻海》对《简·爱》的重写是从大量挪用后者开始的。作品中的主要人物如伯莎·梅森、罗切斯特、邱特·梅森、格莱思等都是从《简·爱》中转借过来的,一些重要场景如桑菲尔德庄园、重要的情节如伯莎·梅森疯狂攻击邱特·梅森和放火烧毁桑菲尔德庄园等也出自《简·爱》。核心话题如伯莎的疯狂则完全是由《简·爱》对伯莎的描述引发的。我们知道,英国小说自 18 世纪形成后一贯都以现实生活为关注焦点、以生活中人们的经历经验为言说对象,里斯在这里一反传统,转而以前人的文本为关注焦点、以前人作品中的文学书写为言说对象,这不能不令人耳目一新。这也正是为什么它一出版就引起人们的普遍关注的缘由之一。

不过《茫茫藻海》的新颖之处远不止此。《茫茫藻海》不仅选材方法独特,而且对材料的处理手段更为奇特。它在重述《简·爱》的过程中,把焦点完全集中在勃朗特的文本中仅仅简单提及而未曾进一步展开的因素上,着力开掘了源文本中缺省的东西,从而彻底穿越了前者的结构,大大拓展了它的空间,给读者展示了一幅与源文本中的情景完全不同的景象。

---

① Jean Rhys, *Smile Please*: *An Unfinished Autobiography*, New York: Harper & Row, 1979, p. 31.

② Jean Rhys, *Jean Rhys Letters* 1931 – 1966, selected and edited by Francis Wyndham and Diana Melly, London: Andre Deutsch, 1984, pp. 160 – 161.

勃朗特的《简·爱》主要描述了简·爱年轻时的一段生活经历。简·爱出生于一个穷牧师家庭，自小父母双亡，被寄养在舅舅家。舅父去世后，她受尽舅母和表哥的虐待。10岁时被送进了洛伍德孤儿院。孤儿院生活艰苦，戒规严厉，院长冷酷虚伪。她在那里过了8年艰辛的生活。18岁时简·爱离开孤儿院，到桑菲尔德庄园任家庭教师，遇到庄园男主人罗切斯特，与之相爱。罗切斯特向她求婚，她答应了婚事。婚礼上，有人突然闯入，举证罗切斯特先生15年前结过婚，妻子是西印度洋地区的疯女人伯莎，至今还被关在三楼的密室里。罗切斯特是有妇之夫，不能结婚。简·爱不得不悲痛地离开罗切斯特。她从桑菲尔德出来后被牧师圣·约翰收留，在一所小学校谋了一份教职。她无法忘怀罗切斯特，过了一段时间又不由自主地回到桑菲尔德庄园。不料那里发生了巨大变化。宅子被疯女人伯莎烧为灰烬，伯莎坠楼身亡，罗切斯特受伤致残。简·爱深受震动，她同情、爱慕罗切斯特，最后与他结婚，过上了幸福生活。此作品是一部典型的成长小说，它的注意力自始至终都集中在主人公简·爱身上，其中描述简·爱成长过程的文字占据了整部作品90％以上的篇幅。

《茫茫藻海》在重述《简·爱》时没有去述说《简·爱》中被勃朗特重点描述的东西，如简·爱童年少年时艰辛的生活和学习经历、青年时浪漫曲折的爱情经历等，而是把陈述重心转向《简·爱》中仅被勃朗特简单提到而没有作进一步说明的伯莎的生活经历。里斯在一次访谈中明确指出："在《简·爱》中她（伯莎）差不多是一个鬼影子。我想我应当赋予她真实的生命。"[①]《茫茫藻海》主要描写了西印度洋牙买加女人安托瓦尼特（伯莎）过去鲜为人知的生活经历。作品共分三部分：第一部分由主人公安托瓦尼特（伯莎）的叙述构成，主要讲述了安托瓦尼特的童年和少年生活；第二部分由安托瓦尼特（伯莎）和她丈夫两人的叙述构成，主要讲述了安托瓦尼特（伯莎）的恋爱婚姻状况。第三部分由安托瓦尼特（伯莎）的叙述构成，主要讲述了安托瓦尼特（伯莎）从牙买加移居英国后愤怒狂乱的精神心理状态和放火焚烧桑菲尔德庄园的疯狂行为。

从描述线条看《茫茫藻海》与《简·爱》完全对应：两部作品都属于成长小说类

[①] "Jean Rhys in an Interview by Diana Vreeland", *Paris Review*, 1979, p. 235.

型,都写女主人公从童年到青年的成长过程,写她们童年和少年时代孤寂痛苦的学习经历、青年时代浪漫苦楚的爱情经历。而从描述对象看,两者却大相径庭:《简·爱》重点描述的是罗切斯特的新欢简·爱从童年到青年的生活经历,而《茫茫藻海》重点描述的是罗切斯特的旧妻伯莎从童年到青年的生活经历。《茫茫藻海》将《简·爱》中原来处于边缘地带的点缀性人物安托瓦尼特(伯莎)拎出来置于作品的核心位置,予以极度放大,而将原来处于中心位置的关键人物简·爱悄然抹去,彻底颠覆了《简·爱》的结构,开拓了一个新的空间即桑菲尔德庄园里被人们完全忽略了的西印度洋牙买加疯女人伯莎的生活经历,展示了一幅全新的生活画面,即完全迥异于英国白人世界的西印度洋牙买加人的世界,令人大开眼界。

里斯在《茫茫藻海》中不仅彻底拆解了《简·爱》的结构,重构了一个与《简·爱》的文学世界完全相异的新文学世界,而且深刻反诘了《简·爱》所表述的种族主义思想观念,提出了一种与之相反的思想观念。在《简·爱》中罗切斯特的前妻、西印度洋克里奥尔女人伯莎被描述成了一个天生野蛮、疯狂、不可理喻的怪物。《简·爱》描写伯莎的篇幅虽然很少——在那洋洋数十万字的巨著中,涉及伯莎的文字只有数百言——但观点很明确,对之完全持贬斥否定态度。勃朗特对伯莎的看法集中表现在简·爱如下的一段陈述中:"在房间尽头,在极度黑暗中,一个身影在来回移动。第一眼看上去,很难辨别它是动物还是人类:它似乎在用四肢爬行;它撕抓着,咆哮着,像一个奇怪的野兽;但它又穿着衣服;一头黑白相间的头发,蓬乱得像鬃毛似的,覆盖着它的头和脸。"[①]在简·爱眼中,伯莎是一个介于人兽之间的怪物,是野蛮的、疯狂的。这段话表面看来,似乎是作品人物简·爱对她的情敌伯莎的个人看法,但实质上深刻反映了西方白人对非西方有色人种的种族偏见:因为简·爱是勃朗特的叙述者、主人公和理想人物,简·爱的看法实质上就是勃朗特的看法;而勃朗特一直是为西方人所赞赏、追捧的经典作家,她的看法无形中代表着西方人绝大多数人的看法。

站在西方人的立场上看问题,西方世界之外的世界是蛮荒之地,白人之外的人

[①] Charlotte Bronte, *Jane Eyre*, Harmondsworth: Penguin, 1966, p. 321.

种是野蛮、疯狂之人,勃朗特对伯莎的描写反映了非西方人的本来面目,因而无可非议。但站在非西方人的立场上看问题,西方人对非西方世界和其他种族的观点完全出自种族偏见,是荒谬绝伦的,是无法容忍的。正因此,有一半克里奥尔人血统的里斯对勃朗特关于伯莎的描述极其厌恶,她愤怒地指出:"将罗切斯特的第一个妻子写成可怕的疯女人是多么可耻!"①她认为"过去肯定有某种东西使她走向疯狂,甚至试图烧毁一切,最终成功了。"②她宣称她写《茫茫藻海》的目的就是为了解释安托瓦尼特(伯莎)疯狂的"原因和理由"③,从而彻底清除勃朗特对伯莎的可耻诬蔑,还原伯莎的本来面貌。

《茫茫藻海》主要讲述了安托瓦尼特(伯莎)从一个正常的人变为不正常的人的疯病发生史。安托瓦尼特(伯莎)出生在西印度洋牙买加地区,父亲是英国人,母亲是马提尼克白人。由于她父亲过去对黑奴很残暴,所以当地黑人很恨他们。她从童年开始就很孤独寂寞。父亲很早就去世,母亲既受当地黑人妇女的敌视,又因是本地白人受欧洲白人妇女的歧视排斥,孤苦伶仃,加上还要照顾痴呆的弟弟,所以根本顾不上关照她。她只能找周围的黑人小孩玩,可那些小孩受大人的影响对她不怀好意。有一次,她在回家的路上与一个陌生黑人女孩相遇,黑人女孩一见她就冲她喊:"滚远些,白蟑螂,滚远些,滚远些。"她加快步伐,想摆脱,可黑人女孩拼命追她,边追边喊:"白蟑螂,滚远些,滚远些,没人想要你们,滚远些。"④那黑人女孩一直驱赶她,直到她躲进家里才罢休。她家的女仆克里斯特芬妮看她可怜,特意给她找了一个黑人女孩,陪她玩,可那女孩反过来欺负她,骗走了她的钱,偷走了她的衣服。她母亲跟一个叫梅森的英国人再婚后,黑人们为了赶走他们,纵火烧了他们的房屋和家产,烧死弟弟,将母亲逼疯。就在村里黑人放火烧毁她家房屋的那天晚上,她看见经常与她做伴的黑人女孩蒂娅和母亲站在黑人群里,于是便向她们走过去,希望她们收留她,可没想到那女孩却拿起石头砸她,砸得她头破血流,昏迷了六个星期。她恢复

---

① "Jean Rhys in an Interview by Diana Vreeland", *Paris Review*, 1979, p. 235.
② Jean Rhys, *Letters 1931 – 1966*, edited by Francis Wyandham and Diana Melly, Harmondsworth: Penguin, 1985, p. 156.
③ Jean Rhys, *Letters 1931 –1966*, edited by Francis Wyandham and Diana Melly, Harmondsworth: Penguin, 1985, p. 164.
④ Jean Rhys, *Wide Sargasso Sea*, Penguin Books, 1968, p. 20.

意识后去探望母亲,亲眼看到精神失常的妈妈被监护的黑人男奴拥抱、亲吻,她心如刀割。

之后她被姑姑和继父送进一家修道院学习,过了几年与世隔绝的生活。17岁那年她离开修道院,后来被同母异父兄弟理查德·梅森介绍给英国人罗切斯特。从未享受过爱抚和温情的她比任何人都渴望找到一个爱她的人,而亲眼目睹了母亲婚姻悲剧的她则比任何人更惧怕受到伤害,更惧怕爱情婚姻。所以当罗切斯特向她求婚时,她犹豫不决以致最后拒绝了他。可后来经不住罗切斯特的再三请求和信誓旦旦,最后答应了婚事。新婚伊始,罗切斯特被安托瓦尼特(伯莎)漂亮的外表所吸引,完全沉浸到对她的狂热爱抚中。过了三个星期,他对她的新奇感慢慢消失。他眼里的安托瓦尼特(伯莎)不再是超凡脱俗的、神秘奇异的、美丽绝伦的,而相反与周围怪异、丑陋、野蛮的环境一样,是畸形的、邪恶的、疯狂的。度完蜜月,一踏进安托瓦尼特(伯莎)母亲的田庄格兰保伊斯,罗切斯特就产生了一种无名的厌恶情绪:"一切都太过火了,当我厌倦地骑着马跟在她后边时在如此寻思。如此之蓝,如此之紫,如此之绿。花太红了,山太高了,丘陵太近了。而那女人却很怪异。她祈求性的下贱表情看着让人讨厌。"①他后悔与这样一个"既不是英国人也不是欧洲人"的克里奥尔女人成婚,唯一让他感到欣慰的是他从她那里得到了一笔三万镑的大额财产。接到恶棍但尼尔·科斯维诬蔑安托瓦尼特(伯莎)的信件、见过后者之后,罗切斯特认定这是一个充满谎言的极野蛮邪恶的地区,从小在这里长大的安托瓦尼特(伯莎)跟周围的人一样愚昧、狡诈、放荡、不可理喻,他对牙买加人和安托瓦尼特(伯莎)的厌恶感更为强烈:"我厌烦这些人。我恨这个地方。特别是我恨她。"②他不愿意再跟她同屋、同床,以至不愿意再看到她。他后悔跟她结婚,怨恨她欺骗了他。为了报复她,他在她的卧室隔壁故意与黑人女仆阿米莉调情、做爱。

就安托瓦尼特(伯莎)而言,她听完罗切斯特结婚前海誓山盟式的许诺后对他充满了期望,而他新婚伊始的狂热使她对他更为倾心。结婚后,他差不多成了她生命的全部。她期待着与他永远相爱,白头偕老。可没想到刚度完蜜月,他就变了心,不愿意接近她。为此她不仅十分伤心,而且极为焦虑,于是急切找她的朋友克里斯托

---

① Jean Rhys, *Wide Sargasso Sea*, Penguin Books, 1968, p. 59.

② Jean Rhys, *Wide Sargasso Sea*, Penguin Books, 1968, p. 141.

芬妮帮忙。结果适得其反,克里斯托芬妮出的主意不仅没有使罗切斯特回心转意,相反使他更加憎恨她,以至恶毒报复她。安托瓦尼特(伯莎)终于因无法承受如此巨大的耻辱和精神打击而走向精神狂乱。安托瓦尼特(伯莎)疯狂后,罗切斯特怕她出丑,特意将她带到英国乡下庄园桑菲尔德关押起来,对外宣称她是一个天生的疯子。

而作者里斯在这里所展示的情景跟人物罗切斯特对外宣称的正相反:安托瓦尼特(伯莎)的疯狂根本不是天生的,而是人为的,是由周围的人逼疯的;早年那些曾受过父亲残暴压迫和剥削的黑人们对她家和她的敌视、欺凌、攻击给她的精神造成了巨大创伤,结婚后英国白人罗切斯特对她家乡和她本人的蔑视、对她的恶意伤害完全扑灭了她的生命之光,彻底摧毁了她的生存意志,使她走向疯狂;她的疯病说到底是由那些受父亲歧视压迫的黑人对她的憎恨与攻击和充满种族偏见的罗切斯特对她的恶毒伤害造成的,根本上是由周围各种各类的种族主义观念和种族仇视压迫行为引起的。

如果说勃朗特的《简·爱》通过刻意突显牙买加女人伯莎的野蛮疯狂举动,明确表达了作者根深蒂固的白人优等论等种族主义观念的话,那么里斯的《茫茫藻海》则通过详细描绘牙买加女人伯莎的痛苦经历,深切表达了作者强烈的反种族主义思想。

英国著名作家和小说批评家布拉德伯里宣称:"1939—1945年的第二次世界大战跟第一次大战一样无疑是人们现代经验中的一次可怕断裂。"[1]"第二次世界大战使人们目睹了人类前所未有的野蛮情景。……4 600万人死去,绝大部分是平民。"[2]惨绝人寰的第二次世界大战给西方社会带来巨大震撼,使西方人对自己走过的路、自己的文明产生了深刻怀疑。战后人们开始普遍质疑传统的思想文化系统,掀起了波澜壮阔的反传统浪潮。在政治和意识形态领域,"至60年代中期一场新兴的反叛

---

[1] Malcolm Bradbury, *The Modern British Novel*, London and New York: Penguin Books, 2001, p. 253.

[2] Malcolm Bradbury, *The Modern British Novel*, London and New York: Penguin Books, 2001, p. 254.

和抗议运动已遍布全球"①,拆解和重构传统思想系统的后结构主义思潮蔚然成风。在文化领域,伴随着40—60年代风起云涌的全球性反殖民风潮和民族解放运动,揭露批判种族歧视和种族压迫的后殖民主义思潮风靡世界;伴随着60—70年代席卷英美以至整个西方的第二次女权主义运动,质疑传统的两性观念和性别文化体系的女性主义潮流席卷全球。正是在这种质疑一切、反思重构一切的时代风潮影响下,里斯对她所处的民族文化生态环境、特别促成这种环境的终极力量即人们根深蒂固的种族主义思想产生了深刻怀疑,并以《简·爱》中的种族主义书写为切入点和突破口,对之展开彻底解构。在日常语言交流中,我们要想就某一个问题最充分有力地表达自己与他人相反的看法,没有比抓住对方的言论进行反向陈述(如发掘相反的材料史事进行反证或反诘对方的观点进行驳斥等)更充分有力的方式。同样的道理,里斯要想反驳勃朗特《简·爱》中对伯莎的种族主义书写,没有比抓住后者对伯莎的陈述而进行反向陈述更充分有力的方式,正因此里斯便在《茫茫藻海》中自然而然地采用了上述拆解《简·爱》的文学结构、反诘它的文学描述和思想观念的解构式叙写方式。

人类的语言言语就言说方式而言不外如下两大类:一类是断言性的,主要致力于阐明和创建新事物新世界新观念;另一类是论辩性的,主要致力于反驳拆除旧结构旧言论旧观念。从言说方式的角度看,作为人类语言言语之一种形式的小说,自产生以来就将注意力集中在表述现实中人们的经历经验、情感意识、想象梦幻上,致力于揭示新事物、打造新境界、传达新观念,一贯是断言式的。而《茫茫藻海》首次全面突破了传统小说的这种以阐明和创建新事物、新世界、新观念为出发点的断言式陈述方式,将重心放在拆解过去的小说文本结构、翻新它的艺术境界、重写其中的思想观念上,创立了一种以反驳、拆除旧小说文本为出发点的论辩式陈述方式,这可以说是人类小说话语形式史上的一次重大变革。自1966年简·里斯发表重写夏洛蒂·勃朗特《简·爱》的《茫茫藻海》并取得巨大成功后,这种重写前人话语文本的互文小说受到了人们的普遍青睐。之后很多作家纷纷借鉴该形式,创作了一系列重要作品:如玛丽娜·沃纳(Marina Warner)的《靛蓝色》(*Indigo*),卡里尔·菲里普斯

---

① Malcolm Bradbury, *The Modern British Novel*, London and New York: Penguin Books, 2001, p. 365.

(Caryl Phillips)的《血源的本质》(*The Nature of Blood*)、《剑桥》(*Cambridge*),彼得·阿克罗依德(Peter Ackroyd)的《伦敦大火》(*The Great Fire of London*)、《坎特伯雷故事集:一种重述》(*The Canterbury Tales—A Retelling*),戴维·洛奇(David Lodge)的《好工作》(*Nice Work*),简·温特森(Jeanette Winterson)的《为新手划船》(*Boating for Beginners*),萨尔曼·拉什迪(Salman Rushdie)的《午夜之子》(*Midnight's Children*),等等。现在互文小说已成为英国当代小说园地里的一道亮丽的风景线。

五、拜雅特的《占有》

(一) 拜雅特

英国当代著名女作家拜雅特的《占有》1990年出版后,立即在英美文坛上引起了巨大轰动。在美国它成为畅销书之最,在英国获得了英语小说最高奖布克奖。《华盛顿邮报》称它是"一本堪与《百年孤独》比肩的伟大小说",《纽约时报》称它"对维多利亚诗歌的摹写达到了以假乱真的地步",《泰晤士报》称它是"一部完美的作品,从头到尾都是大师手笔"①。

《占有》是一部典型的新历史小说。新历史小说的兴起,正像国外学者伯尔拉特斯基(Eric Berlatsky)所注意到的,是由西方20世纪中后期兴起的后结构主义思潮引发的。② 在后结构主义者看来,除非借助语言和话语,否则人们无法直接经验现实,所以现实世界是在人的经验中呈现出来的,最终是由语言和话语建构成的,是语言游戏的产物,是一种文本。德里达称:"文本之外无物。"③福柯认为历史是各种权力话语的编织物。由于过去西方的语言和话语无不禁锢在逻各斯中心主义的形而上学思想方式和序列化、统一化、一体化之宏大叙述倾向之中,因而西方人所建构的世界图景存在严重缺陷,西方文化系统在根本上出了问题。20世纪以来接二连三发生在西方世界的惨绝人寰的战争充分证明了这一点。西方的语言和话语结构需要全面拆解和重构,西方的各种各类文化图景需要全面重写。

正是在这样一种力图解构整个西方传统文化系统的后结构主义思想观念的深刻影响下,20世纪80年代以后英国很多小说家不约而同地将注意力转向了对人们已有的日常生活话语模式的拆解和重构上。小说家们普遍将过去的生活情景和现在的生活状态、将历史和现实联系起来,从生活的纵深处反思批判已有的历史和现

---

① 转引自[英]A. S. 拜雅特:《隐之书》,于冬梅、宋瑛堂译,南海出版社2008年版,封底文字。
② Eric Berlatsky, "'The Swamps of Myth... and Empirical Fishing Lines': Historiography, Narrativity, and the 'Here and Now' in Graham Swift's Waterland", *Journal of Narrative Theory*, Volume 36, Number 2, Summer 2006, p. 255.
③ Jacques Derrida, *Of Grammatology*, trans. by G. C. Spivak, Baltimore: The Johns Hopkins University Press, 1997, p. 158.

实文化话语形式,着力探索新的生活书写方式。由此便自然而然地促生了一种新的小说形式,即将历史画面和现实图景、真实事件和虚构情境并置在一起的跨时空界限的小说,人们将之称作"历史元小说"或"新历史小说"。

拜雅特是一位学者型作家。1936年生于谢菲尔德,1957年获得剑桥大学学士学位,1958—1959年在牛津大学接受研究生教育。1962—1971年在伦敦大学校外进修部任教,1965—1969年在伦敦艺术和设计中央学校任兼职文学讲师,1972—1983年在伦敦大学任英语语言文学讲师和高级讲师。1983年辞去教职专门从事创作。从60年代中期开始,她同时写作小说和文学评论,创作了《太阳的影子》(1964)等十多部小说,完成了《自由的程度》(1965)等数部批评论著。

A. S. 拜雅特对历史小说情有独钟,她不仅阅读过大量历史小说,而且还对之做过深刻的理论探讨。她的学术力作《论历史与故事》就是一部专门研究历史小说问题的著作。在这部专著中她广泛探讨了英国文学史上的历史小说作品,如沃尔特·司各特的《罗布·罗依》、查尔斯·狄更斯的《双城记》、乔治·艾略特的《罗慕拉》等,特别是20世纪后期的新历史小说家朱力安·巴恩斯、格雷厄姆·斯威夫特、彼得·阿克罗伊德等人的作品,对斯威夫特的《洼地》、阿克罗伊德的《查特顿》及《霍克斯莫尔》做过详细精到的分析阐述。她的小说创作受到了英国的历史小说,特别是20世纪后期的新历史小说的深刻影响。她本人堪称是英国新历史小说的重要传人。

英国的新历史小说作品不计其数,最著名的作品有格雷厄姆·斯威夫特的《水之乡》、巴恩斯的《福楼拜的鹦鹉》、阿克罗伊德的《霍克斯默尔》、《查特顿》、拜雅特的《占有》,马丁·阿米斯的《时间箭》等。就叙写线路而言,它们都有如下特征:即由现实中的人物及其经历和历史上的人物及其经历两条线索构成,这两条线索相互交织,齐头并进,合力编织出一个古今交汇、虚实合一的跨时空的缤纷世界。

拜雅特的《占有》是英国当代新历史小说中最具代表性的作品之一。跟其他的新历史小说相似,它的艺术世界也是由相互紧密交织在一起的两个线条组成的:第一个是当代学者罗兰和莫德的智性和情感生活经历;第二个是维多利亚时代诗人艾什和兰蒙特的智性和情感生活经历。

(二)《占有》

《占有》是从描述罗兰和莫德的智性和情感生活开始的。在描述罗兰的精神探险之前,作品首先摘引了19世纪诗人艾什的一节诗作为题铭:

  一切如故。/ 花园、绿树 / 盘踞之蛇、金色的果实

  枝丛荫网下的女子 / 奔流之水、碧绿之方

  一切如故、自始如旧。古老世界的边缘 / 海丝佩拉蒂姐妹的金苹果园,果实

  闪亮在永恒的枝丫上,在此 / 守护之龙拉登,卷起珠宝头冠

  刮抓金色龙爪,磨尖白银龙牙 / 打盹小睡,历经久远的守候

  直到狡黠的英雄,海克力士 / 前来强夺、盗取金果

    ——鲁道夫·亨利·艾什:《冥后普罗赛比娜的花园》(1861)①

根据作品本身的解释,金苹果指的是"谷物"、"普罗赛比娜"、"不息的物种"、"生命的果实"②。这里英雄海克力士勇敢强夺和盗取为恶龙所守护的金苹果的情景,喻指历史上的仁人志士全力发掘和拯救为恶劣环境遮蔽起来的生命本体和真理的状况。此意象正是罗兰智性和情感生活书写历程的隐喻。

罗兰·米歇尔是英国的艾什研究专家布列克艾德的兼职研究助理,从事文学研究,研究领域是19世纪的诗人艾什。在罗兰步入自己的学术探索之前,学界差不多穷尽了艾什生活和创作的方方面面,艾什研究似乎没有什么发展空间了。如英国教授布列克艾德做了三十多年的文献编纂整理工作,编成了《艾什作品全集》,并做了极详细的注释。美国学者克拉波尔动用一切力量和手段收集了艾什所有的遗物、作品、手稿和书信,写出了艾什传记《伟大的腹语大师》。罗兰的女友瓦尔用女性主义理论分析艾什,写出了课程论文《男性腹语术》。他们用大量的材料例据、严密的逻辑论证和深刻的理论剖析推论出了如下公论性的结论:艾什有才有德,不仅创作了奇妙的诗作,是一个伟大的诗人,而且是一个富于理性的人。"他过着恬静的生活,

---

① [英]A. S. 拜厄特:《占有》,于冬梅、宋瑛堂译,南海出版公司2012年版,第1页。
② [英]A. S. 拜厄特:《占有》,于冬梅、宋瑛堂译,南海出版公司2012年版,第4—5页。

结婚四十年来始终是个模范丈夫。"①"鲁道夫·亨利·艾什既不喜欢女人,也不了解女人,即使是《艾斯克给安伯勒》,也不是纪念爱情的作品,而是艾什自恋的表现。"②

在艾什研究领域,罗兰不仅是一个迟到者,而且是一个不合时宜者。正像罗兰所意识到的,"他所处的时代是由叙述理论主导的时代"③,而他自己却始终跟不上时代步伐。他未赶上"60年代的骚动、光彩、流荡"④,虽一直学习勤奋,成绩优秀,但却缺乏敏锐的思想和深刻的理论洞察力,一贯仅借感悟和直觉解读作家作品,因而学业上没有什么突出表现,在求取艾伯特亲王学院"艾什工厂"的一个教职中输给了长于理论分析的好友弗格斯,结果只能在该机构帮布列克艾德打打杂工。有一次,他去伦敦图书馆帮布列克艾德教授查资料,无意中在艾什生前批注过的著作维柯的《新科学》中发现了两封富于激情的信。那信是写给一位女士的,信末虽没有签名,但从字体看,完全出自艾什之手。"罗兰真心钟爱的,是了解艾什的心路历程。"⑤罗兰凭他一贯对艾什作品精神蕴含的直觉和感悟立刻意识到,这两封信是艾什写给他的地下情人的情书。由此看来学界关于艾什是一个理性节制的人、是一个模范丈夫的认识是有问题的。那么这个情人到底是谁?艾什和她是怎么认识的?怎么相恋的?过程是怎么样的?结果如何?罗兰借他大胆的想象推测,经过艰辛精细地探究考察,最后探索出他的地下情人叫克里斯塔贝尔·兰蒙特,他是在一次聚会中认识她。他们两人志趣相投,相互倾慕。开始用书信传情,接着频繁约会,后来搭伴旅行同居,最后因情势所迫不得不分离。罗兰借他的生命体验、感悟和想象,或者说精神生命占有方式,终于突破了布列克艾德、克拉波尔、瓦尔等人用实证、逻辑推理和理论解剖,或者说物质机械占有方式建构起来的关于艾什的虚假的知识景观,揭示了艾什本真的生活情景,获得了真理。此情形与海克力士突破恶龙包围攫取到金苹果的景致完全一样。一些批评家认为,《占有》是在批判当代的各类理论化的批评倾

---

① [英]A. S. 拜厄特:《占有》,于冬梅、宋瑛堂译,南海出版公司2012年版,第9页。
② [英]A. S. 拜厄特:《占有》,于冬梅、宋瑛堂译,南海出版公司2012年版,第15页。
③ [英]A. S. 拜厄特:《占有》,于冬梅、宋瑛堂译,南海出版公司2012年版,第166页。
④ [英]A. S. 拜厄特:《占有》,于冬梅、宋瑛堂译,南海出版公司2012年版,第12页。
⑤ [英]A. S. 拜厄特:《占有》,于冬梅、宋瑛堂译,南海出版公司2012年版,第25页。

向,试图将人们引导到传统的生命经验式的批评理路上。① 就作品对罗兰的智性活动经历的描述而言,这一论断无疑是有道理的。

  罗兰的情感生活也经历了一个一举突破过去机械的无意义的物质占有状态,走向生动的引人入胜的精神沟通状态,最后进入奇妙境界的过程。罗兰从小是在一个只有物质功利、没有精神温暖的环境中长大的。他的母亲是一个失意的英文系毕业生,她将自己因失意而形成的对事业成功的热切企求转嫁到儿子身上,"让他永无止境地成天从一所校园赶到另一所校园"②,从一个专业转向另一个专业,"他觉得自己根本就像是一纸申请表格,申请工作、申请学位、申请自己的一生"③。他的人生完全处于被动、机械、孤独、寂寞、无聊状态。后来他遇到了一个比他更被动、机械、孤独、寂寞、无聊的女孩瓦尔。为了消除孤独、寂寞、无聊感,他和瓦尔走到一起,同吃同住,结果却比以前更孤独、寂寞、无聊。他们不仅未变成各自相依为命的伴侣,相反却变成了对方的包袱。"罗兰深深体会到,他是再也不想跟她继续这种生活了","罗兰暗暗巴望着,哪天会出现个银行家邀她共进晚餐,又或是来个暧昧的律师,带着她上花花公子俱乐部去开开眼界"④,而在罗兰离开伦敦去外地调研的那段时间,瓦尔感到很轻松,可以自由自在地去找别的男人。

  带罗兰最终走出精神情感困境的是他与莫德的交往。与被动、机械的瓦尔相反,莫德是一个很有主见的女人。她孤高雅致,向往人与人之间心意相通的精神共享关系,厌恶情欲横流的物质占有关系。罗兰在与莫德合作探究艾什与兰蒙特的婚外恋过程中,深深为莫德身上清爽高雅的气质所吸引。他暗暗倾慕她,像古代骑士对待他的女主人那样地热切关注她、默默追随她、温情陪伴她。他的真诚和典雅最终消除了莫德对男性的偏见,化解了她对他的漠视和冰冷态度,赢得了她的好感、热情和爱恋。最后他如愿以偿,结束了过去与瓦尔之间机械冰冷的物质占有关系,开

---

  ① 参见 Ann Marie Adams, "Dead Authors, Born Readers, and Defunct Critics: Investigating Ambiguous Critical Identities in A. S. Byatt's 'Possession'", *The Journal of the Midwest Modern Language Association*, Vol. 36, No. 1, Thinking Post-Identity (Spring, 2003), pp. 107–124; Mary Kaiser, "Review", *World Literature Today*, Vol. 65, No. 4, The Posthumous Career of Manuel Puig (Autumn, 1991), p. 707。

  ② [英]A. S. 拜厄特:《占有》,于冬梅、宋瑛堂译,南海出版公司2012年版,第13页。

  ③ [英]A. S. 拜厄特:《占有》,于冬梅、宋瑛堂译,南海出版公司2012年版,第12页。

  ④ [英]A. S. 拜厄特:《占有》,于冬梅、宋瑛堂译,南海出版公司2012年版,第16—17页。

始了新的与莫德之间生动火热的精神融合旅程,过上了真正有意义的生活。跟他在学术研究上取得重大突破一样,他在精神情感生活上获得新生也完全得益于他富有浪漫情调的精神占有方式。

莫德是《占有》第一条线索中的另一重心。在最早描述莫德的那一章节中作品引用了诗人兰蒙特的童话《玻璃棺材》中的故事:

> 从前,有一个公主与她的双胞胎哥哥幸福快乐地生活在一个城堡里。有一天一个魔法师来城堡投宿,遇到公主,看上了她,想娶她为妻。公主誓死不嫁,于是魔法师用魔法把她关到玻璃棺材中,把她的城堡和家仆关到玻璃墙和玻璃瓶中,把她的哥哥变成猎犬,逼迫她答应他的求婚。一个善良而平凡的裁缝去森林里找工作,有人给他提供了三件礼物:永远装满东西的皮包,永远能提供美味食品的锅子和一把晶亮美观的玻璃钥匙。为其好奇心驱使,他没有选择能满足他物质需求的皮包和锅子,而选择了美妙神秘的玻璃钥匙。借着那把钥匙,他发现了禁闭公主的玻璃棺材,打开棺材,救出了公主,并杀死了魔法师,使公主的城堡、家仆以及哥哥恢复原形。他最后与公主喜结良缘,过上了无比快乐的生活。

童话中被魔法师囚禁的公主为老实真诚的小裁缝拯救的情景,事实上正是在学术和情感上为其理论魔圈所禁锢的美女学者莫德在感性诚挚的罗兰影响下走出事业和情感生活的困境、获得新的灿烂人生之状态的隐喻。

莫德的研究领域是兰蒙特。这个领域差不多完全被用女性主义、解构主义等新理论方法生产出的学术成果所占领。旧女性主义者认为兰蒙特笔下的梅卢西娜形象,"象征着创造力在本质上同时包含了男女两性","新一代女性主义认为沐浴中的梅卢西娜象征了女人压根儿不需要臭男人,一样可以拥有完满的性"[①]。美国学者莉奥诺拉从酷儿理论的角度认为梅卢西娜形象表现了兰蒙特的女同性恋倾向:"兰蒙特作品背后极大的动力,其实就是她在性爱上的女同志倾向。"[②]弗格斯用后结构主

---

① [英]A. S. 拜厄特:《占有》,于冬梅、宋瑛堂译,南海出版公司2012年版,第41页。
② [英]A. S. 拜厄特:《占有》,于冬梅、宋瑛堂译,南海出版公司2012年版,第179页。

义方法分析了兰蒙特的作品《仙怪梅卢西娜》中描述同名主人公建造城堡的"各种对立的以及冲突的隐喻",发掘出了它们深厚的历史文化和精神心理内涵。① 这些理论批评家们都认为,兰蒙特是一个蔑视或敌视男人的自由女性,是一个独身主义者或女同性恋者。

跟周围的人一样,莫德的研究一开始也是极度理论化的,她用阈限理论阐释兰蒙特,认定她跟很多维多利亚的女人一样,患有"广场恐惧症和幽闭恐惧症",是一个自足自恋、自我封闭的单身女人。罗兰着力体察作者心灵世界的生命感悟式的探索方式给她很大启发,她抛开以前的理论预设和成见,主动跟罗兰一起追踪探索兰蒙特的心路历程,结果惊奇地发现,兰蒙特根本不是一个自我封闭的、冷漠的矜持女人,相反却是自由开放的、热情洋溢的浪漫才女。就这样,在罗兰的帮助下她终于走出了过去一直禁锢她的理论魔圈,真正接触到了兰蒙特鲜活的生命脉搏,把握了兰蒙特生活和创作的本真状况,掌握了学术真谛。

跟她的学术生活一样,莫德的情感生活也一度为她的理论偏见所锁定。女性主义敌视男人的倾向使她一开始就对男人存有戒心,她与弗格斯交往过程中后者粗暴的性行为更加重了她对男人的偏见,在她看来男人都是性压迫性的。于是在很长一段时间她将自己封闭起来,只与女人打交道,不与男人交往。正因此,她当初与罗兰合作时冷若冰霜,只谈工作,不涉及个人私事。与罗兰多次接触后,她发现,罗兰与她想象中的男人不尽一致,他低调、谦和、真诚、尊重人、细腻、温馨,身上没有一点大男子主义和性张扬倾向。跟他在一起,她感到很轻松,很舒畅。由此她逐渐消除了对男人的偏见,敞开心房,与罗兰愉快地合作,轻松地交往。最后不知不觉深深爱上了对方,与后者结成了你亲我爱的痴情伴侣,感受到了从未有过的满足和快乐。

当代青年学者罗兰和莫德虽然性别、研究领域、生活遭遇、个人气质等各不相同,但他们的事业和情感经历却十分相近:他们"所处的时代是由叙述理论主导的时代",周围的人都是从这样那样的理论假定出发理解事物的,是用理性和逻辑推断方式建构知识和生活图景的,结果造成了语词叙述与现实世界相背离的反讽境况;与周围的人相反,他们双双突破了外在的或内在的理论魔圈,从直觉出发去体察事

---

① [英]A. S. 拜厄特:《占有》,于冬梅、宋瑛堂译,南海出版公司2012年版,第177页。

物,借激情和想象去叙写别人和自己的生活画卷,结果获得了意想不到的果实——深入事物内部、接触到它的内核、揭示了真理,触及到了生活的本体、感受到了人生的美妙。作者借之明确告诉人们,引导人走进世界,认识真理,走向美妙人生的不是当下人们趋之若鹜的实证、推理、物质占有等客观机械的生活书写方式,而是被人们日益废弃的直觉、想象、精神拥抱等主观生动的生活书写方式,只有后者才能使世界变得丰富多彩,才能将人们带向宽阔自由的境地。

除了描写当代学者罗兰和莫德的学术和爱情经历外,作品还集中描写了维多利亚诗人艾什和兰蒙特的智性和情感生活经历。由于他们的心路历程主要是通过他们的书信、诗作以及他们周围人的日记表现出来的,所以这一部分带有显著的书信体小说特征和互文性特征。

艾什写给妻子的信中称:"就我身为作家而言,若有这样一个主题,那一定是死了很久却未曾消逝且持续不断变换着外在形态的生命。"①他的诗作的核心主题是"广远的生命"②。关于生命他在《史华莫丹》中借同名主人公之口作过如下描述:

  我在一连串的形体之间,寻找她的法则 / 得自蚂蚁、蝴蝶、甲虫和蜜蜂
  我先是辨认生长的形态 / 区分卵蛋、幼虫和包蛆
  一部分简缩、一部分生长 / 那是崭新的器官,出现于沉眠之中,直至惊蛰
  破开残丝剩茧,继而吐注,立时 / 抖动发颤,坚挺硬化,直冲入空
  驰骋着光彩,茶褐黄、青玉蓝 /翎眼斑纹宛若孔雀、雄壮条纹恰似老虎、斑斑点点
  尽在羽翅之间,映现着黑暗死神无眠的头颅③

在艾什看来,生命最早为它周围的残丝剩茧所包裹,蛰居沉眠,之后破茧而出,直冲入空,光辉灿烂,最后在云游中困顿而死。这是他所理解的宇宙万物的生命节

---

① [英]A. S. 拜厄特:《占有》,于冬梅、宋瑛堂译,南海出版公司2012年版,第342页。
② [英]A. S. 拜厄特:《占有》,于冬梅、宋瑛堂译,南海出版公司2012年版,第167页。
③ [英]A. S. 拜厄特:《占有》,于冬梅、宋瑛堂译,南海出版公司2012年版,第276页。

奏,也是他本人的生命运动轨迹。

艾什的时代是一个科学理性思想开始兴盛的时代。他的周围,正像他和兰蒙特小姐在通信中反复提到的,极为僵化机械:"我们生活在一个老旧的世界里——一个疲乏的世界——各种臆测各种观察在持续累积。那原本在人类历史破晓见光之时,年轻的普拉特纳斯或是被放逐到帕特蒙斯岛上欣喜若狂的圣约翰所攫取的种种真理……无奈地蒙在我们那一堆脏兮兮的什么工业城、富裕、新发现、进步之下。"①"我们一直都在承受着一种表里不一的僵化。商业买卖——以及新教徒将灵性弃绝一事——在此都让我们愈加地僵化与固化。我们实在是地地道道的唯物论——说起灵性上的事情——就只满足于物质性的证据。"②受此时代科学理性思想方式的深刻影响,不仅像狄更斯等小说家的小说写得极为物质实在,平淡无味,而且像阿佛列德·丁尼生等诗人的诗作也写得极为"流畅"、"明确"③,十分理性,没有诗意和情趣。

艾什一开始就对此"事事求真"的科学理性认知方式很不以为然,他将之称作是"唯物主义"④,认为它只能接触到事物的表皮和生命的外壳,而无法深入到事物的内部、把握生命的本体。"我要说的是,若是少了想象力,就没有什么因我们而存活的东西了"⑤,"诗人算是什么——先知、精灵、自然的力量、讯息——那绝不会是我们现在这个物质颇丰的时代里所谓的诗人"⑥。在他看来,只有借想象和先知性的灵感才能把握原生命,揭示宇宙的秘密。为此他一反当时人们普遍推崇的科学理性话语方式,采用与之相反的神话想象话语方式解释和描述世界,从而写出了一系列令人惊奇的作品,展现了一幅全新的景象,揭示了宇宙的无限丰富性和生命的生动复杂性,令人大开眼界。如《北欧众神之浴火重生》所展现的宇宙的发生和人类形成的情景、《冥后普罗赛比娜的花园》所勾画的天府地牢中神怪争斗的情景等都是维多利亚时代的"唯物主义"者所无法想象的。可是他汪洋恣肆的神话思维方式和浪漫奇异的创作风格却遭到了周围人的普遍诟病,如很多人认为他的诗里"无时无刻(地)攻讦

---

① [英]A. S. 拜厄特:《占有》,于冬梅、宋瑛堂译,南海出版公司2012年版,第211页。
② [英]A. S. 拜厄特:《占有》,于冬梅、宋瑛堂译,南海出版公司2012年版,第220页。
③ [英]A. S. 拜厄特:《占有》,于冬梅、宋瑛堂译,南海出版公司2012年版,第54页。
④ [英]A. S. 拜厄特:《占有》,于冬梅、宋瑛堂译,南海出版公司2012年版,第134页。
⑤ [英]A. S. 拜厄特:《占有》,于冬梅、宋瑛堂译,南海出版公司2012年版,第218页。
⑥ [英]A. S. 拜厄特:《占有》,于冬梅、宋瑛堂译,南海出版公司2012年版,第219页。

基督教"①,"诗里的情调曲折而纠缠,作品想表达的义理几乎没有人能看来出来"②,语言表述含混不清、没有"丝毫的意义"③。处于这种一板一眼、规规矩矩的时代,他倍感压抑和苦闷。直到后来遇到女诗人兰蒙特,他所创作的诗歌的价值才被认识,他的诗才得到赏识和赞赏,因而感到非常激动、喜悦、快乐,于是情不自禁地与兰蒙特进行深度交流,畅谈诗歌,畅谈人生,生命力得到最大释放,诗歌创作事业达到了最高峰,写出了《史华莫丹》《妈妈着魔了吗》等惊世之作。与兰蒙特分手后,他的精神生活慢慢堕入理性节制状态,诗才随之逐渐衰竭,未能再创作出激动人心的作品。

　　艾什的情感生活也一波三折。艾什曾看上了一位牧师的女儿爱伦。她极为理性自制,婚前一直将精力放在照顾外甥和外甥女上,直到她妹妹结婚,她不能再在闺中待嫁时,才答应等了她15年的艾什的求婚。婚后她不仅在思想上一直排斥艾什的奇思怪想,而且在肉体上也不让他碰她。艾什的生命力完全被她禁闭。表面上他们相敬如宾、你亲我爱,两人"40年来没发过脾气"④,但实际上貌合神离。跟她在一起的那些年,艾什的生活毫无生气和光彩。他们两人之间的书信也正像罗兰所说,"非常无趣、非常精确,而且非常冷淡"⑤。后来,在一次朋友聚会中他认识了兰蒙特。她是一个叫伊瑟尔的神话传记家的女儿,祖上是法国人。受父亲影响,她不仅喜欢异教的神话传说,十分欣赏艾什的奇思异想,而且骨子里带有法国女人的激越浪漫气质。他们一见钟情,情不自禁地交流、约会、旅游、私通。在这段时间里,艾什激情飞扬,心潮澎湃,生命力得到了最大释放,感受到了从未有过的振奋和快乐。出游回来之后,为环境所迫,兰蒙特不得不与他分手,遁身他地,并故意将他们的女儿隐藏起来,这使他精神沮丧,一蹶不振,最后在痛苦、遗憾和无助中默默离开了人世。

　　兰蒙特是《占有》第二条线索中的另一主角。作品在写到兰蒙特时引述了她本人关于生命的一段富有哲理意味的思考:

　　　　这里有一个谜题,先生,一个古老的谜题,一个简单明了的谜题——几

---

① [英]A. S. 拜厄特:《占有》,于冬梅、宋瑛堂译,南海出版公司2012年版,第204页。
② [英]A. S. 拜厄特:《占有》,于冬梅、宋瑛堂译,南海出版公司2012年版,第28页。
③ [英]A. S. 拜厄特:《占有》,于冬梅、宋瑛堂译,南海出版公司2012年版,第54页。
④ [英]A. S. 拜厄特:《占有》,于冬梅、宋瑛堂译,南海出版公司2012年版,第568页。
⑤ [英]A. S. 拜厄特:《占有》,于冬梅、宋瑛堂译,南海出版公司2012年版,第62页。

乎不值得你多花什么心思就可以想见——一个脆弱易碎的谜题，披着白色与金色，活生生的生命就藏在里面。其中有一只金色柔嫩的软垫。这只金色软垫就包裹在它自己水晶般透明的箱屉之中，那只箱屉朦胧透亮，无尽地环绕在其无尽的圆里，因为它没有任何锐利的尖角，也不见有任何浮凸，有的只是一抹难以分明的乳白色月长石的澈亮。这一切全都包缠在丝绸里边，其纤细一如蓟花的冠毛，其坚韧一如强悍的铁钢，而这绸丝乃置放于一道雪花石膏中……没有山形墙，没有轻摆的罂粟雕饰在上头，更没有盖子让你掀起来往里窥探，所有的这一切都是紧紧密封着的，是平滑无瑕的。或许会有那么一天，你可以将盒盖掀起而不受到任何惩罚——也或许，那时它将自行自其中掀开——因为经由那样的方式，会有生命从中降临——然而若是经由你手——你会发现——唯一的命运就只有凝冻与死亡。

蛋，先生，这个答案就是蛋，一如您一开始就清楚领略到的，一颗圆蛋，完美的圆，一颗活生生的石头，没有门也没有窗，其生命沉眠着，直到为人唤醒——或许那时它就会发现它拥有一双可以自由伸展的翅膀——可是这里的这颗蛋，却不尽然如此——唉！可叹啊——……如果你施展你那强大的力量，敲碎这颗坚实的小石，那时出现在你手中的会是什么呢？不就是些湿滑滑、冰冷冷、烦得让人难以想象的东西嘛！①

这即是说，生命就像处于禽蛋内核的蛋黄，它为周围的柔软肌质和僵硬外壳层层包裹，不打破这些包围，它无法获得存在和自由，但打破这些外壳则会将它置于冰冷、凝冻境地，使它走上死亡之途。这是兰蒙特对生命的理解，也是她自己生命状态的写照。

兰蒙特的祖父母是法国人，法国大革命期间逃亡到英国，定居下来。她的父亲是一个神话传记家，对法国布列塔尼地区的神话非常痴迷，母亲是圣保罗大教堂一位修士的千金，是虔诚的基督教徒。受父亲影响，她一开始就对神奇的情境很迷恋，创作了一系列宗教诗和童话故事，由于它们浪漫奇特的格调与周围唯物平实的气氛

---

① ［英］A. S. 拜厄特：《占有》，于冬梅、宋瑛堂译，南海出版公司2012年版，第175—176页。

不一致,因而未能引起人们的注意,不怎么成功。兰蒙特很"沉郁"①,深居简出,自甘平淡。后来有幸认识大诗人艾什,诗才得到后者的高度赞赏。她热血沸腾,热情奔放,重温小时候父亲讲述过的神话传说,重新整理法国神话,创作出了《仙怪梅卢西娜》、《黎之城》等一系列奇特怪异、震撼人心的作品,事业上取得了巨大成功。最后因迫于环境压力与艾什断交后,沉闷压抑,热情消失,"不曾再动笔写诗,日复一日,安于静默"②。

兰蒙特的情感生活同样很曲折复杂。她早年生活在一个充满矛盾张力的家庭中。母亲和妹妹很看重名位财产,追求的是物质享受。妹妹早早嫁给一个贵族,离开了家。父亲和她痴迷神话和艺术,追求的是精神享受。她一直沉湎于自足自乐的个人空间中,始终未婚。28岁前一直与父母住在一起,28岁后从姨母那里继承了一笔遗产,买了一处房产,与女性朋友布兰奇·格格弗小姐同住。生活上守身如玉、冰清玉洁,精神上自我封闭,宁静孤寂。31岁那年她在一个文学沙龙上认识了大诗人艾什,后者超凡脱俗的谈吐和风度激起了她前所未有的热情。她明知他是有妇之夫,跟他相爱会有巨大风险。但她无法自已,跟着生命节律不顾一切地往前冲。她开始与他用书信交流思想,接着约他当面吐诉衷肠,最后接受他的邀请,出门旅行。在此期间她心情激动,情绪高昂,享受到了前所未有的快乐,生命焕发出了最璀璨的光芒。她这时期创造的两个杰出人物形象梅卢西娜和达户都激情飞扬、自由不羁、敢作敢为。她们正是她此时期的精神生命状态的写照。与艾什结伴旅行回来后,她的好友布兰奇因无法忍受与她分离后的孤独生活而跳河自尽,加上当时严峻的道德环境,她不仅不得不与艾什分手,而且不得不将亲生女儿送给妹妹抚养。她漫长的后半生完全是在自制、压抑、沉闷、孤寂和痛苦中度过的。

维多利亚时代的诗人艾什和兰蒙特虽因性别的不同行事作风有很大差异,如一个开放、主动、张扬、高调,一个封闭、被动、收敛、低调,但其创作和情感生活历程与状况完全一致:创作上,都经历了因叛逆"唯物主义"诗风而横遭排斥压迫的苦闷阶段,和率性而行、张扬个性、无所顾忌、天马行空的极度亢奋和辉煌阶段,以及屈从理性环境、心灰意懒、没有作为的消沉阶段;情感上,都经历了理性控制、了无情趣的低

---

① [英]A.S.拜厄特:《占有》,于冬梅、宋瑛堂译,南海出版公司2012年版,第45页。
② [英]A.S.拜厄特:《占有》,于冬梅、宋瑛堂译,南海出版公司2012年版,第45页。

迷阶段,个性奔放、生命张扬的高亢阶段,和压抑情感、行尸走肉的死寂阶段。借对二人智性和情感生活经历及状态的详细描述,作者明确告诉我们:"唯物主义"僵化机械的科学理性认知和行为方式背离了人的生气勃勃的原生命,只会压制人的激情和创造力,使人的精神变得沉闷、抑郁以致死寂,使人生变得毫无生气、毫无乐趣,只有与古老的神话传说联系在一起的想象直觉等诗性认知和行为方式才与人的原生命水乳交融、密不可分,才是原生命最纯粹的形式,只有它才能激发人的生命力和创造力,使之得到最大释放和最充分表现,使人的精神变得激越、亢奋、充满活力,使人生变得光辉灿烂,快乐无限。

总之,就叙写线路而言,《占有》穿越时空,同时描述了19世纪中期两位诗人的创作和婚外恋经历和20世纪后期两位学者的学术和异性恋经历。19世纪中期是英国文学及诗歌创作的繁荣期,20世纪后期是理论和学术研究的极盛期,作品中两组人物的智性和情感经历带有显著的时代色彩,可以说是两个时代中产阶级知识分子生活情景的缩影。作品的正标题是"占有",副标题是"浪漫故事"。两对人的人生旅程虽不尽一致,但认识和改造世界的方式却完全一致:即都不是采用周围的人普遍认同的理论假设、事实验证、逻辑推断等客观机械的物质占有方式,而是采用与之相反的直觉、感悟、想象等浪漫传奇式的精神占有方式,因而他们与时代格格不入。正是这种独具一格的诗性认知实践方式极大地激发了他们的原生命和创造力,从而看到了别人看不到的东西,创造了别人无法想象的东西,并打破了生命间的屏障,与别的生命融为一体,获得了极大的快乐和幸福。作品借详尽描述这两对人的智性和情感探险经历明确告诉人们:无论是过去和现在,赋予人激情和创造力、给人的事业和情感带来巨大收获的不是理性推断等实证唯物的物质占有方式,而是感性想象等浪漫唯心的精神占有方式,后者才是人类描绘自己的幸福生活画卷的最美妙最有效的书写方式。

作品开篇描述了一个十分耐人寻味的场景:1986年青年学者罗兰在19世纪中叶的大诗人艾什曾经品读并批注过的一部著作维柯的《新科学》中发现了艾什写给一位女士的充满激情的两封信,正是这两封信后来引导罗兰走出了学术和生活困境,在事业和爱情两方面取得了丰硕成果。那么维柯的《新科学》是一本什么样的书?拜雅特为什么会首当其冲提到它?

众所周知,维柯是18世纪意大利最杰出的人类学家、历史哲学家、语文学家和法学家,是一位极力反对笛卡儿的理性主义的杰出思想家。虽然他也认同笛卡儿关于事物是在人的主观大脑中呈现出来的,知识和世界是由人的大脑主观建构成的观念,如他认为:"民政社会的世界确实是由人类创造出来的,所以它的原则必然从我们自己的人类心灵各种变化中就可找到。"①不过,在他看来,知识和世界最深厚坚实的基础不是"我思"和理性,而是感觉和想象。他反复申述,世界各民族的历史都是沿着神的时代、英雄的时代和人的时代三段序列无限地循环展开的。神的时代,人们是用感觉和想象的方式理解世界并给世界赋形的,如当原始人看到火光万丈的雷电时,感到十分恐惧,于是便想象天上威力无边的主神动了火,他们将此主神称为"约夫"、"宙斯"或"朱皮特",顶礼膜拜。此时期人们是用借物质符号直接指代人的精神情感的隐喻方式书写世界的。他们完全相信他们的创造物神,以神的言语为行为准则,完全服从神谕,由此建立起了各种约束个人行为的社会秩序和法则,结束了原始人原初无法无天、自取灭亡的野蛮生活。此时期人们的言行一致,社会稳定和谐。到英雄时代,人们的想象力减弱,推断力加强。"到后来这些广大的想象缩小了,抽象力成长起来了。"②人们不再完全依赖天上的神,而是依赖人间的英雄,把他们看成是神的代表。他们用以一个事物代表一类事物的提喻和转喻方式理解并创建世界。用英雄代表大众,用贵族代表平民,以英雄和贵族的言行为中心和尺度建立社会秩序和法则。此时期事物与事物的代表之间,或者说世界与世界的表现形态之间、物与词之间已出现了间距。人们不再完全相信他们所说的东西,大众和平民也不再完全相信并顶礼膜拜他们的代表即英雄和贵族,社会上出现了言行不一、平民反贵族的状况,人类文明秩序日益向衰亡方向迈进。人的时代,人的感觉和想象进一步衰退,人的理性进一步强化,人们既不相信神,也不崇拜英雄和贵族,只相信自己的判断力,他们是用"反思的暴力"(barbarism of reflection)来理解和创造事物的,以自我为中心,予取予求,严重强暴和歪曲事物,结果造成了事物的表现形态背离事物、言实不符的反讽状况。此时期人们自以为是,无法无天,不可避免地走向了自相残杀、自我毁灭。之后,为了生存,人们则不得不求助于那些远比他们强大伟

---

① [意]维柯:《新科学》,朱光潜译,人民文学出版社1986年版,第134—135页。
② [意]维柯:《新科学》,朱光潜译,人民文学出版社1986年版,第179页。

岸，可以完全辖制他们的无所不能的神，不得不求助于那种能创造神的最自然最本真的精神力量即感觉和想象。所以人的时代之后，人类必然会重新回到人类文明的源头上去，即回到神的时代去。在维柯看来，感觉和想象等人类原初的思想方式不仅是人类文明秩序得以建立的最基本的力量，而且也是人的生命的充盈真实的形式，与之相反，推断和反思等后起的思想方式不仅是损害和破坏人类文明秩序的力量，而且是人的生命的空洞虚假的形式。他指出："诗性的智慧，这种异教世界的最初的智慧，一开始就需用的玄学不是现在学者们所用的那种理性的抽象的玄学，而是一种感觉到的想象出的玄学，像这些原始人所用的。这些原始人没有推理的能力，却浑身是强旺的感觉力和生动的想象力。……他们还按照自己的观念，使自己感到惊奇的事物各有一种实体存在。……惊惧的人们一旦凭空夸张地想象出什么，他们马上就信以为真。……文明人的心智已不再受各种感觉的限制了，使心智脱离感官的就是与我们的近代语言中很丰富的那些抽象词相对应的那些抽象思想。人们现在用唇舌来造成语句，但是心中却'空空如也'，因为心中所有的只是些毫无实指的虚假观念。"[①]所以，对人类而言感觉和想象等"诗性智慧"远比推断和反思等理性思想更为基本、本真和切实有效，它们才是人类知识和文化得以形成的最坚实的基础。

由于拜雅特的作品大多数以校园文化和学者生活为描写对象，因而通常被视为典型的"校园小说"。事实上，她的作品称得上是"校园小说"典型之作除了它们在题材上主要以校园生活和学者的经历为关注对象外，还有一个突出特征，就是常常借用以前的杰出知识分子的眼光去审视世界、探讨和阐发社会和人生重大问题的。以名作《大闪蝶尤金尼娅》为例，它不仅详细描述了达尔文主义生物学家威廉·亚当森的学术和情感生活经历，而且还站在达尔文的立场上看待生物、揭示人的本质。明确提出，跟蚂蚁等昆虫既有秩序和谐的一面又有混乱暴戾的一面一样，人身上也既有理性和冰清玉洁的一面也有本能和淫乱的一面，如核心人物尤金尼娅和马蒂·克朗普顿就是典型的例子，人在本质上与他的远祖动物没有什么区别，是自然的产物。跟《大闪蝶尤金尼娅》一样，《占有》不仅描述了四位用"诗性智慧"进行诗歌创作和学

---

① ［意］维柯：《新科学》，朱光潜译，人民文学出版社 1986 年版，第 161—164 页。

术研究的新旧知识分子的智性和情感经历,而且还站到最早倡导"诗性智慧"的伟大思想家维柯的立场上审视人生、揭示生活真理,明确提出,人类早期原发的感觉、想象等"诗性智慧"直接指向实实在在的事物和真真切切的情感,与事物同体,与生命同根,是人类认识事物之本相和张扬原生命、获得事业和情感双丰收、走向幸福人生的最基本的认知和行为方式,如罗兰、莫德、艾什、兰蒙特四人激情迸发时期的浪漫生活旅程就是最有力的例证。而人类后期派生的推断力和反思等理性思想则脱离具体的事物和鲜活的生命,仅仅与概念、原理、系统、法则等事物和生命之外壳打交道,根本触及不到事物的实质和生命的本体,因而必然会越来越远离真理、走向虚假,必然背弃生命、走向空洞无聊,必然堕入苦闷虚无状态,罗兰、莫德、艾什、兰蒙特四人周围的人的生活情状即是最好的说明。不言而喻,人们只有像罗兰、莫德、艾什、兰蒙特四人一样抛开近现代风行的逻辑理性思想方式,重扬远古的"诗性智慧"才能彻底改变其远离事物实体、远离生命本源、沦陷于虚假虚无生活情境中的人生境况,才能走出精神困境,走向美满人生。这即是作品借维柯的思想视野和观点所要告诉人们的道理,也是作者创作该作品的用意所在。

六、斯托帕德的《罗森格兰兹和吉尔登斯吞之死》

（一）斯托帕德

汤姆·斯托帕德是英国现当代戏剧史上最伟大的剧作家之一。他创作了《罗森格兰兹和吉尔登斯吞之死》、《跳跃者》、《滑稽模仿》、《真实事物》、《阿卡狄亚》、《乌托邦海岸线》等一系列雅俗共赏的戏剧杰作，在当代英国剧坛上有举足轻重的地位。他获得过各类优秀剧作大奖，1997年被授予爵位。

斯托帕德1937年出生于捷克有名的"鞋镇"兹林的一户犹太人家庭。1939年为躲避德国纳粹的迫害，2岁的斯托帕德随父母举家南逃，流亡到新加坡。1942年，日本入侵新加坡，斯托帕德与母亲和哥哥先向印度疏散，暂留于新加坡的父亲在日本人的轰炸中死去。9岁时母亲嫁给一个英国军官，他随母亲到了英国。先后就读于诺丁汉郡的道菲学校和东赖丁地区的帕克林顿学校。战后整个西方社会弥漫着强烈的怀疑批判传统文化的反叛情绪，小斯托帕德也深深感染上了这种时代风气。17岁那年他断然离开学校，结束了自己的学习生涯。个中缘由正如他自己所言："烦透了知识之类的观念……对所有从莎士比亚到狄更斯的知识人士很反感。"①之后9年，他在布里斯托尔作过报刊的记者、专栏作者、戏剧评论员等，业余时间写点小说和剧本。1962年移居伦敦后，主要为无线广播和电视写剧本，为文学杂志写剧评。1966年《罗森格兰兹和吉尔登斯吞之死》在爱丁堡艺穗节上演，取得巨大成功，他一举成名。此后40多年，他辛勤耕耘，创作了20多部戏剧剧本和10多部电影剧本，成为英国当代剧坛上最有影响力的剧作家。2008年被选入《时代周刊》年度世界百名伟大人物之列。

饱受"二战"之苦的斯托帕德一开始就厌倦西方现代文化，反对传统教育体系，早早离开学校，进行自我教育，其文化思想极具叛逆性。不仅如此，其文学观念也很前卫。他不仅一向欣赏贝克特等荒诞派作家对传统文学的革新，悉心学习、借鉴他们的创作方式，而且对之予以进一步的发展革新，着力开辟新的戏剧创作天地。在

---

① 转引自 Jim Hunter, *Tom Stoppard*: *A Faber Critical Guide*, London: Faber and Faber Limited, 2000, pp. 1-2。

谈到自己的戏剧创作时,他宣称自己大量借鉴了贝克特等现代先锋实验作家的创作方式:"我发现贝克特如此美妙有趣以至无论他褒扬、贬低、美化还是诋毁事物,都会写得尽善尽美。当我读贝克特写的东西时我喜爱它,当我写作时我猜它会像其他东西一样自然而然流露出来。"①"当《等待戈多》最早完成之时,它为创作戏剧的人开辟了新天地⋯⋯十分明显,在《罗森格兰兹和吉尔登斯呑之死》中有一种戈多式因素。我是一个极度的贝克特崇拜者。但如果我必须客观地看待我的材料,我得说其中显露的贝克特小说成分跟贝克特戏剧成分一样多,因为对我而言,贝克特笑话是世界上最逗的笑话。"②另一方面,他又否认自己的作品与贝克特等荒诞派作家的作品有共同之处:"我不忍心再看我曾写过的东西。它们就像水果一样很快会变软,而那最软的会首先变腐烂。它们不像烟灰缸。你制作了一个烟灰缸,第二年回来一看,它还是那样。贝克特和品特更善于制作'烟灰缸',因为他们将那些潜在柔软的材料都扔掉了。"③与贝克特和品特比,他认为他创作的是"绝对传统和直接的戏剧"。④显而易见,在形式上,斯托帕德既继承了贝克特等荒诞派作家的创作方式,又对之进行了彻底改造。

(二)《罗森格兰兹和吉尔登斯呑之死》

跟莎士比亚的《哈姆莱特》是从重写前人的话语文本(即 12 世纪丹麦编年史学家萨克索·格拉默提克斯《丹麦史》中阿姆莱特斯的故事)开始的一样,斯托帕德的《罗森格兰兹和吉尔登斯呑之死》也是从重写旧话语文本开始的,确切地说,是在解构莎士比亚的《哈姆莱特》的基础上完成的。熟悉《哈姆莱特》的人知道,该剧作主要是围绕着哈姆莱特、雷欧提斯、福丁布拉斯三人为父复仇的事件展开的。《罗森格兰兹和吉尔登斯呑之死》基本上照搬了《哈姆莱特》的主要人物和事件:丹麦国王去世,王子哈姆莱特怀疑叔叔克劳狄斯杀父篡位,所以装疯卖傻,以查明真相,为父复仇。克劳狄斯觉着哈姆莱特突然发疯很可疑,虽然大臣波洛涅斯一再称王子的发疯

---

① Tom Stoppard, *Tom Stoppard: Rosencrantz and Guildenstern are Dead*, *Jumpers*, *Travesties*, edited by T. Bareham, London: Macmillan Press LTD, 1990, p. 36.
② Tom Stoppard, *Tom Stoppard: Rosencrantz and Guildenstern are Dead*, *Jumpers*, *Travesties*, edited by T. Bareham, London: Macmillan Press LTD, 1990, p. 27.
③ Mel Gussow, "Stoppard Refutes Himself, Endlessly," *New York Times* (26 April 1972), p. 54.
④ Mel Gussow, "Stoppard Refutes Himself, Endlessly," *New York Times* (26 April 1972), p. 54.

与他女儿拒绝后者的求爱有关,但他依然觉得另有隐情,于是招来王子年轻时的好友罗森格兰兹(简称"罗斯")和吉尔登斯吞(简称"吉尔"),命他们暗中查探。此时正好有一个悲剧剧团经过,哈姆莱特请剧团表演了一部表现宫廷阴谋的戏剧《贡古扎之死》,借之刺探叔叔。克劳狄斯看后失态,王子开始复仇,不料错将波洛涅斯当成克劳狄斯刺死。克劳狄斯借机放逐王子,令罗斯和吉尔二人押王子到英国,想借英王之手杀死王子。哈姆莱特发现了叔叔的阴谋,暗中掉换了叔叔写给英王的密函,令英王见信后立即处决送信者罗斯和吉尔,自己跳上海盗之船跑回丹麦。雷欧提斯知道父亲被王子杀害之事后,与王子决斗。最后他们两人都被对方的毒剑刺伤,克劳狄斯被哈姆莱特的毒剑刺中,王后喝了毒酒,舞台上堆满了死尸。英国使节到来宣布了罗斯和吉尔被处决的消息,哈姆莱特的好友霍拉旭留下来向大家讲述王子为父复仇的全过程。在斯托帕德的剧本中,除了鬼魂向哈姆莱特揭露克劳狄斯阴谋的场景和福丁布拉斯为父复仇的线索未提及外,莎剧中其他的人物事件都被重新搬上舞台,《罗森格兰兹和吉尔登斯吞之死》的材料差不多都是从《哈姆莱特》中借过来的。

在《罗森格兰兹和吉尔登斯吞之死》中,斯托帕德不是将叙写重心放在对当下现实生活中的人物事件的陈述上,而是放在对过去经典作品讲述过的人物事件的再讲述上,其作品明显不是原创性的,而是重复性的。读者要想把握新文本则不能不对它的源文本有基本的知识。它在很大程度上是写给有知识的当代观众观赏的,具有显著的时代色彩。

总体而言,戏剧文本的创作源泉不外以下两种:一是生活中的人物事件,二是话语文本中的人物事件。历史地看,西方的戏剧虽然在上古和中古主要以重述话语文本中的人物事件为主,如古希腊的戏剧和马娄、莎士比亚的戏剧都是对已有话语文本中的故事的重述,但近现代以来却主要以直接描述生活中的人物事件为主,如莫里哀、易卜生、萧伯纳和贝克特等的戏剧都是直接从现实生活中取材的。《罗森格兰兹和吉尔登斯吞之死》一反西方近现代戏剧以讲述生活中的人物事件为主的创作理路,别具一格地重述前人的话语文本讲述过的人物事件,重新回到古希腊戏剧和文艺复兴戏剧的创作理路上,自然不能不令人耳目一新。这也正是它为什么一出台就极引人注目的重要缘由之一。

斯托帕德在《罗森格兰兹和吉尔登斯吞之死》中所述说的人物事件虽与莎士比亚在《哈姆莱特》中所述说的没有多大差别,不过他所凸现的东西与莎士比亚所凸现的正相反。莎士比亚的《哈姆莱特》主要写的是哈姆莱特为父复仇的事件,哈姆莱特是作品的主角、核心因素。他从开场参加叔叔的登基仪式与叔叔和母亲的婚礼、会见父亲的鬼魂、了解到叔叔杀父的万恶罪行,到中场装疯卖傻保护自己和借"戏中戏"刺探叔叔,至终场处死叔叔的几个爪牙波洛涅斯、罗森格兰兹、吉尔登斯吞,与雷欧提斯决斗和刺杀叔叔等,一直活跃在舞台上,是人们关注的焦点,是剧作的轴心和支架。而罗斯与吉尔只是克劳狄斯用来试探哈姆莱特的工具,是配角的配角,仅在第二幕第二场、第三幕第一二三场、第四幕第二三场等很少几个场景中亮过相,完全处于边缘位置,无足轻重。

斯托帕德的《罗森格兰兹和吉尔登斯吞之死》虽然照搬了《哈姆莱特》的剧情,表现了哈姆莱特为父复仇的全过程,但对剧情的处理却与《哈姆莱特》完全不同。它对《哈姆莱特》中的核心因素哈姆莱特除奸惩恶的过程作了高度简化处理:能省则省,不能省则简单提及或给予间接表现。如将哈姆莱特怎么知道父亲被叔叔谋害,知道后如何装疯卖傻,后来如何借戏中戏揭露克劳狄斯的罪恶,如何痛斥王后的罪孽等剧情完全省去,对他如何奚落波洛涅斯、罗斯和吉尔,如何谴责奥菲利娅,如何误杀波洛涅斯,如何偷换信函等情景仅在几个简短场景中给予展示,对他最后在比剑中如何误伤雷欧提斯、刺死克劳狄斯,如何殃及王后、致王后毙命等事件未作正面表现,仅在悲剧剧团的表演中作了间接展示。

相反,它将《哈姆莱物》中的边缘因素罗斯和吉尔放置到中心位置,刻意对之作了厚描和放大。作品是从罗斯和吉尔玩抛硬币赌钱游戏开始的,木讷的罗斯连续赌硬币头像的那边,赌了92次全赌对了,这使大脑灵活的吉尔深感困惑和不安。他们边玩游戏边赶往丹麦王宫,半路遇上了一个巡回悲剧剧团,给他们表演了凶杀和色情悲剧。他们到王宫后接受了国王和王后要他们暗查哈姆莱特为什么突然发疯的任务。他们亲眼目睹了国王和王子运用各种方式相互刺探、拼死拼活的激烈斗争情景,体验到了他们自己夹在国王和王子中间、成为王权斗争的工具的极度无奈和绝望感。最后他们在国王和王子的斗争中无辜被杀,变成了王权斗争的牺牲品。他们从始至终一直活跃在舞台上,是剧作的焦点所在。剧本中表现他们的言行的篇幅占整出戏的百分之九十以上,他们的对话和活动是作品的核心架构,作品中的人物事件都是在他们的视野中呈现出来的。与之相反,哈姆莱特仅在第一幕的末尾、第二幕的几个场合和第三幕的一个场景中出现过,而且大多是一闪而过,他完全被边缘化了。

《罗森格兰兹和吉尔登斯吞之死》表面看来大量挪用了《哈姆莱特》的材料,是后者的简单重复,但实质上却对原材料作了颠覆性的处理,将《哈姆莱特》中罗斯、吉尔等小人物提取出来,加以凸现,从而彻底改变了《哈姆莱特》以哈姆莱特等大人物为中心的结构,使我们看到《哈姆莱特》世界的另一面,即小人物的世界。

《罗森格兰兹和吉尔登斯吞之死》对源文本作如此釜底抽薪式的篡改,并非像人们通常谈到后现代主义作品时所说的主要出于作者的文字游戏式的写作姿态,正相反它完全出于作者严肃的文化思考。熟悉莎士比亚创作的人知道,莎翁深受基督教的影响,相信上帝的法则,相信善恶报应信条,坚持正义,追求真善美,追求仁爱、友善、有序、和谐的人生境界,是典型的理想主义者。基于其理想主义思想视野之上,莎士比亚在戏剧创作中始终将重心放在塑造那种一心惩恶扬善、竭力为人类的美好未来而英勇奋斗的理想主义英雄形象上。他曾塑造过无数思想高尚、意志坚定、敢作敢为的英雄形象,哈姆莱特是其中最著名的一位。哈姆莱特博学多才,见识非凡,对人类抱有美好的看法,认为人类有理性、有智慧、有力量,是"宇宙的精华、万物的灵长"。他精神境界崇高,向往一种人与人之间真诚、友善、互相爱戴的和谐境界。后来步入社会后发现,现实中的人残酷、奸诈、卑琐,生活中充满了妒忌、阴谋和仇杀,现实状况与他的理想差得太远了。最让他震惊的是:他的叔叔居然不顾骨肉之亲,杀兄娶嫂,篡夺王位,他的母亲背夫变节,他的朋友见风使舵,助纣为虐。他义愤填膺,决定彻底铲除丹麦王朝中的邪恶势力,"重整乾坤",恢复社会正义。之后采取了一系列讨伐邪恶势力的举措:首先借疯狂言行强烈抨击邪恶势力,接着借悲剧演员的表演揭露奸恶之徒的罪行,最后用将计就计的方法消灭邪恶势力,清除丹麦世界中的毒素和污秽,为霍拉旭等后继者建立美好世界打下坚实基础。他理想远大,意志坚定,敢作敢为,最后英勇地拯救了腐败透顶的丹麦王朝,是一个典型的现代救世主形象。《哈姆莱特》影响深远,西方从17世纪至20世纪前期的传统文学形象差不多都在哈姆莱特模式中,都是理想主义的,英雄式的。

与莎士比亚不同,斯托帕德深受存在主义思想和荒诞派戏剧的影响,怀疑上帝的存在,怀疑终极真理,怀疑一切生活法则,怀疑理性,怀疑崇高,强调宇宙的神秘性,世界的不可知性,真理的相对性,人生的荒诞性,是典型的反理想主义者。基于其反理想主义思想视野之上,斯托帕德在戏剧创作中一贯将重心放在描绘那种失去生活目标、没有主体性、自己无法主宰自己命运的可怜的小人物上。他在作品中塑造了一连串无明确的人生目标、无远大的生活理想、无强烈的主体意识、思想混乱、意志薄弱、无所事事、随遇而安的反英雄形象,罗斯和吉尔便是其中的两个典型。

正像西方学者吉姆·亨特所言,罗斯和吉尔禀性大相径庭:"一个敏锐聪颖,或至少富于想象;另一个则比较木讷";吉尔更"空玄",罗斯更"实际"[1]。不过他们的精神状况完全相同:由于在根本上对宇宙的法则、人生的目的、生活的意义等没有明确概念,因而一贯精神迷茫,情绪低落,得过且过,游戏人生,随波逐流。最早他们一接到王宫信使的召唤,便不问就里、糊里糊涂地上了路。一路上边走边玩抛硬币赌博游戏,他们搞不清自己是谁、要去干什么,也不愿意搞清楚。后来到了王宫接到国王要他们窥探哈姆莱特的命令后,搞不明白国王为什么要窥探哈姆莱特和偏偏选他们当密探,也没想着要搞明白,只是言听计从地去执行,工作之余仍不错过任何一个游乐的机会,如玩提问题游戏、与悲剧演员斗嘴、观看悲剧剧团的表演等。最后在开往英国的船上,当看到国王要英王杀死哈姆莱特的信函后,虽有犹豫,但还是被动地依从了国王的阴谋。甚至当看到哈姆莱特要英王杀死他们的信函后,除了为自己叫冤、抱怨说"我们没做错事!我们没伤害过别人。不是吗?"外,依然未做出积极反应,所以最终被英王处死,成为丹麦宫廷斗争的可怜牺牲品。

斯托帕德重写罗斯和吉尔事出有因。第一,他认为莎士比亚对他们写得不充分,因而"需要补充很多事实,特别是他们死得不明不白的事实"[2]。第二,他认为莎士比亚对他们的评价不公允,"就他们在莎士比亚文本中的状况本身说,没有人告诉他们周围发生了什么事,所有的人都戴着面具说话,都在骗他们……他们显而易见是一对不知所措的天真汉,而不是一对像《哈姆莱特》的各种版本通常所描绘的背信

---

[1] Jim Hunter, *A Faber Critical Guide Tom Stoppard*, London: Faber and Faber Limited, 2000, p. 35.

[2] Giles Gordon, "Giles Gordon's interview", *Transatlantic Review*, 29(1968), pp. 17–20.

弃义之恶徒"①，所以需要重新评价。

　　站在莎士比亚传统的理想主义立场上看问题，像罗斯和吉尔这样没有原则性、立场不坚定、随遇而安的人自然属于墙头草、两面派之列，因而除了在需要衬托英雄人物英雄本色的地方偶尔作些点缀外，没有必要大写特写，当然更不值得加以渲染宣扬。而站在斯帕托德后现代反理想主义的立场上看问题，像罗斯和吉尔这样没有远大抱负、仅仅着眼于眼前的现实利益、不求无功但求无过、得过且过的人才是现实中最普通最大众的人，他们的生存状态才是现实中最真切的生存状态。戏剧的本质是"用艺术镜照人生"②。与那远离生活真实的理想主义的英雄哈姆莱特相比，那扎根于现实生活的反理想主义的小人物罗斯和吉尔更值得大写特写，更值得渲染宣扬。为此斯托帕德不仅在新作中对之进行了厚描，而且寄予了深厚的同情和肯定。这里斯托帕借重组《哈姆莱特》中的人物，淡化英雄形象哈姆莱特，凸现反英雄形象罗斯和吉尔，彻底拆除了莎士比亚的理想主义思想话语，建立了他自己的后现代反理想主义思想话语，为人们启开了一个新的思想空间，指示了一条新的生活途径。

　　《罗森格兰兹和吉尔登斯吞之死》出台后，其创作方式引起了评论界的激烈争论。一部分人认为属于以莎士比亚戏剧为代表的传统戏剧系统，是现实主义的，另一部分人认为属于以贝克特戏剧为代表的荒诞派戏剧系统，是现代主义的。③ 抛开我们已经习惯了的现实主义和现代主义文学理论话语，从戏剧作品自身出发，我们便清楚地看到，《罗森格兰兹和吉尔登斯吞之死》的创作方式既不同于现实主义的套路，也不同于现代主义的模式：(1) 它的描述对象不是生活中的人物事件，而是过去的话语文本中的人物事件，特别是经典作品中的人物事件，它的陈述不是原创性的而是重述性的；(2) 它不是原模原样地照搬源话语文本中的人物事件而是彻底拆解

---

　　① Giles Gordon, "Giles Gordon's interview", *Transatlantic Review*, 29(1968), pp. 17–20.
　　② Tom Stoppard, *Rosencrantz and Guildenstern are Dead*, London: Faber and Faber Limited, 1968, p. 73.
　　③ 相关讨论请参阅：Ronald Bryden, "First Prodection: 'The best thing at Edinburgh'", in *Oberserver Weekend Review* (28 Aug. 1966); William E. Gruber, "A Version of Justice", in *Tom Stoppard: Rosencrantz and Guildenstern are Dead*, *Jumpers & Travesties*, edited by T. Bareham, London: Macmillan Press LTD, 1990, p. 92; Robert Brustein, "Something Disturbingly Vaguish and Available", in *Tom Stoppard: Rosencrantz and Guildenstern are Dead*, *Jumpers & Travesties*, edited by T. Bareham, London: Macmillan Press LTD, 1990, pp. 93–94, 等等。

和重构它们,赋予它们全新的结构和思想,因而不是重复性的而是解构性的。它推陈出新,是一种全新的戏剧话语形式,即后现代互文话语形式。

自1966年《罗森格兰兹和吉尔登斯吞之死》在爱丁堡上演并取得巨大成功后,重写经典差不多变成了英国剧坛上的一种时尚,重构前人话语文本的戏剧层出不穷,出现了一系列重要的作家与作品,如爱德华·邦德(Edward Bond)的《李尔/Lear》(1971)、《妇女/The Women》(1978),约翰·阿登(John Arden)的《威力之岛/The Island of the Might》(1972),阿诺德·维斯克(Arnold Wesker)的《商人/The Merchant》(1977),萨拉·但尼尔斯(Sarah Daniels)的《尼普提得/Neaptide》(1986),霍华德·巴克尔(Howard Barker)的《七个李尔/Seven Lears》(1989),等等。互文戏剧已成为英国当代剧坛上一道亮丽的景致。

◎ 结　语

古希腊神话中有一则涉及艺术宫殿主题的美丽的故事：

　　雅典伟大的艺术家代达洛斯流亡于克瑞忒岛期间，应克瑞忒国王弥诺斯的请求，为该国一个牛首人身的怪物弥诺陶洛斯建了一座宫殿。那宫殿迂回曲折，凡进到里面的人都眼花缭乱，找不到出口，最后迷途不返，变成怪物弥诺陶洛斯腹中之物。

　　克瑞忒国王弥诺斯的儿子曾被雅典人杀害。为了报仇，弥诺斯要求雅典人每九年送七个童男和七个童女到克瑞忒作为进贡物。这些童男童女送到后全被投进代达洛斯宫殿，由于找不到走出宫殿的路，最后都被怪物弥诺陶洛斯吞噬。

　　后来雅典国王埃勾斯的儿子忒修斯加入另一组七男七女行列来到克瑞忒。他和同伴照例也被扔进代达洛斯宫殿。忒修斯的美貌和英姿深深吸引了弥诺斯的女儿阿里阿德涅，她在忒修斯进入宫殿前表白了自己的爱情，并给了他一个线团，要他把线的一头紧紧拴在宫殿的入口处，然后放开线团向前走。忒修斯听从阿里阿德涅的话，跟着线团向前走，一直走到怪物弥诺陶洛斯所在的地方，杀了弥诺陶洛斯。然后再顺着线团往回走，最后走出了七拐八弯、让人摸不着头脑的宫殿，逃过了杀身之祸。①

这个故事告诉人们：一座艺术宫殿无论如何曲折迷乱，最终还是有序可循的，只要紧紧追踪它内在的建构线路前行，就能做到心中有序，陷迷途而不惑，循序渐

---

① ［德］斯威布：《古希腊神话与传说》，高中甫等译，北京燕山出版社2002年版，第36、142页。

进，走出迷宫，到达柳暗花明的境地。

　　艺术家创造的艺术宫殿是如此，作家所创造的文学作品也不例外：一部文学作品不管多么丰富复杂，最终万变不离其宗，有迹可循的，只要深切把握它一贯到底的运行线路，就可曲径通幽，深入浅出，一览无余，豁然开朗。

　　正因为构造线路在文学艺术作品中具有统摄全局、指引方向的导航作用，所以历史上许多文学艺术家和批评家一再强调要了解和欣赏一部文学艺术作品首先须明确它的构造线路。如维多利亚时代的杰出艺术批评家约翰·拉斯金指出："阿里阿德涅引线的故事告诉我们除非你能解开怪兽布下的罗网，否则即使打败怪兽也没有用。"①20世纪前期德国杰出的画家乔治·格罗兹（George Grosz）说："线路即是那引导我们穿越千百万自然物之迷宫的阿里阿德涅引线。没有线路，我们将会迷失方向。"②英国杰出的作家亨利·詹姆斯称："那个小故事全在那里。我可以从头到尾一个点接一个点地去触摸它。因为那引线，就像我所称的那样，是一排串在一条细线上的彩珠。其中没有一个珠子会被遗漏掉——至少我认为它们不会被遗漏：因为细查和欣赏它们正是我的乐趣所在。"③

　　遗憾的是，迄今为止，文学批评研究界对文学艺术作品中的这样一个至关重要的因素未给予充分的关注。多年来本人一直在这块未曾得到人们密切关注和充分开发的园地里辛勤耕耘，系统地研究了英国文学史上各时期经典作家作品之叙写线路的运作轨迹、方式和主要思想意味。本人的探索虽不敢说有什么重大发明，但至少做到了从作家的创作本身出发，就作品本身论作品，脚踏实地，实事求是。这是本人对自己的研究充满信心的地方，也是敢于将这份带有显著的批评方法实验性色彩的成果呈现于读者面前的缘由所在。由于本著所启用的借分析叙写线路开掘作品主题的叙写线路研究理路方法是以往的文学批评很少涉猎的新理路方法，加上英国小说戏剧经典作品极为丰富多样，所以在探讨和论述过程中难免会出现这样那样的偏误和纰漏，为此衷心希望各路方家严格批评匡正。

---

①　John Ruskin, *Works of John Ruskin*, edited by E. T. Cook and Alexander Wedderburn, vol. 27, London: George Allen, 1907, p. 408.

②　转引自 J. Hillis Miller, *Ariadne's Thread: Story Lines*, New Haven and London: Yale University Press, 1992, p. 1.

③　Henry James, *The Complete Tales*, edited by Leon Edel, Philadelphia: J. B. Lippincott, 1964, 9: 317.

◎ 主要参考文献

一、莎士比亚和《哈姆莱特》研究

Badawi, M. M., *Background to Shakespeare*, London: Macmillan, 1981

Bradley, A. C., *Shakespearean Tragedy: Lectures on Hamlet, Othello, King Lear, Macbeth*, London: Macmillan, 1960

Calderwood, James L., *To Be and Not To Be: Negation and Metadrama in Hamlet*, New York: Columbia University Press, 1983

Harris, Laurie Lanzen, etc., ed., *Shakespearean Criticism*, Vol. 1, Gale Research Company, 1984

Kliman, Bernice W., ed., *Approaches to Teaching Shakespeare's Hamlet*, New York: Modern Language Association of America, 2001

McDonald, David J., "'Hamlet' and the Mimesis of Absence: A Post-Structuralist Analysis", in *Educational Theatre Journal*, Vol. 30, No. 1, Mar., 1978

Stoll, Elmear Edgar, *Hamlet: An Historical and Comparative Study*, in *Research Publications of the University of Minnesota*, Vol. VIII, No. 5, September 1919

Sacks, Claire, ed., *Hamlet: Enter Critic*, New York: Appleton - Century - Croft, INC, 1960

二、狄更斯和《匹克威克外传》研究

Bowen, John, *Other Dickens: Pickwick to Chuzzlewit*, New York: Oxford University Press, 2000

Herbert, Christopher, "Converging Worlds in Pickwick Papers", *Nineteenth-*

Century Fiction, Vol. 27, No. 1, Jun. , 1972

Miller, J. Hillis, *Charles Dickens: The World of His Novels*, Cambridge: Harvard University Press, 1958

Sanders, Andrew, *Dickens and the Spirit of the Age*, Oxford: Clarendon Press, 1999

Thurley, Geoffrey, *The Dickens Myth: Its Genesis and Structure*, New York: St. Martin's Press, 1976

Welsh, Alexander, "Waverley, Pickwick, and Don Quixote", *Nineteenth-Century Fiction*, Vol. 22, No. 1. , Jun. , 1967

Westburg, Barry, *The Confessional Fictions of Charles Dickens*, DeKalb: Northern Illinois University Press, 1977

Wilson, Angus, *The World of Charles Dickens*, New York: The Viking Press, 1970

Wilson, Edmound, "Dickens: The Two Scrooges", in *The Wound and the Bow*, Oxford: Oxford University Press, 1941

三、哈代和《德伯家的苔丝》研究

Garwood, Helen, *Thomas Hardy: An Illustration of the Philosophy of Schopenhauer*, Philadelphia: John C. Winston Co. , 1911

Howe, Irving, *Thomas Hardy*, *Masters of World Literature Series*, ed. Louis Kronenberger, New York: The Macmillan Company; London: Collier – Macmillan Limited, 1967

Kramer, Dale, *Thomas Hardy*, *"Tess of the d'Urbervilles"*, Cambridge and New York: Cambridge University Press, 1991

Kramer, Dale, *The Cambridge Companion to Thomas Hardy*, Shanghai Foreign Language Education Press, 2000

Laird, J. T. , *The Shaping of "Tess of the d'Urbervilles"*, London: Oxford University Press, 1975

Millgate, Michael, *Thomas Hardy: A Biography*, New York: Random House,

1982

Millgate, Michael, ed., *The Life and Work of Thomas Hardy by Thomas Hardy*, London: Macmillan, 1985

Miller, J. Hillis, *Thomas Hardy: Distance and Desire*, Cambridge: Harvard University Press, 1970

L. Purdy, Richard and Millgate, Michael, ed., *The Collected Letters of Thomas Hardy*, New York: Oxford University Press, 1978

四、康拉德和《吉姆爷》研究

Batchelor, John, *Lord Jim*, (Unwin Critical Library) London, Boston, Massachusetts, Sydney, and Wellington: Unwin Hyman, 1988

Berthoud, Jacques A., *Joseph Conrad: The Major Phase*, Cambridge and New York: Cambridge University Press, 1978

Hawthorn, Jeremy, *Joseph Conrad: Narrative Technique and Ideological Commitment*, London: Edward Arnold, 1990

Guérard, Albert J., *Conrad the Novelist*, Cambridge: Harvard University Press, 1958

Kuehn, Robert E., ed., *Twentieth Century Interpretations of Lord Jim: A Collection of Critical Essays*, Englewood Cliffs, N.J.: Prentice-Hall, 1969

Lester, John, *Conrad and Religion*, Basingstoke and London: Macmillan, 1988

Simmons, Allen, *Joseph Conrad: Contemporary Reviews*, Cambridge and New York: Cambridge University Press, 2012

五、亨利·詹姆斯和《梅西娅知道些什么》研究

Bell, Millicent, *Meaning in Henry James*, Cambridge: Harvard University Press, 1991

Donadio, Stephen, *Nietzsche, Henry James, and the Artistic Will*, Oxford: Oxford University Press, 1978

Freedman, Jonathan, *The Cambridge Companion to Henry James*, Cambridge and New York: Cambridge University Press, 1998

Horne, Philip, *Henry James and Revision: The New York Edition*, Oxford: Clarendon Press, 1990

Krook-Gilead, Dorothea, *The Ordeal of Consciousness in Henry James*, London: Cambridge University Press, 1967

Miller, J. Hillis, *Versions of Pygmalion*, Cambridge: Harvard University Press, 1990

Perosa, Sergio, *Henry James and The Experimental Novel*, Charlottesville: University Press of Virginia, 1978

五、伍尔夫和《达洛卫夫人》研究

Benjamin, Ann S. , "Towards and Understanding of the Meaning of Virginia Woolf's 'Mrs. Dalloway'", *Wisconsin Studies in Contemporary Literature*, Vol. 6, No. 2, Summer, 1965

Caughie, Pamela L. , *Virginia Woolf & Postmodernism: Literature in Quest & Question of Itself*, Urbana: University of Illinois Press, 1991

De Gay, Jane, *Virginia Woolf's Novels and The Literary Past*, Edinburgh: Edinburgh University Press, 2006

Garvey, Johanna X. K. , "Difference and Continuity: The Voices of Mrs. Dalloway", *College English*, Vol. 53, No. 1, Jan. 1991

Goldman, Jane, *The Cambridge Introduction to Virginia Woolf*, Shanghai Foreign Language Education Press, 2008

Holtby, Winifred, *Virginia Woolf: A Critical Memoir*, London; New York: Continuum, 2007

Marcus, Jane, ed. , *Virginia Woolf and Bloomsbury: A Centenary Celebration*, Basingstoke: Macmillan, 1987

Rice, Thomas Jackson, *Virginia Woolf: A Guide to Research*, New York: Garland Pub. , 1984

Samuelson, Ralf, "The Theme of 'Mrs. Dalloway'", *Chicago Review*, Vol. 11, No. 4, Winter, 1958

Sudipta, B. ,*The Novels of Virginia Woolf*, New Delhi: Prestige Books, 1990

六、莱辛和《金色笔记》研究

Bloom, Harold, ed. ,*Doris Lessing*, New York: Chelsea House, 1986

Carey, John L. , "Art and Reality in The Golden Notebook",*Contemporary Literature*, Vol. 14, No. 4, Autumn, 1973

Fahim, Shadia S,*Doris Lessing: Sufi Equilibrium and The Form of The Novel*, New York: St. Martin's Press, 1994

Fishburn, Katherine,*The Unexpected Universe of Doris Lessing: A Study in Narrative Technique*, Westport, Conn. : Greenwood Press, 1985

Krouse, Tonya, "Freedom as Effacement in 'The Golden Notebook': Theorizing Pleasure, Subjectivity, and Authority", *Journal of Modern Literature*, Vol. 29, No. 3, Spring, 2006

Pickering, Jean, *Understanding Doris Lessing*, Columbia, S. C. : University of South Carolina Press, 1990

Rubenstein, Roberta, *The Novelistic Vision of Doris Lessing: Breaking the Forms of Consciousness*, Urbana: University of Illinois Press, 1979

Sage, Lorna,*Doris Lessing*, London; New York : Methuen, 1983

Schlueter, Paul,*The Novels of Doris Lessing*, Carbondale: Southern Illinois University Press, 1973

Taylor, Jenny, ed. , *Notebooks/Memoirs/Archives: Reading and Rereading Doris Lessing*, Routledge & Hegan Paul Ltd. , 1982

七、福尔斯和《法国中尉的女人》研究

Allen,Walter, *The Achievement of John Fowles*, UK: Encounter, 1970

Butler, John,"John Fowles and the Fiction of Freedom", in *The British and Irish Novel Since 1960*, edited by James Acheson, Macmillan Academic and Profession Ltd. , 1991

Fowles, John, "In An Interview With Katherine Tarbox", in *The Art of John Fowles*, ed. by Huffaker, Robert, *John Fowles*, Boston: G. K. Hall,1980

Onega, Susana, *Conclusion, in Form and Meaning in The Novels of John Fowles*, Michigan-Ann Arbor: UMI Research Press, 1989

Palmer, William, *The Fiction of John Fowles: Tradition, Art, and Loneness of Selfhood*, Columbia: University of Missouri Press, 1974

Woodcock, Bruce, *Male Mythologies: John Fowles and Masculinity*, Sussex, NK: Harvester, 1984

八、里斯和《茫茫藻海》

Angier, Carole, *Jean Rhys*, New York: Viking, 1985

Davidson, Arnold E., *Jean Rhys*, New York: Frederick Ungar, 1985

O'Connor, Teresa F., *Jean Rhys: The West Indian Novels*, New York and London: New York University Press, 1986

Savory, Elaine, *Jean Rhys*, Cambridge: Cambridge University Press, 1998

Staley, Thomas F., *Jean Rhys: A Critical Study*, Austin: University of Texas Press, 1979

Gregg, Veronica M., *Jean Rhys's Historical Imagination: Reading and Writing the Creole*, Chapel Hill and London: University of North Carolina Press, 1995

Maurel, Sylvie, *Jean Rhys*, New York: St. Martin's, 1998

九、拜雅特和《占有》研究

Adams, Ann Marie, "Dead Authors, Born Readers, and Defunct Critics: Investigating Ambiguous Critical Identities in A. S. Byatt's 'Possession'", *The Journal of the Midwest Modern Language Association*, Vol. 36, No. 1, Thinking Post-Identity, Spring, 2003

Byatt, A. S., *On Histories and Stories: Selected Essays*, Cambridge, Massachusetts: Harvard University Press, 2000

Buxton, Jackie, "'What's Love Got to Do With It?': Postmodernism and Possession", *English Studies in Canada*, Vol. 22, No. 2, June, 1996

Burgass, Catherine, *A. S. Byatt's Possession: A Reader's Guide*, New York: Continuum, 2002

Gauthier, Tim S, *Narrative Desire and Historical Reparations: A. S. Byatt, Ian McEwan, Salmon Rushdie*, New York: Routledge, 2006

Heilman, Robert B., "A. S. Byatt's *Possession* Observed", in *The Sewanee Review*, Vol. 103, No. 4, Fall, 1995

Hennelly, Mark M., "'Repeating Patterns' and Textual Pleasures: Reading (In) A. S. Byatt's 'Possession: A Romance'", *Contemporary Literature*, Vol. 44, No. 3, Autumn, 2003

Hicks, Elizabeth, *The Still Life in the Fiction of A. S. Byatt*, Newcastle upon Tyne: Cambridge Scholars Publishing, 2010

Wells, Lynn, "A. S. Byatt's *Possession: A Romance*", in *A Companion to the British and Irish Novel 1945 - 2000*, ed. by Brian W. Shaffer, Blackwell Publishing Ltd, 2005

十、斯托帕德和《罗森格兰兹和吉尔登斯吞之死》

Brassell, Tim, *Tom Stoppard: An Assessment*, London: MacMillan, 1985

Gordon, Robert, *Rosencrantz and Guildenstern are Dead, Jumpers, and The Real Thing*, Houndmills, Basingstoke, Hampshire: Macmillan, 1991

Jenkins, Anthony, *The Theatre of Tom Stoppard*, Cambridge and New York: Cambridge University Press, 1990

Kelly, Katherine E., *Tom Stoppard and The Craft of Comedy: Medium and Genre at Play*, Ann Arbor: University of Michigan Press, 1991

Kelly, Katherine E., *The Cambridge Companion to Tom Stoppard*, Cambridge; New York: Cambridge University Press, 2001